力量

《力量》编委会◎编

人民日报出版社

北京

图书在版编目（CIP）数据

　　力量 /《力量》编委会编 . -- 北京：人民日报出版社，2024.3

　　ISBN 978-7-5115-6631-7

　　Ⅰ. ①力… Ⅱ. ①力… Ⅲ. ①报告文学—作品集—中国—当代 Ⅳ. ①I25

　　中国国家版本馆 CIP 数据核字（2023）第 247977 号

书　　　名：力量
　　　　　　LILIANG
编　　　者：《力量》编委会

出 版 人：刘华新
责任编辑：刘　悦
封面设计：人文在线

出版发行：**人民日报**出版社
社　　　址：北京金台西路 2 号
邮政编码：100733
发行热线：（010）65369527　65369512　65369509　65369510
邮购热线：（010）65369530
编辑热线：（010）65363105
网　　　址：www.peopledailypress.com
经　　　销：新华书店
印　　　刷：三河市龙大印装有限公司

开　　　本：710mm × 1000mm　　　1/16
字　　　数：199 千字
印　　　张：16
印　　　次：2024 年 9 月第 1 版　　2024 年 9 月第 1 次印刷

书　　　号：ISBN 978-7-5115-6631-7
定　　　价：88.00 元

编委会

序　言

培养大国工匠　建功制造强国

　　众多聚焦企业发展的书籍中，有记录企业创业历程的，有记录品牌形象塑造的，有为企业家树碑立传的，专门记录工匠群体的书则凤毛麟角。当这本《力量》以风采录的方式呈现眼前，翻看着一个个生动鲜活的匠人故事，我被深深震撼。他们的成长历程精彩而珍贵，他们的奋斗之路平凡而伟大。由衷致敬匠人匠心，致敬新时代每一位奋斗者！

　　这本报告文学集记录了 11 名劳模工匠，他们岗位不同、经历不同、年龄不同，但立足岗位，怀揣匠心，勤于钻研，勇于创新，不懈追求，练就了一身本领甚至独门绝技，成为支撑中国制造的重要力量。从他们身上，我看到产业工人所能达到的人生高度，感受到制造强国的强劲脉动，读懂了中信重工劳模工匠辈出的精神密码。

　　中信重工前身为洛阳矿山机器厂，是国家"一五"时期 156 项重点工程之一。焦裕禄同志曾在洛矿工作生活 9 年。在这里，焦裕禄同志带领职工克服重重困难，仅用时 3 个多月即试制成功新中国首台直径 2.5 米双筒提升机，填补了我国矿山机械生产史上的一项空白。这台提升机设计寿命 20 年，实际安全运行 49 年，不仅是承载焦裕禄精神的物质载体，更是凝聚工匠精神、见证中国制造的"百年信物"。传承弘扬焦裕禄精神，一代代洛矿人、中信重工人早已把工匠精神融入血脉，植入灵魂，化为行动。

从 11 名劳模工匠的奋斗历程中，我深切感悟到，大国工业造就大国工匠。中信重工作为共和国工业长子企业，在近七十年的发展历程中，始终不忘实业报国初心，担当制造强国使命，屡屡参与国家重大项目、重大工程。神舟系列飞船、国产航母、三峡大坝、C919 大飞机……一个个重大项目上都有中信重工人的智慧和奉献。正是制造强国建设，为中信重工产业工人提供了施展才华的广阔舞台、实现抱负的时代机遇。他们自觉将青春理想融入制造强国大业，涌现出一大批能工巧匠、大国工匠。"蓝领哥"刘新安，"钢铁战士"杨金安，"克难攻坚的尖兵利器"谭志强，"争气机"的领舵手郭卫东……书中记录的 11 名劳模工匠，就是今天 7000 多名中信重工人的优秀代表。

习近平总书记指出，技术工人队伍是支撑中国制造、中国创造的重要力量。纵观世界工业发展史，但凡工业强国，都是技师、技工大国。当前，全球制造业正在经历深刻变革，中国正加快由制造大国向制造强国转变，对技术工人、高技能人才的需求极为迫切。身处装备制造行业多年，我强烈感受到，制造强国建设离不开大国工匠。作为焦裕禄精神的孕育形成地之一，作为新时代工匠精神的弘扬地，中信重工将始终扛牢历史使命，践行国家战略，深化产业工人队伍改革，大力弘扬劳模精神、劳动精神、工匠精神，进一步健全技能人才培养、使用、评价、激励制度，畅通技能人才职业发展通道，不断开创人才辈出、人尽其才、才尽其用的新局面，激励更多产业工人特别是青年一代走技能成才、技能报国之路，打造一支规模宏大、结构合理、技能精湛、素质优良的技术技能人才队伍，为强国建设、民族复兴贡献中信重工力量。

　　榜样蕴藏无穷能量，精神激发奋斗意志。这本报告文学集记录的 11 名劳模工匠，就在我们身边，与我们工作在一起、生活在一起，他们的事迹可亲可信，他们的精神可敬可学。希望广大产业工人和青年员工以他们为榜样，干一行爱一行，在干中增长技艺与才能，养成"择一事终一生"的执着专注，"干一行钻一行"的精益求精，"偏毫厘不敢安"的一丝不苟，"千万锤成一器"的卓越追求，涌现出更多技能人才、能工巧匠、大国工匠，早日成为行业大拿、业内翘楚、领军人才，在建设制造强国伟大征程中勇担新使命，展现新作为，创造新业绩。

中信重工党委书记　董事长　武汉琦

C目录
ONTENTS

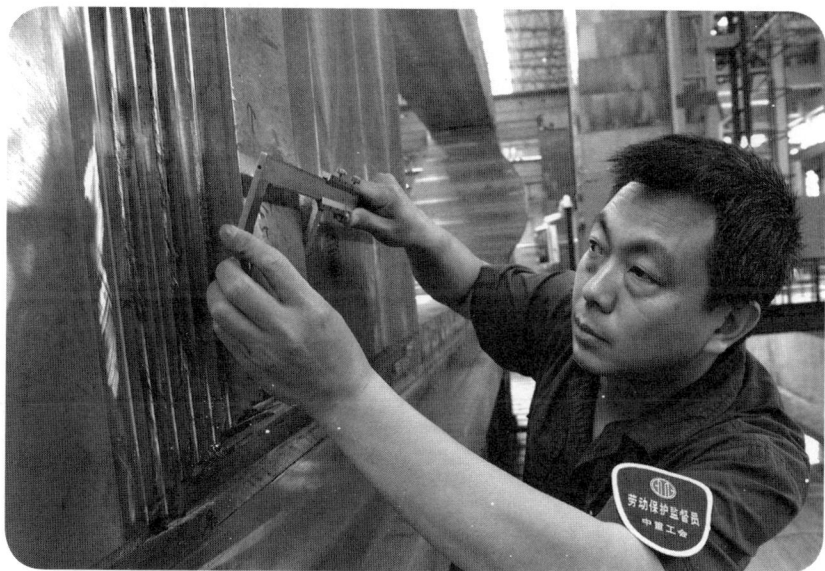

【人物名片】

....

　　刘新安，中信重工重型机械加工厂重数一车间党支部书记、主任，镗铣床大班长，刘新安党代表工作室、全国劳模工作室、国家级技能大师工作室负责人。荣获"全国劳动模范""全国五一劳动奖章""国家级技能大师""河南省优秀共产党员"等荣誉称号。2017年当选党的十九大代表。

....

刘新安：匠心筑梦

◇ 薛伟堂

　　一个人的一生可以达到怎样的高度？一个人的生命可以发出怎样的光芒？一个人的命运与国家命运又有着怎样的关联？

　　他，或许可以告诉你答案。

　　他，一名普通工人，却拥有多重耀眼身份：党的十九大代表、全国劳动模范、洛阳市总工会兼职副主席……

　　他，一个高中毕业生，却屡次摘取行业桂冠：全国技术能手、国家级技能大师、中原大工匠、河南省知识型职工先进个人、河南省百名职工技术英杰……

　　三十八年初心不改，他践行着"一辈子就做一件事，做就做到极致"的信条；三十八年匠心筑梦，他从一名学徒工成长为劳模工匠，用青春奋斗成就出彩人生，用创新创造书写新时代产业工人的故事。

　　他，就是中信重工重型机械加工厂重数一车间党支部书记、主任、镗铣床大班长刘新安。

初入工厂

　　时光倒流，回到 1986 年。改革开放的春风，吹拂着神州大地，焕发着华夏儿女干事创业的激情。

这年3月，冰雪消融，万物复苏，刘新安迎来了人生的转折——正读高二、还不满17岁的他，接父亲的班，进入洛阳矿山机器厂（简称洛矿，中信重工前身），当起了一名学徒工。

洛矿，国家"一五"期间兴建的156项重点工程之一。1986年是洛矿建厂30周年，她正处于"而立"之年的辉煌时期，被誉为"中国工业的脊梁，重大装备的摇篮"。

20世纪80年代，"工人老大哥"身份备受社会尊崇。无论是国企平台还是职业地位，都令青春年少的刘新安对未来充满了无限憧憬。

没有任何工业基础知识，对机床加工更是一无所知！第一次看到车间里的机床设备，刘新安一下子呆住了。不过，每天看着师父手下镗刀飞转，加工出一件件精美的零部件，他心里又异常兴奋。

刘新安在农村长大，小时候和伙伴们玩得最多的就是"和泥巴"，然后用小刀雕刻成各种各样的造型，有手枪，有汽车，还有小狗。看着泥团在手中变换出自己喜欢的小玩具，他梦想着长大之后能制造出"大玩具"。

走上工作岗位，刘新安暗下决心，一定要干出个名堂！

刘新安的师父叫徐茂树。第一天上班，徐师傅传授给他的"经验"就是："先学做人，再学技术。学做人，就学老前辈焦裕禄。"

县委书记的好榜样焦裕禄，在其42年的人生历程中，在洛矿整整工作生活了9年，先后任工程科副科长、车间主任和生产调度科科长等职。为建好工厂、干好工业，他艰苦创业、刻苦钻研、迎难而上、无私奉献、科学求实、亲民爱民，为企业留下了宝贵的精神财富。焦裕禄，是所有洛矿人心中的一个学习楷模、一座精神丰碑。

作为矿二代，刘新安从小就对焦裕禄和焦裕禄故事耳熟能详。

学习焦裕禄，学习老前辈，就要先让自己尽快地成长起来。刘新安给自己定的第一个目标就是尽快学好技术，当主机、当机长；第二个目标就是积极向党组织靠拢，加入中国共产党。

刘新安操作的第一台机床是老式的 T6216 镗床，纯手工操作，全靠经验。就连镗孔直径尺寸的调节，三五道的公差——也就是一根头发丝的精度，都要靠"敲刀"完成。

敲刀，最能体现一个工人的技能水平。刀体的平整度，螺钉的压紧力，手劲的大小……差之毫厘，谬以千里。

细心的刘新安发现，师父每次两三下就能轻松搞定，而自己折腾半天都不见成效，甚至还会把孔给捅坏了。

为了尽快掌握一手"敲刀"绝技，刘新安一有空就拿着废料进行练习。别人下班了，他偷偷留下，在机床上试手。

功夫不负有心人！凭着热爱和勤学苦练，半年之后，刘新安初步掌握了敲刀五六下就能敲到位的技能。

因工作突出，刘新安提前一年转正，提前定级，进厂 4 年后就开始当主机带班操作，和师父一块儿轮流倒班。

他，也成为同批进厂员工中进步最快的新人。

初试锋芒

1993 年 4 月，年纪轻轻、技能娴熟的刘新安被调到当时公司最先进的 W160HC 数控机床，第二年就当上了镗铣床的机长。

刚刚走马上任，刘新安就遇到了挑战。

当时他们负责加工一批特急出国件磨辊轴，装夹复杂。试钻时，钻头经常折断，搞得大家一筹莫展。

危急时刻，刘新安想到了老主任焦裕禄。

1958 年春，洛阳矿山机器厂党委接到国家命令：试制直径 2.5 米双筒提升机。当时，一金工车间设备安装还没有完全结束，设备不全，人员不齐，缺乏经验。为了攻破难关，承担任务的一金工车间主任焦裕禄连续一个多月日夜坚守在车间，和工人一道奋战在一线。饿了，啃口干馍；渴了，喝口白开水，困了就在长条凳上打个盹。终于在当年 4 月 30 日，试制成功新中国第一台直径 2.5 米双筒提升机，填补了我国矿山机械生产史上的一项空白。

刘新安对焦裕禄印象最深的一句话是："革命者要在困难面前逞英雄。"现在，到了他"逞英雄"的时候了！

为了早日找到原因，克服难题，刘新安的牛劲上来了。他三天三夜不回家，累了，就在凳子上迷糊一会儿；饿了，买来盒饭在机床边吃。

正是有了焦裕禄干事业的那股拼劲，刘新安一步步分析出了钻头折断的原因，迅即带领班组人员，尝试在钻头上抹白铅油，用以降温；把钻杆部分车细，便于排铁屑，成功攻克了这批磨辊轴的加工难题。

产品交检合格后，车间主任看着他一脸倦容，心疼地说："新安，赶紧回家洗个澡，睡一觉吧。"

随后，一批批出口备件交检合格，标志着他们的生产加工技术得到了国际同行认可，为企业开拓国际市场、承接生产成套产品奠定了坚实基础。

W160HC 镗床是当时公司的关键机床，承担着绝大多数重点产品、关键产品、出国产品的攻关任务。作为机长，刘新安几乎每天工作 10 个小时以上，安排完二班、三班，看着活件顺利加工完成才放心回家，全年几乎没有休息过一个周末或节假日。

星光不问赶路人，时光不负有心人！1996 年，年仅 26 岁的刘新安，成为公司最年轻的劳模标兵。

初心不改

1992 年，邓小平同志的南方谈话，吹响了中国新一轮改革开放的号角。

在国家由计划经济向市场经济转轨过程中，洛阳矿山机器厂和许多国企一样，遇到重重困难，在国际市场竞争中更是遇到了体制性障碍。

市场倒逼洛矿，寻求新的出路。

1993 年 12 月 13 日，经国家批准，洛阳矿山机器厂正式加入中信集团，更名为中信重型机械公司，实现了由工厂制向公司制的转变。

名字虽然变了，但受设备落后、产品老化、体制僵化等因素影响，公司从 1996 年开始陷入经营困境，企业效益严重滑坡，几乎到了破产边缘。

当时，技术改造基本停止，相当一部分专业技术和管理人才流失，工厂在册职工人数由 1995 年的 21033 人，减员到 2003 年的 9881 人。

1997 年，也是企业最困难的时候，刘新安的女儿出生了。

看着身边朝夕相处的同事，或是被迫下岗回家待业，或是主动离职另谋生路，刘新安忧心忡忡，一方面是为企业发展，另一方面是为家庭生活。

虽说已经是公司劳模，全公司工时最高，但刘新安每月发到手的工资也不过 200 元多一点。即便是这样，也常常发不下来，累计 19 个半月拿不到工资。妻子在厂属幼儿园上班，每个月 50 元的工资也保证不了。

现实如此残酷！初为人父的喜悦还没来得及好好享受，生活的重担就如同大山一样压了过来，沉重得令人窒息。

要不要转行？一番内心挣扎之后，刘新安还是选择留下。他说，人得讲感情，企业培养了我，我就要忠于企业、回报企业。现在企业困难了，我要选择和她一起共渡难关，相信企业会好起来！

刘新安与其他留下坚守的职工一样，开始"自带干粮"上班。生活所需的米、面、蔬菜，只能由老家供给。

一片赤心报企业，同舟共济图自强。1998 年 6 月，在党的 77 岁生日前夕，刘新安光荣加入中国共产党，实现了夙愿。鲜红的党旗，紧握的右拳，铿锵的誓词，表明了他努力在企业发挥先锋模范作用的决心。

玩转"数控"

历经八年艰难困苦，企业如刘新安所愿，迎来春暖花开。

2004 年，随着国家宏观政策的调整、市场环境的逐渐好转，中信重工抓住机遇，强力打造"新重机"。一手抓市场订单，一手抓设备改造，企业驶入良性发展快车道。

2007 年，重型装备厂建成投产。原隶属于重型机器厂的五金工车间，也就是刘新安所在车间整体划归重型装备厂。当时，在设备问题上，重型机器厂显得十分大方。但在刘新安的归属问题上，重型机器厂却是据理力争、寸步不让！

重装厂领导直接找到公司主管领导，以新建厂房、新上装备亟需技术能手"带头"为由，将刘新安"抢"了过来。为此，厂领导好一阵兴奋："刘新安可是我们从重机厂接收过来的最大宝贝！"

重装厂新投用了十多台从国外引进、具有世界先进水平的大型机加工装备，其中有一台意大利 FAF260 数控镗铣床。这是当时世界最先进、加工范围最大、精度最高的数控机床。

厂长找到刘新安，希望他"执掌"FAF260 数控镗铣床。

出乎意料的是，刘新安多少有点犹豫。

虽说对传统机床操作得心应手，但刘新安对数控技术一窍不通。操作进口数控镗铣床，既要学数控编程，又要学英语。只有高中文化程度的他，看不懂说明书上的外文。

再说，就在前一年，2006年4月，刘新安以卓越的工作表现获得了全国五一劳动奖章。7月，获评中信集团、河南省和洛阳市的优秀共产党员。

已经年近不惑，他不想"坏"了名声，弄个"晚节不保"。

但是，"明哲保身"的想法很快又被他否定了。"作为一名共产党员，不就是要在关键时候顶得上去嘛！"

刘新安责无旁贷挑起了重担。

厂领导特意给他配了两名刚毕业的高职高专生。第一次见面，刘新安就对徒弟们说："加工技能和经验，我是你们师父。数控技术方面，你们是我师父，我给你们当徒弟！"

每一次徒弟编完程序，刘新安都会一个字一个字地抄录下来。看不懂的专业词汇，他就死记硬背，再一点一点向徒弟们请教。此外，他还专门报考了数控技术成人大专班，每天对着说明书琢磨到半夜。累了，就站着看，瞌睡了，他就用冷水激醒自己继续看……

从对数控面板上英文单词的"两眼一抹黑"，到逐渐"有了感觉"。不到半年时间，原本陌生的数控镗铣床，就被刘新安"驯服"了。

刚刚能熟练操作设备，一批要出口德国的半成品辊轴就交给了刘新安。由于前期粗加工过程中出现了小偏差，在精加工环节绝对不能再有半点差错！否则，损失上百万元不说，公司在国际市场的信誉和形象也将严重受损。

这，对志在进军国际市场的中信重工来说，是一场大考。

刘新安带着几个徒弟，顶住压力，每天从早上七点半工作到次日凌晨两点。连续熬了半个月，终于把十几根辊轴、每根 30 个圆孔的位置精确度，都控制在了两根头发丝粗细的公差之内。

经此一战，刘新安已经从一个数控门外汉，成了熟练掌控这台世界级数控机床的专业人士。第一个月，他们就完成工时 1000 小时，第二个月完成 1200 小时，从第三个月起，每月平均完成工时 1600 小时，稳居全公司第一。

匠心传承

历经三年打造"新重机"，企业面貌焕然一新，装备实力突飞猛进，各项事业蒸蒸日上。2003 年全年机器产品产量只有 6 万吨，到 2007 年已经达到 13 万吨。机床全部开足马力，工人师傅三班倒，还是不能满足交货期需求。

不能按时交货，客户就可能流失。企业面临市场和信誉的双重压力！

如何深挖潜力、提高效率，成为生产系统的一道必答题。尤其是作为主力生产厂的重装厂，亟须寻求突破。

大家将目光投向了刘新安。刘新安担任机长的 FAF260 数控镗铣床机组，保持年均完成工时两万多小时，相当于一年就完成了四年多的考核工作量，连续多年公司工时、产量第一。

他是怎么做到的呢？有什么诀窍呢？

独行者快，众行者远。众人划桨，才能行稳致远。厂领导希望他向大家传授经验。刘新安当仁不让、义不容辞，当即答应下来。

2008 年 8 月，刘新安将其 20 多年的工作经验编写成《刘新安工作法》，向重装厂全厂 500 余名职工推广。

在中信重工，以一个人的名字命名工作法，刘新安是第一个。

《刘新安工作法》的核心，就是向时间要效益、向创新要效益。

精打细算，分秒必争。对限定的时间缩短、缩短、再缩短，对有限的时间利用、利用、再利用。如果限定的时间是 8 小时，刘新安就常常千方百计缩短到 6 小时、4 小时，甚至更短。

《刘新安工作法》有七大特点。

一是准备工时前移。这是刘新安争取时间的法宝之一。在加工一件活的同时，就开始认真策划下一件活，如吃透图纸，了解工艺，准备工装卡具，等等。准备工装的时间，大部分已前移至加工上件活的时间内完成，为下件活节省了时间。

二是高效利用。在加工活件中，设备在运转，刘新安的团队也时刻在转动。粗加工时，下道工序已经在紧张筹措之中，刀具在刃磨，工装在准备；精加工时，现场在清洁，下个活件的准备工作已全面展开。没有停机磨刀的现象，没有停机寻找出借工装卡具的现象，时间得以高效利用。

三是无缝衔接。科学组织、无缝衔接，是刘新安追求的目标。每次加工活件，他都会把影响时间的因素一一考虑在内，加工难点、技术难题、吊活的衔接等，无不事先解决和策划。活件与活件之间，工序与工序之间，衔接紧密，不让一点时间因为疏漏而流失。

四是合并同类项。这是数学寻求便捷的方式，刘新安在工作中也让它发挥了同样效用。不换刀，把可使用此刀的工序干完；不换面，把此面可干完的工序干完。诸如此类，尽量合并工序。

五是剑走直线。刘新安在工作中致力于化难为易、化繁为简。加工编程能简则简，机床转速能快则快，工艺程序能省则省。思考问题的出发点，就是要走直线。

六是形成"模板"。对取得的成果，无论是优化的加工编程、改进的刀具、革新的工艺，还是其他的实践经验，刘新安都会进行固化，形成"模板"，在干同样的活时不断加以改进、应用，避免出现狗熊掰苞米似的成功一个、丢掉一个。

七是善于"嫁接"。刘新安把成功的方法想方设法应用到其他项目，找出其关联点、融合点，进行必要的改进，往往会产生新的创意和意想不到的效果。

《刘新安工作法》重实践、可操作，成为职工入职培训的教材。刘新安所提倡的时间法则、创新法则、超越法则等，以其"节约生产时间、提高生产效率"得到了大家的广泛认同。

很快，《刘新安工作法》从重装厂走向全公司，让上千名一线员工从中受益。

2008 年，企业合同履约率大幅提升，市场美誉度稳步提高。

也是在这一年，企业完成股份制改造，中信重工机械股份有限公司揭牌成立，迈上发展新征程。

2015 年，刘新安凭借突出贡献荣获全国劳动模范称号。同年，以刘新安名字命名的刘新安全国劳模工作室正式成立。这是中信重工首个以全国劳模名字命名的工作室。

燃亮希望

2017 年 10 月 18 日，中国共产党第十九次全国代表大会在北京人民大会堂隆重开幕。

出席开幕式的 2280 名正式代表中，有两人来自洛阳，其中一个就是新时期产业工人代表刘新安。刘新安也是河南省制造企业唯一当选的党的十九大代表。

自刘新安当选党的十九大代表的消息传出，中信重工人奔走相告！中信重工 60 多年历史上，全国党代表只有 2 人。上一个已经是四十年前的党的第十一次全国代表大会代表了。

坐在人民大会堂，亲耳聆听习近平总书记的报告，刘新安心潮澎湃，万分激动。他清楚地记得，习近平总书记做了三个半小时的报告，203 次提到了"人民"，会场响起 72 次掌声。

特别是党的十九大报告提出：建设知识型、技能型、创新型劳动者大军，弘扬劳模精神和工匠精神，营造劳动光荣的社会风尚和精益求精的敬业风气。作为产业工人代表，刘新安鼓掌格外起劲。"工匠精神写入十九大报告，让我们这些技术工人深受鼓舞。"

制造业是国民经济的主体，是立国之本、兴国之器、强国之基。面对中国制造业"大而不强"的现实之痛，国家 2014 年提出实施制造强国战略，推动装备制造业转型升级。

刘新安深知，打造制造强国，离不开高技能人才支撑。刘新安也痛心，曾几何时，产业工人地位下降，薪酬待遇普遍不高，职业发展通道狭窄并且不畅，难以获得相应的职业荣誉感。很多高校毕业生对政府部门、事业单位青睐有加，而产业工人岗位则难以入眼。不少装备制造企业生产一线出现工人年龄断层的局面，企业可持续发展的人才支撑薄弱。

刘新安所在的车间，甚至整个企业、整个行业，都面临生产一线人才匮乏的困境。

现在，国家对高技能人才的培养越来越重视了，力度越来越大了！

大会一结束，刘新安就迫不及待回到公司。他做的第一件事就是向重装厂职工宣讲党的十九大精神。"加快建设制造强国，加快发展先进制造业，靠的就是我们这些一线产业工人，靠的就是弘扬工匠精神。""我们产业工人的地位会越来越高，我们会越来越受尊敬。"

他要做一名"燃灯者"，点燃青年职工的信心和希望，鼓励更多的年轻人投身装备制造业，激发青年工人钻研技术、创新创业的热情，大力弘扬工匠精神，厚植工匠文化，为企业培养出更多的能工巧匠，让中国制造这块金字招牌在全世界熠熠闪光。

刘新安当选为党的十九大代表后，洛阳市委组织部成立了刘新安党代表工作室。加上全国劳模工作室、国家级技能大师工作室，三块牌匾相互辉映，照亮一名新时代产业工人的奋斗之路与所达到的职业高度。

从此，刘新安有了更高的平台，更广阔的天地，也有了更强的责任感、使命感。除了奔赴各地宣讲，他以工作室为平台，积极传授专业技能，注重培养青年人才，努力建设知识型、技能型、创新型劳动者队伍。他带领工作室团队先后开展攻关活动 190 余次，完成创新成果 22 项，累计创造经济效益 2000 多万元，培训人数 2300 余人次，带动了一大批青年员工成长进步。他亲自编写的特大型加工方法——《典型零件加工方法研究及操作法》获中国机械工业科学技术奖三等奖。

国产航空母舰、国产 C919 大飞机、三峡大坝启闭机等"国之重器"中，都有刘新安团队的智慧和力量。

2017 年，洛阳市委宣传部、洛阳市文明办主办的 2017 年度"最美洛阳人"十佳人物颁奖典礼，在洛阳广播电视台一号演播厅举行，党的十九大代表、全国劳模刘新安光荣当选，并接受表彰。

组委会授予刘新安的颁奖词是：精益求精，源于追求卓越；匠心独运，只因专注使然。当千百次磨砺造就精准，当技术生产升华为艺术创造，大国工匠在奋斗中成为铸就中国力量的中流砥柱。

2018 年 8 月，在洛阳市总工会十四届七次全委（扩大）会议上，党的十九大代表、全国劳动模范刘新安，全票当选为市总工会兼职副主席，成为洛阳市第一位以普通工人身份当选的市总工会副主席。

从此，刘新安在推动高技能人才培养、推动洛阳打造先进装备制造基地方面，有了更大作为。

乘风破浪

深夜，刘新安全国劳模工作室灯火通明。刘新安和创客团队围坐在一起，热烈讨论 7500 吨高压压铸机关键件定模板、动模板的加工方案。类似的策划会，这已经是第五次召开了。

这注定是一场硬仗！

硬就硬在这是一件"硬核"产品。作为新能源汽车制造的关键设备，7500 吨高压压铸机代表的一体压铸技术，将取代传统汽车制造中最耗时烦琐的冲压和焊装环节，将原来需要组装的若干个铝合金零件，直接压铸成完整的大型零部件，引领汽车制造工艺颠覆性革新。其技术是前沿的，产品是全新的，市场是广阔的，前景是光明的！

硬就硬在这是一项"硬性"任务。7500 吨高压压铸机研发，被列入中信集团"十四五"科技创新十大工程。关键部件动模板重量为 122 吨、定模板 80 吨，吨位重，加工量大，精度要求高，激光熔覆难度大。最难的是时间紧，留给刘新安团队的加工时间，已经比正常加工周期少了 10 天。

非常任务必有非常举措，非常时期需要非常办法。刘新安依托劳模工作室，组织骨干力量召开策划会，群策群力，集思广益，合力攻坚。粗铣、半精铣、精铣，在哪台机床加工？由谁负责操作？选择哪种刀具？进刀量多少？每一道工序，每一个环节，各种方案细之又细，各种措施详之又详。

200 多个螺纹孔，直径大小不一，位置分布不规律。若采用传统钻孔、扩镗孔加工方法，孔位无法一次加工成，需多次更换刀具，费时费力且效率低下。刘新安经过分析，决定采取交叉作业、同步推进的办法。当科堡龙门铣加工面时，同时调用一台万能钻，同步加工螺纹孔，两台机床双管齐下、各司其职、互不干涉。

最难啃的骨头，当属 6 个直径 38 毫米的孔，孔深达 2.05 米。钻孔过程中，钻刀一旦折断，无法取出，影响后续加工，甚至造成产品报废。刘新安先找了一块废料反复试切，选择合理的刀具、刀片及切削参数。经过多次摸索，固化了参数。刘新安又让操作者提前编程，一旦部件到来直接进入加工。

组织得当，环环相扣，一路过关，一气呵成。最终，定模板、动模板加工按期完成，交检一次合格，为后续生产赢得了时间。

2023 年 5 月，在联合研制单位中信重工和中信戴卡双方技术人员共同见证下，7500 吨高压压铸机顺利完成冷调试工作。经第三方专业机构济南铸锻研究所现场检验，最大锁模力 7500 吨，最大空压射速度、压射的增压建压时间等各项核心指标均满足设计要求。

听到这个消息，刘新安脸上笑成了一朵花，仿佛在告诉世人，在追逐世界前沿技术的过程中，中国工人永远是最可信赖依靠的力量；在新能源汽车革命的浪潮中，中信重工工人永远勇立潮头、逐浪前行。

愧对家庭

"欲戴王冠，必承其重。"在匠心逐梦的路上，刘新安拼搏奋进、一路前行。可谁又知道，他内心又承受着多少愧疚、多少伤痛！对女儿，对妻子，对父母。

刘新安的女儿从小体弱多病，洛阳市里的大小医院都看遍了，每个月还要去外地大医院进行几次治疗。这份担子只能落在瘦弱的妻子肩头。

妻子第一次坐火车到郑州给孩子看病，从医院出来赶火车时，由于着急坐上了相反方向的公共汽车，等她折回来再乘火车回到洛阳家中，已经是次日凌晨了。而此时，刘新安还在厂里加班，根本无法接他们母女。等到刘新安回到家，看到委屈的妻子和痛哭的女儿，刘新安心如刀绞。想对她们说声"对不起"，话还未出口，泪先流了下来。

刘新安在姐弟三人中排行最小，父母最宠他。虽说老家就在洛阳北郊红山乡史家湾村，距离单位骑自行车也不过十五分钟路程，可一年到头刘新安很少有空回父母家。

一天，他父亲突然发病，经医院诊断为皮肌炎，经过连续治疗，效果不明显。医生说，这种病在医院没有治愈的先例。

这段时间，正赶上刘新安开展一项重点产品的攻关任务，产品加工处于关键时刻。

面对病情危重的父亲，刘新安心头的焦急难以平复。可为了不耽误产品的交货期，为了公司利益，他只能哽咽着对家人说："厂里忙，我实在抽不出时间，你们多操操心。"说出这句话时，他心都要碎了。

为了赶工期，刘新安每天从下午6点到第二天早上9点一直坚守在机床前。下班后，他顾不上回家，匆匆赶往医院。看到父亲消瘦的面庞，刘新安禁不住泪眼蒙眬。父亲却反过来说他上班太累，撵他回去休息。听着父亲的话，刘新安内心更加愧疚。

一周后，父亲转院到河南医学院附属医院。在父亲最需要儿子照顾的时候，刘新安为了生产，没有去郑州陪护，不能床前尽孝。哥哥姐姐为了让他安心工作，把照顾父亲的任务全部承担下来。每每和父亲通电话的时候，父亲总是说："我没事，你专心干好工作。"私下里父亲对哥哥说："新安忙，咱们就不要让他来侍候了。"

刘新安每天咬牙坚守在岗位上，默默忍受着对父亲深深的愧疚，最终按期完成了任务。

父亲从郑州回来时，刘新安站在父亲面前，禁不住泪水长流。通情达理的父亲看着他难过的样子，拉着他的手说："我理解你的苦衷，自古忠孝难两全啊，你干好工作就是对我最好的报答。"

父亲走后，刘新安先后获得全国劳模、中原大工匠、国家级技能大师等称号。每当看到一张张奖状、一块块牌匾，刘新安总会想起父亲，在心里默默对父亲说："爸爸，孩子没有辜负您的希望，我的荣誉也有您的一半。"

一个工种，一道工序，一本工作法；一片匠心，一间工作室，三十八载奋斗。

"伟大往往是在平凡的夹缝中闪光。我是个平凡的人，但我相信通过脚踏实地、通过创新创效，一样能走向不平凡。"这是刘新安的内心独白，也是刘新安的追求。

筑梦路上，刘新安初心不改，匠心追求，继续书写着他平凡岗位上不平凡的故事，创造着平凡人生中不平凡的价值。

【人物名片】

　　杨金安，中信重工铸锻公司冶炼车间电炉班班长，杨金安大工匠工作室负责人。他冶炼出神舟飞船系列、国产大飞机、大型舰船、新一代核电站、大型水利工程、大型石化加氢等特殊用钢近百种，主导完成"卡脖子"关键钢种技术攻关课题18项，发表专业论文5篇，获评国家专利2项，荣获"全国五一劳动奖章""2019大国工匠年度十大人物"等多项荣誉，其工作室获评"全国示范性劳模工匠创新工作室""全国工匠人才创新工作室"。

杨金安：百炼成钢

◇ 薛伟堂

始于好奇　终于热爱

第一次走进炼钢车间的时候，杨金安一下子蒙了！与其说是对炼钢知识的懵懂，不如说是被眼前的场景吓蒙了。

那是 1984 年 9 月的一天。17 岁的高中毕业生杨金安前往洛阳矿山机器厂（中信重工前身）铸钢分厂冶炼车间报到。还未走进车间，他就听见车间内机器轰鸣，有如打雷一般，一声接着一声。及至走进车间，放眼望去，昏暗的光线中，烟尘飘浮，钢花飞溅。酷热难耐的车间内，弥漫着一股煤气、重油和灰尘混合而成的味道，刺鼻难闻。杨金安和工人师傅们打招呼，即使面对面交流，也要扯着嗓子、连比带画才能听清楚。

这一刻，青春少年杨金安从书本、影视剧里构筑的关于钢铁工人的所有美好想象，顷刻间轰然崩塌，升腾起一团青春迷茫的粉尘，旋即又散落成一片废墟横亘在心底。

中午，在职工食堂吃饭，杨金安滴水未进。满脑子回旋着炼钢车间的恶劣环境，他实在难以下咽。

下午上班，他咬着牙、皱着眉，强忍着度过了几个小时的时光——

对他来说，这何尝不是漫长而痛苦的煎熬啊！下班时间一到，他飞似的"逃"回到家中。

"爸，我不想干了！炼钢的环境我接受不了！我干不了这个！我真干不了！"杨金安对父亲说，虽然声音不大，但语气决绝。

父亲也是洛阳矿山机器厂职工，一名老劳模。他并没有责怪杨金安，而是用商量的口吻说："毕竟这是第一天去。要不，咱再适应适应再说？到时候实在不愿意干了，爸也不强求。"

父亲有自己的考虑。洛阳矿山机器厂是国家一五期间建设的 156 项重点工程之一，即将迎来建厂 30 年，正处于历史上最辉煌的时期。何况，20 世纪 80 年代，"工人老大哥"的身份还备受社会尊崇，能够进入洛矿这样的"大厂"，端上"铁饭碗"，多少人求之不得。如果杨金安进厂，他也就不用为儿子的将来发愁了。

听了父亲的话，杨金安没再说什么。家中兄妹四人，他是老大，母亲身体又不好，不能再让父亲因为他的事操心、难过了！担当起该担当的责任，杨金安从小就有一种男子汉的气概。

晚饭杨金安一口未吃，早早就躺下了。思绪如麻，毫无睡意，想陌生的工作，想恶劣的环境，想迷茫的青春，想未来的人生……

夜色深沉，弥漫心头，辗转反侧，一夜无眠。

第二天早上 5 点多，杨金安早早起床后，简单吃过早餐，6 点来钟就到了车间。不知道干什么好，杨金安就整理整理工具箱，打扫打扫卫生，帮助工人师傅们打好水。眼里有活儿，这是杨金安从小做家务养成的习惯。

看到干净整洁的环境、杯子里冒着热气的开水，师傅们脸上都露出满意的笑容：这小伙儿，不错！

作为新人，杨金安被安排上长白班。穿上白色的帆布工作服，扣上鸭舌帽，戴上护目镜，杨金安成了一名炼钢工人。

虽说看上去像模像样，但杨金安的内心还是抗拒的。那时候还是平炉炼钢，煤气、重油是主要燃料。一到炼钢时间，炉子轰鸣，火光冲天，浓烟滚滚，热浪袭人，杨金安就躲得远远的，毫无跟师父学习的愿望。

一名老师傅看出他的心思，冲他招招手："来，我考考你，这炉钢现在碳含量多少？"

杨金安低头不语，面无表情，呆若木鸡。老师傅不说话，抓起一柄3米长的铁勺，从炼钢炉里舀一勺钢水，泼在地上，钢花四溅。老师傅看了看钢花溅起的角度和形状，随口说出了碳含量的数值。"看见没？这就是功夫。"老师傅说，"炼钢学问大着呢！要想炼好钢，不钻是不行的！年轻人，要沉下心，耐住性子，好好学吧。"

杨金安口头应着，心里却不服气："你吹牛吧！"

老师傅走后，杨金安偷偷取了样，拿到化验室。从口袋里摸出两毛五分钱一盒的"花城"牌香烟，抽出一支递给做化验的王师傅，请他化验碳含量。尽管对新来的小伙子的行为不解，王师傅还是为他做了化验。结果显示，碳含量数值与老师傅说的数值基本一致。

是火眼金睛，还是纯属巧合？杨金安有点疑惑。回到车间后，杨金安又找到老师傅，故作虚心地向他请教：如何凭肉眼判断钢水的碱度——这是评价钢水质量优劣的另一项重要指标。

看来这小子开窍了？老师傅冲杨金安笑笑，用样勺取了一勺渣样，打眼一看，又随口说出了碱度的数值。一番"恭维"之后，杨金安又偷偷把钢渣送到了化验室。化验结果显示，碱度与老师傅说的数值又是非常接近。

这下，杨金安不得不服了！之前，他一直以为，炼钢就是抡大锹、出大力、流大汗。这一点，从厂里发的粮票就有所体现——炼钢工人每月55斤，其他岗位工人每月只有33斤。

杨金安真切认识到，炼钢不单单是体力活儿，还真是技术活儿。到底有哪些技术呢？从小就有着强烈好奇心的杨金安，一下子被炼钢吸引住了。"但那时也仅仅是好奇，还谈不上热爱。"回忆起曾经的心路历程，杨金安说。

崭露头角　脱颖而出

在好奇心的驱使下，杨金安不再从心理上抗拒炼钢，尝试着亲近它、了解它、探究它。他开始有意识地跟着师傅们学习起来。

杨金安将近一米八的个头儿，年轻力壮，不怕吃苦。每天早早来到车间，打扫卫生，端茶倒水，整理工具，有什么体力活儿，也总是抢着干。平炉炼钢补炉需要一种叫白云石的材料，每天两三吨的量，要一铲一铲送进炼钢炉。即使几个人换班，一天下来也累得腰酸背疼。许多老师傅和杨金安父亲年龄差不多，还要一起干着繁重的体力活，杨金安于心不忍，每次他一个人都会完成一吨半左右的量，让老师傅们少干点儿。

好学、勤快、脑子灵，各个班组的师傅们都很喜欢他，愿意把自己平生积累的"绝招"毫无保留地传授给他。

一天，师父对杨金安讲解了热工操作方法要领。可是，到使用的时候，杨金安怎么也想不起来了，不得不重新去请教师父。他想起上学时老师经常说的一句话：好记性不如烂笔头。这次，杨金安特意准备了一个笔记本。师父讲的时候，他就一字一句记录下来，回去之后慢慢琢磨，时常温习。

杨金安发现这一招很实用。此后，无论走到哪里，他口袋里总会装着一个巴掌大的笔记本。遇到炼钢流程、工艺要点、注意事项等关键操作内容，他都一一记录下来。这一习惯到现在也没有间断过。日积月累，他的操作方法和心得体会记满了60多本笔记本，累计30多万字，被年轻炼钢工人奉为学习"宝典"。

炼钢，主要原理就是控制钢水中碳、锰、硅、硫、磷五大元素的配比。不同类型的钢，几大元素的比例不同。每天和这些元素打交道，高中化学课本上那些看似枯燥的化学元素符号，一个个在这里充满了灵性。杨金安越学越觉得有意思，越钻越觉得有劲头。不知不觉中，杨金安已经喜欢上了炼钢，无形之中忘记了当初"不想干"这回事儿了。

师傅们精心指导，杨金安用心领悟，炼钢技术进步很快。短短两年时间，他已经熟悉了热工操作、炼钢、控制室设备操作的整个流程，并能独立操作。而这些本事，通常没有五到八年实践历练是不可能获得的。

杨金安很快从同批进厂的50多人中脱颖而出，1988年被提拔为副班长。这年，他21岁，是整个铸钢分厂所有班组长里面最年轻的。

那时，厂里为了提高炼钢质量，开展"50炉无事故"劳动竞赛活动，杨金安带着班组十几个风风火火的年轻人，冲着"奖金"发起了狠劲。一年12个月，他们8个月拿到大奖，惹得老师傅们都冲他们直竖大拇指："牛！"

就在这一年，杨金安结了婚。新婚宴尔，别人巴不得早早回家享受幸福甜蜜时光，而杨金安一如既往守在工厂。工友们深夜十二点下二班就回家了，他常常到凌晨两三点才到家。受到冷落的新媳妇不止一次质问："老实说，下班之后就干啥去了？！"撂出狠话，"再晚干脆就别回来了！抱着钢铁疙瘩睡去吧！"

杨金安还真没去干别的事，而是一直待在车间。出钢一般在凌晨，杨金安需要看钢水的化验成分是不是合格。出废品是要罚钱的，那时一个月才几十块钱，罚钱也就算了，主要是自己年轻气盛，面子上觉得不好看。出完钢、取完成品，杨金安还要去化验室看看这个化验成分是不是和预期的一样，最终结果相差多少，下一步如何改进。他跟踪记录每炉钢水能耗和铁合金回收率。哪一种钢用哪一种操作方法最快、最节能，最能保证产品质量？炼钢工艺是否需要改进？他都在认真分析，潜心总结规律。

这时候的杨金安已经深谙"精打细算"的意义。他知道，公司出产的重型装备以"大"著称，一些零部件动辄数百吨。大块头的零部件用料多，能耗也高，冶炼车间的设备每运转1分钟就要耗电400度。效率提高了，回收率提高了，成本自然就降下来了。

功夫不负有心人！杨金安慢慢练就了一双"火眼金睛"，掌握了"看大样"绝活：取一勺钢水，泼在地上，通过看碳花的发叉量，判断钢水的碳含量；通过看渣样，判断炉内渣子的碱度和温度，并判断出钢水的温度。这种方法可以有效缩短化验和冶炼时间，提高炼钢效率，有效减少冶炼中的能耗。仅此一项，一年可为企业节约上百万元的能耗。

大任担当　创造奇迹

自走上炼钢工岗位，杨金安和工友们一直从事着平炉炼钢——这也是中国最后一台平炉。而兄弟企业已经迈入电炉时代。不少年轻工友忍受不了热、脏、累的环境，想方设法调走了。

进厂的头20年，杨金安没歇过一个春节，甚至不知道春节是啥概念。因为大年三十、大年初一他都在厂里。平炉是烧重油的，设备一旦启动就停不下来，作为班长，他必须带班。有时候发现一种新的操作方法或者别人给他弄了一份新的资料，杨金安总想明白它到底是咋干的，越看越觉得跟看小说似的，看着看着就到夜里三四点钟。爱人催他睡觉，他口头应承着，眼睛却不离书本。最后媳妇睡着了，杨金安还兴致不减。一看时间，已是清晨六点半，干脆洗把脸，简单吃碗饭，直接去厂里上班了。爱人经常说他："这老傻子……"连杨金安自己都觉得有点"傻"。"傻"就"傻"吧，只要内心是充实的，只要精神是愉悦的，只要付出是有价值的。

由好奇而探索，由喜欢而入迷。干一行、爱一行、钻一行，在杨金安身上得到了集中体现。烈火熊熊的炼钢炉淬炼了钢铁的纯度与品质，也淬炼了杨金安的意志。他把青春理想与炼钢事业融为一体，立志当最好的炼钢工人，炼出世界上最好的钢。

杨金安一直梦想着用上电炉炼钢。2004年，就在杨金安参加工作第二十个年头，梦想终于照进现实。浴火重生的中信重工，通过大型技术改造将50吨平炉升级为50吨电炉，从硬件上赶上了世界先进水平。已担任16年班长、晋升高级技师的杨金安，众望所归转任50吨电炉班长。

一个炼钢的新时代开启了！一个施展才华的大舞台搭建起来了！杨金安满怀豪情，斗志昂扬，决定大展手脚。

但是，生产方式的转变，让杨金安和工友面临转变操作方式的难题。科技发展，时代进步，咱们产业工人决不能落后。怎么办？一个字，学！从设备安装开始，一直到设备调试结束，杨金安全程跟踪，了解设备结构与性能，熟悉控制与操作，仅调试笔记就记录了十多万字。电炉投产时，杨金安已经能够完完全全熟练操作。他又开始琢磨，电炉送一分钟电，几档的电压，几档的电流，每分钟耗电量是多少，足足记了三大本。

怀一腔热情与激情，凭一股韧劲与钻劲，杨金安带领团队很快玩转了新设备，并在新设备配套操作方法上不断取得突破。

挑战，伴随企业跨越式发展的宏伟战略迎面而来。

众所周知，钢铁是国民经济的重要支柱产业，是制造强国建设的重要基石。我国是钢铁生产大国，却不是钢铁生产强国，高端铸锻件中国制造占比较低。作为工业长子企业，作为"中国工业的脊梁，重大装备的摇篮"，中信重工责无旁贷扛起振兴民族装备制造业的使命担当，致力于打破国外垄断，突破中国工业发展的瓶颈。

一项名为"新重机"工程的宏伟计划横空出世。中信重工要构建一个高端重型装备制造工艺体系。其核心装备，是世界最大、最先进的18500 吨自由锻造油压机。

18500 吨油压机上横梁、下横梁、移动横梁、立柱、托架等十大关键部件，动辄数百吨。别说国内，就是放眼世界，也鲜有先例。就是有，别人也不会给你制造！正如习近平总书记所说："关键核心技术是要不来、买不来、讨不来的。"一切只能靠自己！

俗话说，"射人先射马，擒贼先擒王"。上横梁成品重达 520 吨，是最大最重的部件。要攻克的第一个部件，就是它了！根据工艺设计，上横梁需要冶炼 10 炉 6 包总重量达 829.5 吨的钢水进行合浇才能实现。工艺之复杂，合浇之困难，对庞大的系统设施、设备可靠性要求之严，对系统团队的协同配合要求之紧密，在中国铸造史上尚无先例！

10 炉钢水除了材质一模一样，温度差异也要微乎其微。也就是说，从第一炉钢水开始，到最后一炉钢水结束，直至完成合浇，在二十多个小时连续不断的时间内，每包钢水的温度还要保持一致！

难度可想而知！风险不可预料！

合浇的日子定在了 2008 年 5 月 22 日。杨金安既期待这一天的到来，又因为责任重大倍感压力。

从接到炼钢任务起，杨金安多次和团队召开策划会。冶炼前，他精心排兵布阵，修整炉子，检查工序，分派任务，备足炉料……一连三天，杨金安一遍一遍检查，不忽视每一个环节，不放过每一处细节。

合浇的日子到了。第一炉钢水冶炼正式拉开序幕。整个车间内弥漫着大战来临的紧张氛围，只见人影晃动，但忙而不乱，忙而有序，忙而有责。

再看杨金安，他站在1600多摄氏度的炼钢炉前，神情凝重，目不转睛，紧盯炉口，时时关注炉子里钢水的变化，不时指挥大家按需添加炉料。炉火旺盛，忽明忽暗，闪闪烁烁，投映在他古铜色的脸庞上，雕刻出一尊刚毅的塑像。

时间一分一秒流逝，钢水一炉一炉冶炼。一炉、两炉、三炉……

一切有条不紊！

最后一炉钢水开始冶炼！

合浇进入2小时倒计时！

突然，意外出现了！

其中一包钢水，由于长时间处于高温状态，钢包底部水口砖炸裂导致钢水外泄跑钢。虽然没有造成人员伤亡，但是现场所有人的心骤然提到嗓门！

合浇还能按期进行吗？

这次浇铸的上横梁，是当时世界上一次组织钢水最多、浇铸吨位最重的特大型铸钢件。对于中国铸造行业而言，这是具有标志性意义的盛事，中国铸造协会、中国锻压协会等行业领导、专家，以及广大客户，已经赶到中信重工，100多位嘉宾正翘首以待见证奇迹。

原中央电视台、省市电视台等众多媒体记者，早早架好了摄像机，一起记录这一历史性时刻。

怎么办？！怎么办？！

关键时刻，公司领导果断决策：重新冶炼一包钢水！

这就意味着，两个小时之内必须炼出一包同样材质、同样重量的钢水。

毫无疑问，炼钢的任务又落在了杨金安肩头。所有人又将目光投向杨金安。目光里，有信任，有疑惑，有担心，大家都捏了一把汗。

"那时候，头发上像系着十块砖一样，千钧一发，压力山大啊！"说到压力时，杨金安喜欢用头发系几块砖来形容。这次是他说的砖块数量最多的一次，以前最多也不过五块砖。

从前期准备，到开始冶炼第一炉钢水，再到现在，杨金安已经两天没有合眼了！此时的他眼睛布满了血丝，显得疲惫不堪。迎着大家的目光，杨金安用沙哑的声音说出两个字：拼了！

又有两台炼钢炉同时开启。杨金安既是一名将领，负责排兵布阵，又是一名战士，处处冲锋一线。他在两台炼钢炉之间来回奔走。从热工配置到装料，从调配成分到温度监控，每一个环节，杨金安都亲自操作。汗水湿透了衣背，钢花飞溅到身上，他浑然不觉。眼前只有沸腾的钢水，满脑子只有各种元素和温度的数值变化，心中只有一个念头：只许成功，不许失败！

沧海横流方显英雄本色。1 小时 20 分钟后，两炉合格钢水如期冶炼完成。

随着指挥长哨声鸣响，炽热的钢水喷涌而出，直入砂模浇口。车间内红光普照、热浪滚滚。10 分钟后，当时世界最大且唯一的，并且是最先进的自由锻造设备 18500 吨油压机核心部件上横梁顺利浇铸成功！中信重工创造出中国乃至世界铸造史上的奇迹！

整个厂房内顿时一片欢腾。如潮的掌声中，杨金安终于露出了久违的笑容。

清理完现场，杨金安长长舒了口气，拖着一身疲惫来到街边饭店。他已经一天没吃一口饭了。点了一碗烩面，又特意加了一瓶啤酒、一盘小菜，算给自己庆祝。吃着吃着，想起这些天来发生的一幕幕，这位身经百战的钢铁战士，心头涌起一股莫名的感动，眼里泛起点点泪花。真的是拼搏到无能为力，努力到感动自己！

经此大战大考，杨金安和他的团队更加沉稳、更加成熟了。接下来九大部件，也都相继成功浇铸，为18500吨油压机的制造奠定了基础。

2010年7月10日，时任中共中央总书记、国家主席、中央军委主席胡锦涛来到中信重工视察。看着巍然耸立的18500吨油压机，胡锦涛同志动情地对建设者说："谢谢你们制造了18500吨油压机，为中国人争了光，争了气，谢谢大家！"

听到这话，杨金安热血沸腾，自豪感、成就感、荣誉感在体内融合、升腾。

突围突破　志在最好

青春由磨砺而出彩，人生因奋斗而升华。杨金安怀揣匠心，砥砺前行。2013年，以他名字命名的"杨金安大工匠工作室"挂牌成立。从此，"实业报国、匠心筑梦"的理想追求，在他心中越发清晰、越发坚定。

工作室刚刚成立一个月，杨金安就迎来了新的挑战，研发全新的钢种——石化加氢用钢。

当时，石化加氢用钢具有高附加值，国内只有少数企业能够生产，且质量不稳定，国家每年都要花大量外汇进口。杨金安一直渴望在这一领域有所作为。

机会终于来了。中信重工首次进入大型加氢锻件市场，一举拿下中海油加氢项目 20 支大型加氢钢锭的订单。

干好这一单，中信重工不仅筑牢大国重器的地位，还将打开一片全新的市场天地。干不好，中信重工再想进入这一市场领域就更难了。

为了啃下这块硬骨头，杨金安带领工作室 9 名成员，马不停蹄投入攻坚战中。从 12 月初开始到 2014 年 2 月底结束，整整三个月时间，杨金安不分白天黑夜地"泡"在了生产现场。不仅跟踪每一炉钢水从上料到冶炼、精炼，再到真空脱气、浇铸成型的钢水冶炼全过程，还跟踪了加氢锻件的锻造成型、热处理、机加工直到最后一道工序质检、探伤。他追着每一个相关人员要反馈数据，把每一个可能引起变化的技术数据，都记录在册。

就连七天春节假期，杨金安也不顾老婆孩子"闹意见"，蹲守在生产现场。正在读大学的儿子放假在家，不无揶揄地说："老爹，你比总理都忙。想见你一面真不容易啊！"是啊，自出生以来，儿子很少像别的小朋友那样享受父亲的陪伴。他曾对孩子说：爱炼钢跟爱你一样！

埋怨归埋怨，牢骚归牢骚。老婆孩子还是理解杨金安，理解他与炼钢的感情，这辈子是不可能分开了，就像碳元素熔铸于钢铁之中。埋怨两句之后，还是默默地照顾他、支持他。大年三十，照样送去热气腾腾的饺子。

最终，首批加氢钢锭一次交检合格。杨金安和他的创客团队再次创造了中信重工特种钢冶炼史上的奇迹。

通过全程跟踪所有 20 支加氢钢锭、3580 吨钢水的冶炼，杨金安收集了大量第一手资料和数据，通过数据分析、优化，形成了一套典型工艺，编写出中国石化加氢钢的先进操作方法，受到了国内外专家的高度好评。该工艺效率高、质量稳定，后来又成功锻造出世界最大的加氢钢筒体，达到了世界一流水平。因市场前景广阔，已实现销售收入 10 多亿元。

善于啃硬骨头，不服输，想干的事必定要干成。这是杨金安的秉性，也是杨金安的倔劲。关于这一点，还有一个故事。

当初中信重工要进军核电领域，前提是取得相关资质。而要取得资质，先要拿业绩说话，先干出核电模拟试验件再说。

某行业老大哥企业干核电产品多年，中信重工派出团队前去学习取经，杨金安是其中一员。没想到，对方不热不冷，更不用说让看核心产品和技术了。对方一位领导甚至用轻蔑的口吻说：中信重工要想干成核电产品，至少得学4年，至于学费那就多了去了！

听了这话，杨金安心里很不是滋味，他憋着一股劲：我就是要证明给你们看，你们能做到的，我们中信重工人照样能做到！

忍着屈辱，杨金安把全部精力投入到核电钢的冶炼上。最终，粗炼出的钢，标准要求磷含量0.002%以内，杨金安控制在了0.0005%以内；精炼钢水要求磷含量0.004%以内，杨金安硬是控制在了0.0025%以内。这已经是同类产品领域所能达到的极限！

核电模拟件一次实验成功，不但证明了中信重工生产核电产品的实力，也标志中信重工炼钢水平达到世界领先水平。

大藤峡水利枢纽是我国珠江流域关键控制性水利枢纽，枢纽船闸大门是世界上最大的闸门之一，有着"天下第一门"的美誉。而闸门底枢蘑菇头，要承受1295吨的闸门压力。更苛刻的是，如果50年内磨损超过4.7毫米，就意味着闸门无法开合，这就要求钢的硬度、韧度、耐磨度达到极致。

"蘑菇头"直径1.2米，为世界之最，选用高碳高铬不锈钢材质铸锻，在国内乃至国际上也是首次。由于材料特殊、尺寸大且无成功经验借鉴，设备制造难度极高。2018年3月至10月，大藤峡公司曾委托铸锻经验较为丰富的厂家连续两次进行制造，均以失败告终。

抱着试试看的心态，大藤峡公司把这块难啃的"硬骨头"委托给中信重工。杨金安知道大藤峡工程的重要意义和底枢蘑菇头制造对工程工期的重要性，接到任务后彻夜研究技术文件，针对技术难题提出科学解决方案。

通过试验分析，杨金安和他的伙伴们采用电渣重熔技术、大吨位压力机快速锻压技术及合并铸锻新技术，有效解决了毛坯内部组织疏松和单个"蘑菇头"铸锻细长比不够的技术难题，同时巧妙保证了锻造材质最优部分分布于"蘑菇头"主要受力部位，为国内乃至国际提供了中信重工的方案。

匠心传承　同心筑梦

新时代开启新征程，新使命呼唤新作为。进入新时代，我国的科学技术确实取得了非凡成就，但关键核心技术创新能力同国际先进水平相比仍有差距，关键核心技术受制于人的局面没有得到根本性改变。

高技能人才是国家战略人才力量的重要组成部分，是支撑制造强国的重要根基。党的二十大报告强调"实施科教兴国战略，强化现代化建设人才支撑"。习近平总书记指出，技术工人队伍是支撑中国制造、中国创造的重要力量。大力弘扬劳模精神、劳动精神、工匠精神，激励更多劳动者特别是青年一代走技能成才、技能报国之路，培养更多高技能人才和大国工匠，为全面建设社会主义现代化国家提供有力人才保障。

作为河南省第十三届、十四届人大代表，洛阳市涧西区第十五届、十六届人大代表，一有机会，杨金安总是为制造强国建设、为高技能人才培养建言献策。在代表团讨论发言中，在提交建议中，在撰写论文中，在高端论坛发言中，杨金安口不离制造强国、人才培养。

2022 年，在全国总工会主办的首届大国工匠论坛主题征文活动中，杨金安获得特等奖的论文，题目就是《发挥工匠人才作用，提升中国制造的核心竞争力》。他指出，随着工匠人才队伍的不断发展壮大和素质的持续提高，制造业需要进一步发挥工匠作用，打好关键核心技术攻坚战，提升中国制造核心竞争力，加快关键核心技术创新能力同国际先进水平接轨。

在杨金安看来，一花独放不是春，百花齐放春满园。他经常和团队成员一起探讨生产过程中的难题，固化每一个特钢项目的冶炼方法，鼓励徒弟们成为"战无不胜的钢铁战士"。

为了更好地传承技艺、培养新人，杨金安通过大工匠工作室和公司举办的"工匠大讲堂"、开展的创客群活动，给职工讲工匠精神、讲先进操作法，开展技能培训活动 200 多次，培训 3000 多人次，完成创新课题 24 项，推广应用一批先进操作法，提出合理化建议 20 余项，创新创效价值达 9200 余万元。更重要的是，这些活动锤炼了一支活跃在生产一线的特别能吃苦、特别能战斗、特别能创新的技术工人队伍。

"我的人生理想很简单，就是要炼出世界上最好的钢，在世界炼钢行业有我们的一席之地。"杨金安把个人理想追求融入制造强国的实践，杨金安带领团队炼出了航空航天钢、军工钢、核电钢、石化加氢钢等一系列"高精尖"钢种，成功应用在神舟系列飞船、国产航母、港珠澳大桥等国家重大工程建设项目上。

烈火丹心，匠心筑梦。39 年来，杨金安从一名普通炼钢工人成长为劳模工匠，成就出彩人生。先后获评"全国五一劳动奖章""河南省首届中原大工匠""全国技术能手"等。一时间，报纸上有名，电视里有影，广播里有声，网络上有形，社会上有光。

2019 年 11 月，由全国总工会、中央广播电视总台联合举办的 2019 年"大国工匠年度人物"评选结果揭晓，杨金安榜上有名，成为河南省唯一入选者。站在领奖台上，从焦裕禄同志二女儿焦守云手中接过大国工匠的奖杯，杨金安高高举起奖杯，也将新时代产业工人的荣耀与尊严高高举起。

2020 年 7 月 31 日，河南"最美职工"评选结果揭晓，杨金安成功入选，颁奖词这样写道："钢铁是怎样炼成的，你最清楚！三十七年烈焰，练就了你的火眼金睛；三十七年的坚守，不是谁都经得起这样的锤炼！一炉钢，一路刚，你有钢的意志，更为我们国家炼出了世界一等的钢！"

恰如颁奖词，精练的语言，正是杨金安"精炼"人生的写照。

感恩于心　报恩于行

作为名人的杨金安，俨然成了众人追捧的明星。

大国工匠年度人物颁奖典礼结束，不少观众纷纷围拢过来，请求杨金安签名。有位女士，手边没有带本，索性扯起新买的洁白棉袄，让杨金安直接签在衣服上。

一次，杨金安下班回家，顺便在路边水果摊买香蕉。摊主看着他，惊喜地说，这不是大国工匠吗？说什么也不肯收杨金安的钱！

还有一次，杨金安带着小孙子在公园游玩，一位路人走到他身边，主动同他握手，说："我认识你，你是大国工匠。社会需要你这样大工匠，需要你这样充满正能量的人，我们为你骄傲！"

受到尊重让杨金安感到劳动者的地位和尊严。但他并没有忘乎所以飘飘然，一如既往保持纯粹之心。树高千尺不忘根，人若风光勿忘恩。

杨金安的笔记本上，工工整整写着这样一段箴言：用专注和坚守，创造不可能；只有千锤百炼，才能炼出好钢。倾尽一腔心血，炼就钢铁匠心；用汗水浇灌收获，以实干笃定前行。炼钢就要炼出好钢，做人就要做个好人。炼钢如做人，要不断地在烈火中淬炼，摒弃杂质，达到品质纯粹；做人如炼钢，要经得起热、苦、累的考验和汗水的洗礼，最后超越自我，完成生命的升华。

这是杨金安的真情告白，也是杨金安执着追求，更是杨金安的不变初心。

其实，杨金安有多次另谋高就的机会，都被他拒绝了。

20 世纪 90 年代中后期，国有企业陷入大面积亏损境地。中信重工也不例外，企业曾连续 19 个半月发不出工资。杨金安所在的热加工好一些，一个月也只能发五六百块钱。孩子还小，各方面都需要钱，日子还是过得紧紧巴巴。迫于生计，杨金安下班只能批发卫生纸去卖，每次挣个三五块钱补贴家用。

此时，南方一家企业通过关系找到杨金安，先是多次电话联系，后来直接登门拜访，承诺月薪过万。这可是杨金安当时近两年的工资收入。杨金安也曾动摇过，经过几天激烈的思想斗争，最终他选择了坚守。他说："我的父辈从厂里退休，我的媳妇在厂里工作，我也在厂里干了十几年，对企业怀有很深的感情。我相信企业会好起来！愿意与企业共渡难关！"

在中信重工最困难的时候，他选择与企业风雨同舟、患难与共。在个人声名鹊起的光环中，他选择坚守本职、忠于企业。

2016 年 5 月 7 日，原中央电视台栏目《朝闻天下》和《新闻联播》分别在"劳动者之歌"栏目报道了中信重工大工匠杨金安的事迹。早间的《朝闻天下》以《杨金安：火眼金睛　百炼成钢》为题，用 3 分钟时长的新闻，全方位真实展现了杨金安工作的方方面面，体现了杨金安作为中信重工大工匠的境界与追求。《新闻联播》则以《杨金安：执着专注百炼成钢》为题，用时长 1 分 30 秒的篇幅进行报道。中央媒体让杨金安再次声名远播，引起国内外的关注。

山东一家国企的负责人想"挖"杨金安，承诺解决户口、子女教育、安家费用等。见杨金安不为所动，春节前夕，该企业负责人专程赶赴洛阳宴请杨金安，苦口婆心游说。杨金安态度明确，中信重工培养了我，我不能做忘恩负义之人！

与此同时，两家国外公司辗转找到杨金安，开出百万年薪！杨金安一口回绝：绝不可能！语气斩钉截铁，干脆利索。"国家给了我成长的舞台，我所做的一切，都只为突破卡脖子技术，打破国外技术垄断和封锁，怎么可能去帮助他国！"

按照国家政策，热加工属于特殊工种，职工 55 岁退休。2022 年 3 月，杨金安就到了退休年龄。国内大大小小的企业早已"盯"上了杨金安，纷纷向他抛出橄榄枝。杨金安还是那句话：没有中信重工搭建的平台，没有中信重工的培养，就没有我的成长进步，更谈不上今天的荣耀！人不能忘本，要有感恩之心。我是不会去的。

感恩于心，报恩于行。当公司领导向他发出挽留请求，希望他继续发挥余热为企业作贡献时，杨金安毫不犹豫答应下来！在他看来，这是他发挥余热、回报企业的最好方式。

择一事，终一生。不为繁华易匠心，不舍初心得始终。

杨金安用坚守和奋斗生动诠释了"伟大出自平凡、英雄来自人民"的深刻内涵，用勤劳和智慧谱写出一曲曲响亮的劳动者之歌。

杨金安炼出一炉又一炉最好的钢，也把自己"炼"成了一块"好钢"，"把两块好钢都献给国家"，在建功国家重大工程中支撑着制造强国的梦想。

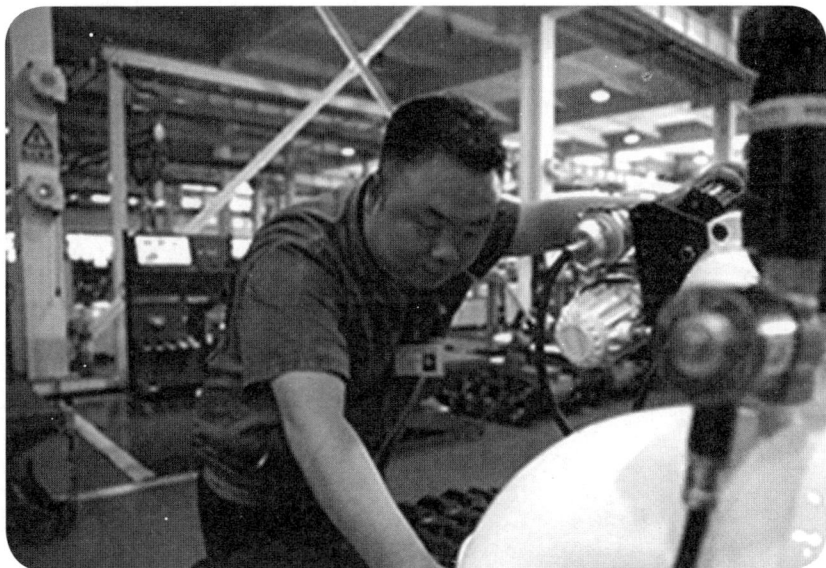

【人物名片】

....

　　孙宁，高级工程师，中信重工开诚智能装备有限公司机器人研发部经理。他始终冲锋在特种机器人研发的第一线，凭借过硬的技术水平和扎实的工作作风，攻克多项技术难题，取得丰硕的研究成果，获得"全国劳动模范""河北省特等劳动模范""河北大工匠年度人物"荣誉，2022 年"大国工匠年度人物"提名人物。

....

孙宁：做中国最好的特种机器人

◇ 王志江

喜讯伴着赞叹声四处传扬

南临渤海，北依燕山。在辽阔的冀东平原，坐落着英雄之城——唐山。提起唐山，大家或立刻想到钢铁、煤炭，或胸中涌起"大地震"留下的那份悲伤与感动，然而如今的唐山，早已阔步迈向绿色低碳高质量发展之路。尤其是位于唐山高新区的机器人产业园区，处处洋溢着科技创新气息，来自全国各地的高技术人才会聚于此，共同描绘着唐山从工业大市向制造业强市转变的景象。

位于园区南端的中信重工开诚智能装备有限公司，是整个园区机器人企业的突出代表。迎着晨曦，极具现代建筑风格的楼体昂首挺立，仿佛正向世人自豪宣示着向世界一流企业进发的宏图大志。

三月的厂区异常热闹，一条振奋人心的喜讯不胫而走。

"听说了吗？孙工提名'大国工匠年度人物'人选，牛啊！""真棒，为咱开诚智能争光啦！""祝贺呀，孙工，你是公司的骄傲！"喜讯伴着赞叹声在公司内部四处传扬，大家发自内心地表达着祝福。

同事们口中的"孙工"，正是中信重工开诚智能机器人研发部经理孙宁，一头短发，常穿一身已经磨得泛白的蓝色工装，走起路来脚下带风，脸上总挂着笑容。别看他年纪轻轻其貌不扬，但一身荣誉让人折服：全国劳动模范、河北省特等劳动模范、河北省五一劳动奖章获得者、河北大工匠年度人物、河北省"三三三人才工程"第三层次人选、河北省年度十大新闻人物，等等。

"荣誉属于大家，我只是去领了个奖。"在接受同事们的祝福和当地媒体采访时，孙宁一脸羞涩，不停地解释着。接受完采访，他还要准备去市里的演讲，手头几个同步进行的科研项目需要他跟进。

结束一天的忙碌已是晚上8点，孙宁习惯性地坐在工位上静静思考，无论多么忙碌，他总会给自己留出单独思考的时间。一天工作经历在脑中回放，一些需要总结和改进的细节被及时记录在桌前小本上，一行行密密小字、一幅幅思维导图，是孙宁一天最宝贵的收获。

安静的思绪被一段手机铃音打断，是父亲打来的祝福电话。父亲难掩喜悦和骄傲之情："宁儿，你又获奖了，老家亲戚们都看到你上电视了，连你那个小学同学东子都跑到家里来道喜。对了，你那个同学你还记得吗，就是他爸胳膊受伤的那个。"

就是要做机器人

怎么会不记得呢，那是从小刻骨铭心的伤痛啊！

孙宁，1987年出生于河北省迁安市，那里有着丰富的煤炭和钢铁资源，父辈们多是在煤矿或钢厂上班。在这座以能源产业为主要经济支柱的城市，经济腾飞的背后也埋有安全隐患。一次，同学东子的父亲因生产意外事故失去了手臂，劳动力的缺失让本不富裕的家庭雪上加霜，平时活泼开朗的同学从此变得郁郁寡欢。这件事对孙宁产生了极大的触动，他暗下决心：将来一定要做一名机器人工程师，让人们远离危险的工作环境，让更多家庭不再失去往日的欢笑。

考入大学后，孙宁毅然选择了机械设计制造及自动化专业。2012 年，研究生毕业的孙宁面临就业的选择。读研期间，他成功研制出国内最早的气动人工肌肉非线性复合材料与气体、温度复合物理场的有限元模型，这些成果为就业增添了优势。成都、上海等地多家大型国企抛出橄榄枝，甚至有上海的企业给出年薪 18 万元的待遇，连导师也劝他留在上海。

"研究机器人是我年少时的梦想，当时几家企业中，只有家乡的企业是生产机器人的。"最终，孙宁选择回到唐山，开创一份属于自己的事业。2015 年，他如愿加入开诚智能，这个梦想起飞的地方。

彼时的开诚智能已在机器人领域"十年磨一剑"，拥有履带式机器人、水下机器人等五大系列机器人制造平台。能够站上巨人的肩膀，是机遇更是压力。从入职开始，孙宁近乎痴狂地展开学习与研究，凭借良好的基础与过人的毅力，短短几个月时间，他便成长为机器人研发部的骨干力量。

火灾事故严重威胁人民的生命财产安全，公司决心研发一款消防机器人，尝试改变传统灭火救援方式。经过内部讨论，这项艰巨的任务交给了孙宁，公司希望他凭着那股年轻人的冲劲儿在新领域创造新的可能。孙宁心中喜悦，他知道，接下这项重任的同时，他与实现梦想又近了一步。

像在荒原上种树

"没有经验借鉴、没有标准参考，感觉就像在荒原上种树……"孙宁回忆说，公司给他们的研发时间是 3 个月，从签订"军令状"那天起，孙宁和团队就决心要做成一款具有国际先进水平的消防机器人。

对孙宁来说，特种机器人的研发完全是一个新的开始，不仅需要掌握视觉识别、精密机械设计加工和嵌入式控制器开发等一系列技术，还要熟悉钢材物理性能检测工艺。为此，他带领项目组成员逐个攻坚克难。

仅为解决机器人履带强度难题，提高材料阻燃性、抗拉、耐磨、防静电等功能，围绕履带材料配方，他们就做了上百次试验。

他们还花大力气研制机器人控制器。为了达到防爆防水功能，控制器必须密闭性能良好，可从市场上购买的标准控制器，因散热问题而无法使用。"我们只好自己研发耐高温、低功耗、体积小的控制器。"孙宁回忆说，"此外，电路原理图、电子元器件、电路板设计等，几乎所有的软件、硬件，都是我们自主设计、研制的。"

为了这个项目，孙宁没有休过一天假。整整一个月，他几乎吃住在公司，查阅了200多篇相关论文，一周内拿出十几个方案，反复论证研究，设计、失败，修改设计、再失败，再修改设计……

"如果说我放弃了一个千分之一，我放弃了十个千分之一就是百分之一，那么达到百分之三它可能就是一个指标性的差异了。所以说追求的这种极致和完美，是我们必须坚持的每一步。"面对研发中遇到的挫折，孙宁总是耐心地鼓励团队。

研制机器人时，为了给设备减重，他带领团队连熬数十个通宵，做了数百次工程实验。一台消防机器人包含上千个零件，一套机器人图纸包含数十万个工艺信息……为避免走弯路，他们把组装工艺精确到每一个螺栓的安装顺序。

功夫不负有心人。经过80多个日夜的呕心沥血，中国第一台防爆消防灭火侦察机器人终于如期诞生。360度旋转云台摄像仪，实时图像数据传输，上下自由俯仰的水炮炮头，喷水流量可达80升/秒，在强劲履带平台的带动下，机器人灵活自如地爬坡越障……有了这样的消防"黑科技"，消防员就不必亲身进入易燃易爆、有毒缺氧等危险事故现场搜救灭火，无疑有效解决了传统消防救援中的人身安全、数据信息采集不足等迫切问题。

较之国外同类型机器人产品，孙宁团队研发的机器人重量仅为他们的一半，体积是他们的三分之一。这意味着这款机器人具有更强的复杂环境通过能力和狭小空间的工作能力，被权威专家组认定为"达到国际先进水平"，并获得防爆、消防双项认证。

感谢你们造出机器人

2016 年 8 月 23 日，一场全国性的危化品救援技术比武演练正在大庆油田上演。随着一声声震天巨响，现场两万立方米原油储罐突发"泄漏"引起一连串燃爆，在冲天火光和尖锐警报声中，只见 6 台消防机器人一字排开，径直冲向火灾腹地，在贴近起火油罐不到 5 米的边缘停下，同时喷射出 6 条粗壮的水龙。面对瞬时腾起的熊熊火焰和高温气浪，机器人镇定自若，不到 10 分钟就将烈火彻底扑灭。

这是公司消防机器人在公众视野里的第一次亮相，为在场的专业观众呈现出国内首次机器人灭火的盛况。

现场行业专家的普遍评价是：开诚智能消防机器人机动性强，且喷射量大，通过实行编成化作战，能够有效应对灾害现场。针对新形势下"不搞大兵团作战、人海战术"的理念，推行科技换人、精兵战法，最大限度地应用消防机器人是更佳的选择。

"成功了，我们的机器人表现得无比出色！"喜讯很快从千里之外传来，孙宁一直悬着的心此刻终于落下。虽然经过无数次的理论推演和调试检验，但真正进入"大型实战"这是头一回。

看着亲手研制的机器人得到社会认可，孙宁和他的团队无比欣慰，同时信心倍增。他们瞄准实际需求，一鼓作气陆续衍生出不同流量、不同动力、不同灭火介质，可适应各种火情的 10 余款消防机器人产品。自此，开诚智能成为国内消防机器人功能最齐备、产品线最齐全的企业。

同年 10 月 10 日，北京故宫博物院喜迎建院 91 周年纪念日，并举行了建院以来最大规模的消防实战演练。开诚智能消防机器人受邀参演。在不到 10 分钟的时间内，机器人拖拽着几百千克重的消防水带，爬越台阶，快速到达模拟火源核心区域太和殿，顺利完成灭火、降温等作业任务。人民日报、原中央电视台、科技日报等中央媒体纷纷报道，称赞机器人为"新时代的紫禁卫士"！

消防机器人不仅博得了流量，更迎来了市场销量，仅 2016 年就拿下近千台订单。

消防机器人陆续列装全国大部分消防单位，代替消防员进入"人不能近、人不能及、人不能为"的危险场所，执行侦察、灭火、救援等多类型任务。

2017 年 10 月 15 日凌晨，一场冲天大火惊醒了熟睡中的人们，某大型制药厂突发火灾，现场存有 20 多个近 30 吨含环丙乙炔、一氯化物等有害物质的储存大罐，火势迅速蔓延，有害气体弥漫，消防人员一时难以靠近，情势十分危急！消防机器人迅速增援就位，在距离火源不到 5 米处喷射冲天水雾力压火魔，在历经 10 个小时的持续奋战后，大火被彻底扑灭。

2018 年 6 月 1 日，某大型商贸市场发生火灾。由于起火区域位于地下冻库，烟气扩散快、温度高、毒性大，火势不断向毗邻仓库蔓延，救援难度极大。消防机器人紧急参战，果断采取内攻行动，及时判明火源，实时向现场指挥部提供火点分布、环境参数等侦察数据，为大火最终彻底扑灭发挥了关键作用。

2019年3月18日，消防机器人参与某大跨度轻钢厂房火灾救援。现场高温炙烤，浓烟密布，熊熊烈火仿佛要吞噬一切。危急时刻，消防机器人挺进随时可能坍塌的厂房，穿透烟雾洞察火情，大流量水炮奋力扫射……消防机器人的及时应战，避免了救援人员以身试险。

2021年10月14日，某大型盐化工企业发生爆炸，现场火光冲天，烟雾弥漫。8台消防机器人临危受命赶赴救援，机器人在瓦砾遍布的火场如履平地，将数十米高的水柱化为"子弹雨"横扫烈火，最终将大火成功扑灭。

诸如以上场景，在城市大型综合体、高层建筑，在制药厂、能源化工等危化企业，在大型仓库、机械厂房等大跨度空间，在加气站、油罐区等易燃易爆场站，在机场、涵洞、高速公路等交通枢纽，在文物古建保护区，在电力场站……消防机器人参与灭火实战千余次，被消防员们亲切地称为"好战友""好帮手"。

2017年6月，一封来自徐州市消防救援支队消防员的感谢信这样写道："我在消防战线多年，经历过金陵石化、扬子石化、4·22危化品仓储火灾……身边不少战士兄弟们都负过伤流过血，有的兄弟献出了宝贵的生命，头天还一起训练第二天就没了，每次救援大伙都提心吊胆。现在好了，有了消防机器人可以代替我们冲锋到第一线，既安全方便又高效快捷，别提多开心了。我们还可以放心地告诉家人，我们有了生命守护神，家人再也不用担心了，感谢你们研制出这么好的机器人！"

创新就是为用户创造新的价值

2020年3月，国家发展改革委、国家能源局、应急管理部、工业和信息化部、科技部等 8 部委联合发布《关于加快煤矿智能化发展的指导意见》（以下简称《指导意见》），掀开了全国智能矿山建设的序幕。《指导意见》明确指出，加强煤矿智能化技术装备研发，推进煤矿机器人研发及产业化应用，实施机械化换人、自动化减人专项行动，推进固定岗位的无人值守和危险岗位的机器人作业，实现传统煤矿的智能化转型升级。彼时的煤矿行业，传统人工作业方式早已无法满足现代化生产设备的运行要求，迫切需要技术更先进的适用于煤矿井下的智能化机器人系统。

开诚智能领导班子敏锐地察觉，这是国家政策和行业需求的共同召唤，企业必须抢抓机遇先行一步。

早在 2007 年，企业创始人许开成先生就富有远见地带头研制出国内首款矿用抢险机器人，时至今日，在煤矿机器人和智能装备领域，企业已积累下丰富的技术经验。

此时的孙宁，早已承担起部门技术管理的重要职责，工作范围也扩展至全部特种机器人产品。

"有了技术积累，接下来就是找准当前煤矿行业应用需求，有针对性地在原有产品基础上拓展升级。"公司领导的嘱托，让孙宁深感肩头的责任重大。

井架高耸，天轮旋转，机车往来，马达轰鸣，车间里弧光闪烁，矿井下热火朝天，一辆辆满载原煤的货车正风驰电掣般驶向祖国的四面八方……这便是国内大型煤矿的典型场景。在近半年时间里，孙宁和他带领的研发工程师们，将经常出没在这样的环境中。

"创新必须立足用户需求，创造出新的有价值的产品！"孙宁这样想，也立即行动起来。他带领团队走出实验室，奔赴全国各大煤炭企业，深入井下生产现场，与一线工人交流，掌握真实使用需求，获取第一手研发资料。

成果很快显现。2020 年 9 月，甘肃窑街煤电集团天祝矿迎来开诚智能巡检机器人的"上岗"，只见机器人依托挂轨，如忠诚的卫兵一样，在巷道内来回"望、闻、问、切"，密切监测生产设备运行状况，实时采集现场环境参数，24 小时不间断往复式巡检值守。矿用巡检机器人的投运，一举改变传统巡检作业方式，有效助力矿方实现减员增效、安全生产。

"我原来是皮带巡检工，每天需要在潮湿的巷道内来回走上 4 公里，既枯燥也不安全，尤其是夜班一刻都不能松懈。自从有了智能巡检机器人，真没想到现在坐在空调房里'看看电脑、点点鼠标'就能完成工作"，矿井值班人员感叹道。

孙宁团队再接再厉，将机器人技术与煤矿转型发展深度融合，让创新之花在煤海深处绚丽绽放。面向露天矿低温开采特殊环境，研制出具备在极寒条件下稳定工作的露天矿巡检机器人；面向繁重低效的人工选矸，研制出智能选矸机器人，矸石识别、分拣、分流一气呵成，工作效率提升 8 倍；面向井下救援难题，研制出矿用消防侦察机器人，机器人如履平地穿梭巷道，轻松应对侦察救援任务。此外，研制出的井筒监测机器人、皮带纵撕监测机器人、井下运输预警机器人、工作面巡检机器人等一系列安全预警机器人，实现超前预判和精准处理，切实将问题隐患消除在萌芽状态，真正解决了煤矿痛点难点，获得用户广泛好评。

随着特种机器人逐步走进市场，被更多人知道，公司机器人业务与日俱增。"面向客户的定向研发需求越来越多，有不少人是主动来寻求合作的。"孙宁自豪地说。

开诚智能的技术优势与研发实力吸引了中国石化销售有限公司华南分公司的目光，他们寻求一款具有防爆性能的智能巡检机器人定制化产品。石化行业里原油及成品油的储运场站对设备安全等级要求极高，此前为了保证安全，都是由人工查看各管道上阀门仪表运行状态。"中石化希望我们能开发出场站防爆巡检机器人，而且给出的时间只有两三个月。"孙宁说。

基于当时市场同类产品体积重、续航短等问题，孙宁坚持要从机器人轻量化、实用性等方面来一个质的飞跃。

孙宁提出："我们的技术指标是将机器人体重控制在220千克。""既要防爆又要轻量，难度太大，做400千克还不行吗？"有人提出异议。

很快，孙宁用行动消除了质疑。系统设计中，他创造性地将坦克车辆克里斯蒂减震悬挂系统与轮边驱动相结合，探索使用新材料解决传统技术问题；他从核心元件下手，研制出国际首创的本安云台，让终端执行元件减重75%；以防爆机器人小微化、执行装置本安化的设计手段，成功实现了轮式巡检机器人减重60%。

难题越大，创新的价值也就越大。防爆轮式巡检机器人一经推出，便得到客户的高度认可，机器人随之在全国多家石化场站"上岗"，它最大限度地将巡检工从烦琐、重复和夜间劳动中解放出来，为提升石化企业安全生产水平发挥着重要作用。

诸如此类的研发成果不胜枚举，孙宁及研发团队在特种机器人领域深耕不辍，本着"为社会和客户持续创造价值"的理念，陆续开发出50余款机器人产品，涉及应急消防、煤矿、石油化工、煤化工、电力、冶炼、城市建设、公共交通、国防现代化建设等30多个行业领域。

没有过时的原理，只有过时的工程师

这些年，孙宁和他的团队越来越受到各方关注，大家十分好奇，是怎样的群体培育出如此丰硕的创新成果？更有不少有志青年表达加入团队的愿望。

"创新不是一个人的事，每次解决难题都是团队成员共同闯关的结果。"孙宁说，"我们团队就是由一群敢拼敢闯、不断追求进步的年轻人组成的，机器人产业需要更多新鲜血液的注入。"可是，想加入孙宁的团队并非易事。

"我们团队淘汰率最高时达到 1 比 20。"孙宁坦言，面试工程师时，他不仅会抛出刁钻的问题，偶尔还会卖个关子，当向对方表达"你可能不适合这个岗位"时，如果对方流露出畏难情绪、不再追问或表态，往往面试失败。而那些渴望继续学习、继续努力的人则更有机会和孙宁并肩作战。

新人进入团队后，孙宁除了会毫无保留地传授知识，也会无微不至地关心他们的生活。

"每当要开发一个新产品时，我们团队都会投入全部的激情和精力，时刻关注前沿动向，专注新技术领域，认真听取每一条建议。"孙宁把自己定位于团队梦想的经营者，总是拿出最好的想法与人分享。"我希望团队成员能够在一款新产品的开发过程中共同成长，在特种机器人研发舞台上体现自身价值，实现职业理想。"

然而，机器人研发总是涉及不同领域技术，产品开发者需具备多学科知识。同时，因为面向不同领域需求，技术人员需要不停更新自己的知识库。孙宁坦言："我经常感觉原来学的知识不够用，学习是创新的原动力，没有过时的原理，只有过时的工程师。"

"客户有时不仅对实用性能要求高，还对外观、人文要素都有考量。"孙宁接到过一个设计制造微型消防站机器人的任务。由于这类设施通常放置于商场、标志性建筑，对外观及性能要求极高。"我们得从头开始学美术、造型这些基础技能。"

为了获取知识，孙宁每隔一段时间都要从书店买回大量专业书籍。他常年坚持"一个月一本书，一周三篇科技论文，三个相关专利"的"一三三"学习方式，所学涉及机械电子工程学、软件工程学、结构学、经典物理学、加工工艺学，甚至美学等学科，读书几乎占据了所有的业余时间。孙宁说，只有广泛涉猎多领域、多学科，以期通学通识，才能研发出更多符合我国国情和客户需求的机器人产品。

孙宁还借助参加技术论坛、参加大型展会、拜访专家客户等时机，怀着谦虚、开放的心态，与行业大咖展开思想碰撞和深度交流，既增长学识，又吸收了先进理念和技术。

在孙宁的带动影响下，开诚智能机器人研发团队的"80后""90后"们正在迅速成长，他们的共同目标是成为像孙宁一样爱学习、肯钻研、综合能力出色的机器人研发精英。

这么好的青春怎能不奋斗

作为智能制造、先进制造的集大成者，机器人被誉为制造业皇冠顶端的明珠，而孙宁，常常被媒体称为"那个摘取制造业皇冠顶端明珠的人"。

在短短5年时间里，孙宁从一名"刚入门"的机器人研发人员迅速成长为机器人研发骨干，再成为如今的机器人研发"带头人"。立身公司产业发展平台，孙宁怀揣梦想，一路乘风破浪。

2020年11月24日，全国劳动模范和先进工作者表彰大会在北京人民大会堂隆重召开。孙宁荣获"全国劳动模范"称号并赴京参加表彰大会，上台领取党和国家领导人颁发的荣誉证书。

2023年2月28日，中华全国总工会、中央广播电视总台联合发布"2022年大国工匠年度人物"，孙宁喜获提名；4月20日，孙宁再获

"2023 年河北大工匠年度人物"。

荣誉接踵而至，对孙宁来说，这是对他长期坚守特种机器人梦想的认可和鼓励，既感使命光荣，亦知责任重大。

"大家看到的更多是鲜花和掌声，在我们回忆里更多的是彻夜不眠的拼搏激情，是各地调研的忙碌身影，是 50 摄氏度酷热下防静电服里的大汗淋漓，是西北狂风猎猎寸步难行的爬冰卧雪，是漆黑大山里的鸟叫虫鸣，是伴我回家的熠熠星辉。在煤矿里只有大笑才能看见白，在南海的桅杆上从头到脚都是黑。这就是我们的研发团队，虽荆棘满地却一路高歌前行……"在作劳模工匠宣讲报告时，孙宁谈及奋斗经历，动情之处也会潸然泪下。

同样动情的还有他对家人的愧疚。因为总是忙于工作，家里人很少得到孙宁的照顾。在工作中"拼命"，也就意味着对家人的"亏欠"。一次，孙宁下班后特意带妻子到公司展厅参观，孙宁像是接待尊贵客人一般，将展台上的机器人功能特点一件件如数家珍介绍给妻子听，连同每台机器人研发时遇到的困难和取得的成就也一一道来，孙宁越讲越兴奋，时而抚摸机器人部件，时而拍拍胸脯，全然未察觉妻子已满含泪水。"你做的都是关乎企业和社会的大事业，我为你感到高兴，家里有我照顾呢，你就全心忙你的事业吧！"从此，妻子更加支持他的事业和梦想。

家人的理解支持，企业的关怀培养，给了孙宁最好的成就梦想的环境，让他可以在特种机器人的一片蓝海里尽情遨游。

近年来，借助创新工作室的建立和企业各类创新平台的建设，孙宁带领团队加强核心技术攻关，不断扩大产业创新优势，取得一系列丰硕成果：参与国家重大研发项目课题 1 项、河北省省部级科技项目 3 项，取得国家发明专利 7 项、实用新型专利 23 项、外观专利 15 项，EI 检索收录论文 2 篇，中文核心期刊发表论文 3 篇，荣获全国工业设计大赛金奖、河北省科技进步二等奖、河北省科技进步三等奖等奖项。

如今，开诚智能凭借技术优势牢牢占领着特种机器人产业的制高点，并以引领者的姿态，持续推动着中国特种机器人产业向前发展。

"事实上，我们是没有标杆的。所有的一切，只能靠我们自己去摸索和实践。在我们的机器人产品上，零部件几乎都是国产的，核心的控制系统也是我们自己研制出来的。我们在反复的实践与摸索中，走出了一条属于我们自己的道路。"孙宁说，"让中国制造在特种机器人领域竞争中扳回一局，是机器人研发团队和企业上下共同坚守的信念。"

个人向上，国家向前。孙宁立足岗位、脚踏实地，用拼搏奋斗实现人生梦想，以创新创造弘扬工匠精神，在逐梦路上收获了个人成长，也为国家发展和社会进步作出了贡献。

"我今年才 37 岁，这么好的青春怎能不奋斗！未来，我还想造出更多更好的机器人，回报我的家乡和企业，服务国家和社会的发展。"谈及未来，孙宁信心满满。

"社会主义是干出来的，新时代是奋斗出来的。"习近平总书记在2020 年全国劳动模范和先进工作者表彰大会上的讲话经常回荡在孙宁耳畔。作为全国劳动模范，孙宁正带领着他的团队不断向新的领域、新的高度发起挑战，以勤学长知识、以苦练精技术、以创新求突破，持续研发出更多功能、更加智能的特种机器人产品，为经济社会高质量发展、为国家先进制造业腾飞贡献力量，让世界倾听中国特种机器人产业之声！

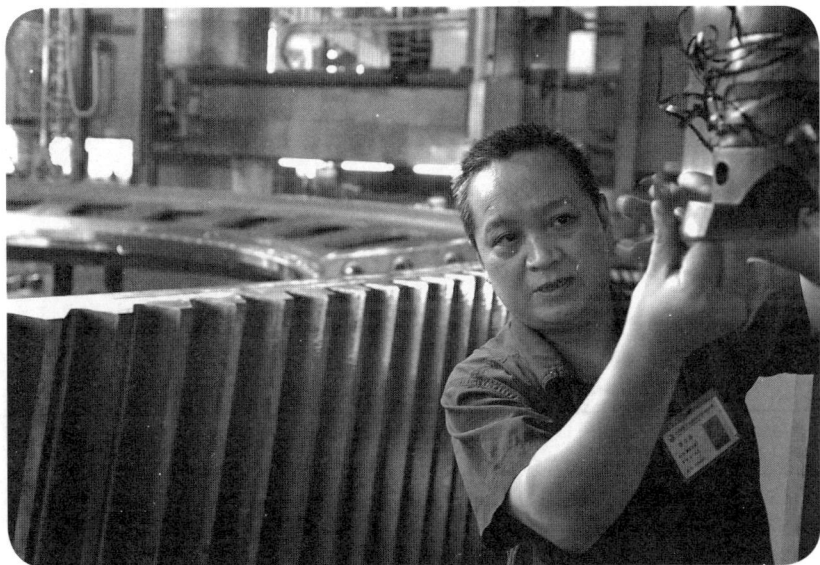

【人物名片】

　　谭志强，中信重工重型机械加工厂重数二车间国内最大的
9×30 米数控龙门镗铣床机长、班长，谭志强大工匠工作室负
责人。累计完成创新项目 30 多项，解决国际性技术难题 20 多
个。先后获评"全国五一劳动奖章""全国技术能手"和河南
省"十大能工巧匠"。

谭志强：克难攻坚的尖兵利器

◇ 许靓雯

2023 年 5 月 28 日 10 时许，一架搭载近 130 名旅客的客机在上海虹桥国际机场预备起飞，牵动无数国人的心。国内外媒体扛起"长枪大炮"，早已做好了直播报道的准备。各平台的预告消息接连不断，"中国人终于要坐上国产大飞机"的话题登顶热搜。

这架客机，是由中国商飞交付东航的我国首架 C919 大型客机，它是我国首次按照国际通行适航标准研制、具有完全自主知识产权的喷气式干线客机。

车间内，忙得满头是汗的谭师傅看了眼手机，差不多到了时间，招呼着机床上几个实习的青工："来，来。"

大家以为谭师傅又发现了什么错误，神情紧张地一阵小跑，可面前的谭师傅却摆弄着手机，半天没吭声。

"大师，到底咋了？出啥问题了？"大家伸着脖子招架着，急了。只见这位个头 1 米 6 出头，脸庞和眼睛都圆圆的谭师傅抬起头，愣了半秒钟，一下子笑了出来。

"哈哈，紧张啥！咱中国造的大飞机要起飞了，看看！"

……

这位被称为"大师"的人，无论是站在那足足有三层楼高的机床前，还是与这些个青工徒弟并肩行走在一起，都会显得身材瘦小、略不起眼。但正是这样一位"小"人物，却在自己的岗位上迸发出大能量。

他，就是谭志强。

他从事铣工工作 37 年，有着精湛的镗铣加工技艺，是中信重工重型机械加工厂重数二车间 XKAU2890×300 数控龙门镗铣床和 XKAU2765×350 数控龙门铣床机长、班长，高级技师，曾先后获评"全国五一劳动奖章""全国技术能手"和河南省"十大能工巧匠"等荣誉，也是中信重工首批评聘的大工匠，连续多年被公司授予"劳动模范"和"模范共产党员"。

此刻的手机直播里，记者正在介绍关于 C919 大飞机的相关情况。今日首飞，谭志强记在心里，想通过这种方式给厂里这批年轻人打打劲儿。

谭志强向他们介绍，眼前的这两台机床就是前些年为 C919 大飞机制作铝合金厚板生产线拉伸机的设备，大家听后难以抑制心头激动的情绪，兴奋地相互讨论着，说着、笑着。

车间里，工人师傅们不是"藏"在设备后，就是拿着材料大步穿梭在这钢铁的丛林里。四周设备沉闷的隆隆声此起彼伏，天车在头顶不时地来回穿梭，警铃声洪亮，移动起来或是发出"下课铃"一般的提示音，或是发出"嘟嘟"声。若是不熟悉环境的人来，会不停地被这种环境音所吸引，人的声音倒是很难留意到，像极了一间"沉默的教室"——"同学们"在小声讨论着，"老师们"奔波在各个"教室"，不断地上课、下课、上课、下课……已经要夏天了，挑高三十多米、占地足足有几千平方米的厂房里穿堂风忽大忽小，成为机加工人最天然的"空调"。大家说得高兴了，便把工作服袖子向上撩起来。四周隔着不远就摆着一个部件，说是部件，每个都足足有 10 米长，动辄上百吨重。就算三五个人聚在一起，在几层楼高的机器的对比下也显得小小的。

大飞机成功首飞。大家说着笑着，声音也渐渐和车间的嘈杂声混成一片。谭志强心中的自豪感油然而生，他眯着眼微微抬起头，这短暂的几分钟休息时间，多少琐碎的回忆浮现在眼前。他慢慢地拼接回忆，平时笑眯眯的脸上多了一丝凝重。

回头想想，自己曾经也是个小学徒啊，拜个技艺高超、人人称赞的师父，每天跟在他身后，甚至还因为一次上班犯瞌睡打盹，烙下了个不小的"心病"……

"大师"也曾是学徒

下午3点，阳光依旧炽烈。

厂房旁的林荫大道两侧，梧桐树沙沙作响，树叶点点的缝隙间射出缕缕阳光，投下斑斑点点的印记。一个个身穿深蓝色工服的职工走在厂区焦裕禄大道上，身影随风摇曳着。正是下午上班时间，三五成群的年轻人骑着自行车扎堆进厂，又转而在大道的岔口拐向不同的方向。

"铃铃铃——"

自行车们相互招呼，转而，机加工部内，头顶的"上课铃"也打响，顿时开启了车间里一天最为繁忙和躁动的时候。

"志强！"老师傅左右扭着头，不见徒弟的身影。

"志强！志强！"师父又喊了两声，纵是喊破嗓子也压不住周遭的隆隆声。

天车声此起彼伏，沉闷的声响游荡穿梭在车间四壁，在一层层热浪中被慢慢放大，再放大，让人头发蒙，身体发沉。

喊着不见人影儿的谭志强正在工具间里拾掇。沿着那漆刷的蓝色架子——那一排又一排的工具架走到深处，找到自己工具箱的位置，像是难得地隔出了一间自己的"办公室"。时而进来晃一趟的工友都不怎么讲话，只放个东西就扭头出去了，谭志强蹲在角落里收拾。架子间这不足两米的距离仿佛把这里和世界分开了。显然这时，刚进厂的他不太习惯周遭的这些环境音，仿佛这间"办公室"才是能让人思考和冷静的地方。

他一屁股坐下，摆弄着旁边一兜一兜棉纱，眼皮已经不受控制了，多舒服，多柔软啊！

一代人有一代人的记忆和认知。虽然此刻已被困意吞噬，他还正坐在自己那间小小的"办公室"里，斜靠着这个"大沙发"，对抗着注定短暂却惬意的困劲儿，但谭志强从没羡慕过所谓"坐办公室"的工作。

1986 年 4 月，刚参加完高中结业考试的谭志强就进厂实习了。每名青工进厂先要分配工种，按照相应的工序，分配人员在机械冷加工从事车、钳、铣、刨、磨、钻、镗等工种。三个月的青工培训下来，谭志强服从分配，成了一名铣工，负责"一五"时期苏联生产的一台 656 五臂铣机床。操控着这些价值不菲的机器，还是最早那批"苏联货"，谭志强心里全是满足。

其实，铣工算是机械加工中比较令人羡慕的工种了。一是技术性比较强，几乎所有的机械加工任务都能承担；二是相对其他工种来讲，劳动强度不是很大；三是加工时比较干净，不像有些工种，每天一身油。不过对于刚进厂时的谭志强来说，被分配干啥就是啥，他的想法很简单，当一个好工人，当一个受人尊敬的工人，多余的他想都没想。

可以说，铣工是一个万能的工种，是无所不能的，沟槽、刻线、台阶平面、一段圆弧、一段直线、公差配合、刀具开刃、打孔……各样精细的造型都能做。稍微复杂点的，各样的特殊形面，如花键、齿轮、螺纹和模具的制造，也都不在话下。

铣床固定不动，毛坯件摆放固定后，用高速旋转的铣刀在毛坯上走刀，切出需要的形状和特征。这些如今随处可见的机械零部件，或许不少人认为是流水线批量生产出来的，根本没有多少技术含量，但其实很多特殊形状的大型工业设备，都是铣工一刀一刀"雕刻"出来的。

三百六十行，行行出状元，对于铣工来说更是如此。

铣削加工，就好似一门深奥的艺术。人人称赞谭志强是"铣工大师"，但他却自称"绣花工"，拼的是"绣花功夫"。"下针"得准确，"针线"织得细密，"绣面"才能生动逼真、过渡自然，从而加工出完美的部件。

毛坯件过来后，他常常要精雕细琢出误差不超过一根头发丝直径的二分之一，甚至四分之一精度的工艺，堪称世界级水准。操控着三层楼那么大的设备，却在干如此精细的活，给人一种反差的喜感，所以也被戏称为在"大块头上秀细活儿"。

说来轻松，但这些具有极致要求的部件，在将来的特殊应用场景下，哪怕出现一丝一毫的误差，后果都不堪设想。

谭志强刚进车间时，一眼看到铣刀有那么多刀刃，种类还如此之多，在高速旋转的铣床主轴上转动铣削，就觉得心头发麻，心发慌。他对刀具，甚至深度尺都不知道从何下手，也根本看不懂老师傅一通操作后的重点在哪儿，但看到他们将一件件毛坯变为一个个复杂而精密的零部件时，谭志强羡慕不已，打心底儿觉得老师傅们无所不能。

谭志强窝在工具间，慢慢地，头也不自主地沉下去，在这个棉纱围起来的小角落，这种"幸福"来得难以对抗。

"嘭——"

没过多久，一声巨响就在身边炸开，炸进了他的美梦。

"办公室"门一下子被人踹开。不仅是他一惊，那些来放工具的工友也被吓了一跳。

这声巨响倒是"嘭"一下子就结束，但像点燃了鞭炮引线似的，转而在谭志强的脑海中轰然作响！他全身抽了一下，嗖地支棱起来，脚边的工具箱也哗啦一下歪倒摊开，他"做贼心虚"地来回张望。谁能想到，伴随着短暂幸福而来的，会是赤裸裸的惊吓呢！

刺眼的光线打进来，不得已他用力地挤着一只眼。脸上的表情拧巴成一团，是受不了突然变强的光线所致，但也夹杂了些许"起床气"。

"唉，烦死了，整天没睡过一个好觉！"

以往在家，谭志强被父亲"扯""吼""拽""摇"——以年轻人厌烦的各种方式折腾醒时，他就总这么抱怨一句，有时还会和父亲吵上两句。每每吵完嘴，当父母的转身就走，摆出一副"以后再也不管了"的样子，那被"遗弃"在床的孩子往往再多享受两分钟懒散，最终也便没底气地起来了。

他们7点就要到车间，所以谭志强6点不到就要起床。十七八岁的年轻人，和一头猛兽没什么区别，吃得多，玩得疯，睡得沉！每每聊起来他贪睡这件事，父亲既生气又无奈，说他这样根本就是"昏迷了""要是地震了都不会醒"。大概，这种无奈是父母心疼的表现吧！

所以，在车间里半天下来，很多人都体会过。午饭后那样的困意，真让人灵魂出窍！

还没回过神儿来，"办公室"在视野里还原成了眼前这一排排蓝色工具架，谭志强眯缝着眼、皱着眉。他低头瞧见地下散落的工具，稍显不耐烦地用脚踢着挪了一下，这才勉勉强强腾出了一片空，让"半梦半醒"的他站得稳当。

透过一层一层架子的间隙，许多工友聚在架子周围，耳边逐渐传来阵阵议论和指点声——

"你看看，你看看，谭志强，在这儿偷懒呢吧！"

"我就说嘛，看着这孩子就不行。"

"上班不干正事儿！"

"咿呀，我上次听领导说了，谭志强是这一批里学得最不好的一个！"

……

他弯了弯腰，表情从哭丧着脸变得紧张起来，透过缝隙去看谁在议论。车工下来了，旁边车床的铣工也来了，和他同一批进厂的几个青工也来了，连别的车间来送材料的人也都来了……

透过刺眼的光线，绕开了那些虚空的声音和画面，在几排架子那边，一个身影真实得可怕，他赶忙揉了揉眼，反复确认——是的，那是老师傅刚刚扭头离开工具间的背影。

"完了完了完了完了……"

他脑子一片空白，整个人像是只虚弱无力、一口气吹过去就跌个跟跄的蝴蝶，狂乱挥动着翅膀，没有目的地漫天飞舞以致头晕目眩。刚刚的议论声在脑海中回放，一句句话扎进了他心里，他多么想反驳，但又心虚得张不开口。他想追上师父解释，但自责的压力早就拖住了他想迈出的脚步。

谭志强后来回忆称，那声"巨响"其实是师父往工具箱里放工具时发出的。声音没有想象中那么大，师父可能并没有想刻意吓唬他，旁边也没有议论的工友，只是这么一吓倒好，师傅还没说啥，自己先烙下了个"心病"。

自此之后，他总时时观察着，想着师父会不会又生气了。

他再也没敢去打个盹儿或坐着歇一下，师父站着他就站着，没打招呼不敢离开一步；师父在前头干活，他认真得眼睛都不舍得眨一下。

老师傅对他说："再完美的设计，也需要人加工出来。别人加工不

063

了，你能够做出来，你就是顶呱呱的人才！"师父一席话，使他茅塞顿开：在企业，技术水平高才是硬道理。

"我一进厂跟的师父叫潘少杰，后来潘少杰的师父，算是师爷吧，我也跟着学，他们俩都是当时厂里的铣工高手，除了技术好以外，为人特别善良、友好、忠厚，在厂里也很受人尊敬，别人聊起来他们，都是啧啧称赞，没得话说。对于铣工这份工作，我跟着他们尽全力掌握，他们身上有学不完的技巧。当时我就想，我也要好好学，起码要做个受人尊敬的工人，不能让别人说谭志强那人干啥也不行！"

逐渐地，谭志强的这种"专注"成为一种习惯。只要在班，他抓紧一切时间跟师父学操作：在加工时，什么情况采用顺铣，什么情况采用逆铣，如何装刀，什么情况下选什么刀头，这都是有规律和方法的。基本掌握后，他就跟着师父一起钻研不同情况下出现的棘手问题。

当时他每天干的活，不过就是在那台"摇摇把"机床上用镗刀、铣刀对各种零部件进行平面、沟槽、孔洞的加工。整套操作技术难度不算很高，甚至有些枯燥，但是谭志强却乐于钻研，对精度方面的自我要求十分苛刻。同样的机床，别的镗铣工将孔洞尺寸误差范围控制在 0.5 毫米内时，谭志强却要求自己将它控制在 0.2 毫米内；别人将部件表面粗糙度打磨到 6.5 时，他则瞄准了更高一级的 3.2 乃至 1.6 的光洁度。

凭着这样的钻劲儿和韧劲儿，谭志强先声夺人、脱颖而出，原定 3 个月的定职定薪期，他成为同一批里唯一提前被组织推荐定职定薪的。

"老师傅"总有新办法

2010 年，中信重工引进的 9×30 米和 6.5×35 米两台数控桥式双龙门镗铣床安装完成，价值约 2 亿元，称得上是全厂的宝贝，能够加工动辄数百吨重的部件。谭志强被任命为这两台数控桥式双龙门镗铣床的机长，接手的第二年，他就在 C919 大飞机项目中攻下了难题。

2011 年 5 月，中信重工承接的国产大飞机制造装备项目——拉伸矫直机机架加工正酣，重型机加工部重数车间里好不热闹。

大飞机整体结构中高达 85% 的部分，包含机翼、机翼活动面、机身中央翼等重要位置的 30 多个锻件都由中国企业提供。2007 年，在国家国防科工局的支持下，中信重工参与此次万吨级拉伸机加工工作，为生产 C919 大飞机铝合金"外壳"所用的设备——国内首条为大飞机项目配套设计制造的铝合金厚板生产线的拉伸机机架。这台具有世界领先水平的 12000 吨航空级铝合金板材张力拉伸机装备，为整条铝合金厚板生产线提供了有力支撑，从而一举打破了发达国家对国际航空铝合金厚板生产市场的垄断。

眼前这个庞大且复杂的产品——长 8 米、重达 200 多吨、形状特殊的特大矩形件，有着极高的工艺要求，需要将精度控制在 0.02 毫米内。这是什么概念？就是不到半根头发丝粗细，加工难度可想而知。以往，针对屡试屡败的棘手问题，谭志强当年的老师傅总能寻着一些"土法儿"。例如，在加工时合理利用给立铣刀刀柄上垫纸的方法，解决加工动刀面上下高度不一致的问题；再如，因刀具角度不合适采用自己手磨刀具来实现特殊角度的加工。

虽然老师傅的"土法儿"不能完全精准地解决新遇到的难题，但直到现在都时常带给谭志强新的启发。

近些年，在攻克一款深度达 400 毫米的大齿圈销孔的加工难题时，谭志强转换思路，自己设计制作出一把长度达 400 毫米的新精镗刀，成功解决了接刀带来的震刀问题。这把精镗刀加工后的销孔，具有统一性和规范性，开创了省掉单配连接销工序的先河。

在长期的实际加工中，他还独创利用数控龙门铣为钻床工序"点豆"。所谓"点豆"，就是在零件上编程，先钻浅孔标记位置点，作为后续钻床钻孔时的加工位置基准。这种加工方法，解决了钻床加工低精度、组装后孔错位的问题，省去了产品试装工序，也节省了大量返修费用。如今，"点豆"加工法已在全公司范围内普及和推广……

这次，中信重工科研团队接到任务后，调动了技术、生产、工艺等部门协同作战，产学研结合，针对设备成立专项攻关组，整个车间都踊跃地加入攻坚队伍。

但让攻坚组最担心的问题还是出现了。部件太大，加工角度刁钻，甚至刀具太长，种种因素合在一起，造成了使用传统的铣削工艺极易造成震刀、刀具磨损，甚至还会对机床精度造成重大影响。况且，一旦加工中出现一点差池，就会造成巨大损失，导致项目延期。这块"硬骨头"让工友们束手无策，也让一个个老将败下阵来。在"大块头"上"绣细活"，很多人望而却步，谁也不敢轻举妄动。

说来，震刀是镗铣工艺中最常出现，但也是工人们最怕出现的情况，出现这种情况，有时调整一下参数就能解决，有时却复杂到常人难以想象，动辄要花上数月去讨论解决。在数控机床上使用传统刀具加工时，刀具的啮合程度会有所不同，就会导致在刀具路径中的某些点对刀具施加过大的力，从而便会导致颤动。而谭志强操作的这台当年国内最先进的数控龙门镗铣床遇到的问题，一般都不简单。每每遇到类似的烫手山芋，他就来了斗志。

加工效率低下、工期无法保证，作为项目攻坚组一员的谭志强再也坐不住了，他必须尽快找到新的加工方法。

为了找到新的镗铣方法，谭志强在车间备了两三套换洗衣物，吃住在车间，经常找工友带饭，将就对付一口。傍晚，车间开动的机床少，夜深人静时，他常常站在车床前屏气凝神、目不转睛地看着显示屏跳动的参数，仿佛在安静地聆听这台宝贝机床向他哼唱的旋律，专注地思考着震刀问题的解决办法。

"既然无法实现一次性成型，那能不能破例试试先切个口，小刀大刀交替着来？"

提出这个想法后，公司内部进行了激烈的讨论。设计院、项目方、公司研究院、机加工部紧急召开了多方研讨会。然而一次、两次……讨论结束，工艺人员却迟迟不敢拍板，商定不下。

像这样来回交叉换刀，极难保证 0.02 毫米的产品精度，况且这么多年都没有如此大胆的做法，用这么重要的产品做试验，未免有点太冒险了。

说实话，谭志强心里也没底，这才是他负责 9×30 米大型数控龙门镗铣床的第二年，可以说操作经验远没有现如今这么丰富。但眼看着距离排期开工的日子越来越近，如果再拖下去，将重新陷入僵局。谭志强知道，这个时候，能做的就是要实操出结果。具体能不能行，总要试一试再说，用行动验证，用行动说话。

随后，谭志强尝试先用拿小刀盘在废料上切开个小口，再将大刀盘伸进斜槽半精加工，最后用小刀盘精加工……操作台上，谭志强抿着嘴、皱着眉，额头的汗珠子大滴大滴地往下淌，汗打湿的衣服贴在后背上。几个小徒弟严严实实地戴着安全帽，就像当初的他一般，一步不离，大气都不敢喘一下。这样的重复试验，谭志强硬是进行了上百遍，失败一次，就分析原因，直奔主题解决问题，每每一琢磨就到了半夜。

成功在望，为确保在最后的环节不震刀，在使用小刀盘加工和精铣时，谭志强几经研究，自制了更精细的刀具，将镗铣工艺改为一点点地细细"雕刻"。最终，这个庞大矩形件在谭志强手里，用"迂回"战术完美地达到了尺寸加工标准。

重装机加工部按期完美完成任务，突破了技术攻关难题。大家都惊叹谭师傅的一身好手艺，但更敬佩他走在前、干在先的胆量。

当问及当年接手大飞机拉伸矫直机机架，是否会有"这可是用来做咱们大飞机的东西，可得好好干"的感觉时，谭志强朴实地回答：

"知道了产品用在哪儿固然好，可以激励激励我们的团队，也有助于更深入地去理解产品的设计。但它不管以后用在什么地方，对于我们技术工人来说，落到实处的加工难题都是一样的。把难题解决了，才能放心地把产品交给国家。"

无论产业如何变化，每个时期，国家都需要有一身硬本领的产业工人。面对成绩和付出，谭志强却始终秉持着谦虚谨慎的态度，他总是说：

"咱们的老主任焦裕禄不是说过嘛，'革命者要在困难面前逞英雄'。我不为做英雄，就是希望帮公司解决实在的问题，也希望争取能通过自己的努力，带动更多人投身生产大干……"

他是这样说的，更是这样做的。

从国产大飞机项目列入国家的重大科技专项，到大飞机研制成功、首次试飞，再到首次商业飞行，历时十六载，谭师傅见证着、参与着，就像费尽心思养大了一个宝贝孩子。不断突破自己的技术峰值，找到顺应变化的新办法，是谭志强永远的追求，就如同载客飞向蔚蓝天空的C919大飞机，每一个高度都是时代的选择，更是大工匠谭志强自己作出的选择。

三重考验　三次选择

大飞机项目攻坚，让谭志强"一战成名"。

2013 年，中信重工实施"金蓝领"工程，谭志强成为公司评聘的首批五个大工匠之一。殊不知，取得成绩之前的十年，谭志强承受了那个时代对国企工人的"三重考验"。

这第一重，就来了个当头一棒——20 世纪 90 年代末的"下岗潮"。

谭志强的爱人康晓春退休前与谭志强在一个单位，是厂里生产科负责统计工作的一名数据统计师。"双职工"的小日子，康晓春一直过得很舒心。

在那个属于工人的黄金年代，要说厂子关停、工人遣散，没多少人会相信这样的话，简直荒唐！但眼见为实，"下岗潮"渐次袭来，给安静平和的日子蒙上了一层深不见底的迷雾。

那时，大批国有企业由于亏损严重、资不抵债，或被裁撤，或被并购，湮没在历史的长河中；无数国企员工下岗，离开了工作几十年的企业，没有了"铁饭碗"，手足无措地进入社会，想办法再就业。

那个时候，大家穿着蓝色工作装照旧上班下班、出入厂区，但时不时就听说厂里某位老师傅回家带孩子去了，时而又听说哪家的男人在大院门口改卖茶叶蛋了……属于"一五"时期工业的余音依旧存在，播放在职工心里的那些歌曲还轻轻地哼在嘴边。但经过时代的考验，这些歌曲背后承载的，不再是激情燃烧的青春，而是另一种沉重、不可言说的时代痕迹。

因大环境的影响，1997 年，洛矿遭遇了建厂以来最困难的一个阶段。有的职工被迫离开，有的职工因生活所迫另谋出路。

孩子马上要步入小学了，家里也正是用钱的时候，谭志强夫妻二人或多或少有些慌。企业难、职工难，大量的职工被迫下岗。咋办？谭志强和康晓春在家里琢磨了很久。

谭志强想了想，咱厂关了吗？没有。领导让咱下岗了吗？没有。咱家没吃没喝了吗？没有。厂里没活儿了吗？还有！

还有活儿咱怕啥？干好活再说吧，困难只是暂时的，能做的就是做好本职工作！

谭志强的第一次选择，就是和妻子一起，怀着对企业的忠诚、眷恋、信任和希望，踏实拥抱时代的"大潮"，毅然决然选择了坚守生产岗位。

那时，谭志强身边曾经"下海"创业发展较好的同学、朋友也曾劝过他一起出去干，也有一些民营企业老板希望他跳槽，给他提供了更可观的工资。既然选择了坚守岗位，谭志强就想追随本心，坚持到底。但在经历了 19 个半月不发工资困苦的日子后，谭志强真的没犹豫过吗？答案是否定的。他的选择，让他和妻子不仅要应对收入的压力，更重要的是，他们需要重新规划自己的职业生涯。

这第二重"考验"便是工作调动。

2006 年底，中信重工卧薪尝胆，励精图治，抢抓市场机遇，计划开工建设"新重机"工程。只用了五年时间，公司就建成了以 18500 吨自由锻造油压机为核心，包括重型冶铸、重型锻造、重型热处理、重铸铁业、重型机加工等在内的全球稀缺的高端重型装备制造工艺体系，一举跃居重型机械行业首列。源源不断的收款项目将企业推向了"二次创业"的新起点，同时，随着没有被时代淘汰的骨干国有企业实力的增强和民营市场的崛起，公司未来的发展也将进入全新的赛道。

2007 年，大批数控设备"扎根"中信重工，领导找到谭志强，询问他是否愿意转去数控镗铣机床，这大好的机会可不是人人都能得到的。

要知道，那个时候，谭志强使用的还是"摇摇把"式的老式立铣机床，谭志强高兴啊，企业慢慢摆脱困境，日子也会逐渐好起来，一切都那么有盼头！高兴之余，更多的是复杂的心情……

这天晚上，谭志强回家很晚，进门口一屁股坐在沙发上，半天鞋也没换。

康晓春一瞧就知道丈夫有心事儿，却没立即开口问，能让一向乐呵呵、笑眯眯的丈夫露出这般愁容，一定是他已经深思熟虑很久都没解决的事儿。

康晓春走到门口，"吱——"打开鞋柜，弯腰取出拖鞋，往地上轻轻一撂，"啪嗒"，落在谭志强脚边，引起了他的注意，打断了他正在游离的思绪，他张了张嘴，先出了声儿："晓春，你想不想让我换个岗位？实在不行的话我去找找……"

"不想。"

康晓春心直口快，不假思索地就给出了答案。

刚刚的愁容消失了一半，谭志强疑惑地瞪大了眼睛。

"我想着换个岗位，咱也清闲点，平常按时上下班，能多陪陪你，多管管孩子……"

"干啥老陪我啊，我不用你陪。孩子事儿我都能打理得好，你专心工作就行。"

康晓春的话，让谭志强的心结瞬间就被解开了一半，让他一时分不清，究竟是在这样沉闷的情绪下受妻子轻松语气的感染，还是他对眼前的这个女人太熟悉，由此感到扑面而来的轻松。

谭志强知道，妻子熟悉、理解自己的工作性质和难处，一般生活上的琐事从来不让他过多烦忧。

康晓春一边拾掇谭志强刚脱下的外套，一边看似不走心地说："术业有专攻，同样的岗位别人能干好，你不一定，那还不如就干好眼前的事呢。聪明的做法不是补齐短板而是集中发挥自己的优势。你有干镗铣的经验，这是你的一技之长，这哪怕是来个大学生也比不上呀，你老想着转岗干啥！"

可是，转眼就40岁的年纪了，再去从头学数控技术，学习操作一台新机床，暂且不说有没有勇气，究竟能不能弄懂学会呢？

以往的谭志强从不服老，也不认命。人家都说人过中年，大多数人的事业要走"下坡路"，他才不这么认为。就像爱人说的那样，干了20多年的铣工，技术经验都到了最受用的时候，咋会走下坡路？可突然间一切要推倒重来，不亚于换了个岗位、重新找了一份工作，谭志强这"一技之长"还咋称得上是"一技之长"呀？

谭志强迟迟没开口。

"你怕啥，差点轮到咱们下岗的时候你不怕，现在遇见好机会了你怕了！各行各业无论是什么技术，就是在不断迭代变换的，不提升个人能力，迟早会被淘汰！以前那么多难题都解决了，这次为啥不行？你只管去学，别的你不用操心，交给我。"

妻子的一席话让谭志强更加坚定了自己的本心，总得试试才能知道难不难！

新型技术和加工经验都远远不足的谭志强，就这么"硬着头皮"顶了上去，迎接他的是第三重考验，也是最难、最磨人的一个——从头学习数控技术。

让他记忆深刻的是，2010年，加工一台拉伸机斜面铣螺纹孔，可把他给折腾坏了！

站到机子前，谭志强手足无措，完全不知道如何编程，又是第一次遇到这样的大斜面产品，无疑是难上加难。他准备一一对照着说明书操作，可一翻开，说明书上成串的英文先把他难住了！

当时，"人人都是数控新手"，谭志强求助无门，只好自己加快学习步伐，一本《铣床数控加工》成为谭志强随身携带的必需品。

一次，为买一本最新系统技术操作的书，他跑遍了市里所有书店，无果而返。他并不死心，把目光转向专业性网站，可惜谭志强对网络一窍不通，这可咋办？

以往都是厂里的年轻人一趟一趟地来请教他，如今谭师傅反过来，三番两次地去找大学生，请教他们英文、学习查阅词典的方法，并让懂电脑的工友帮他下载打印资料。每每需要收集、整理资料时，康晓春也成了他最得力的助手。

一页页、一份份，都见证着谭志强日积月累的努力，从最简单的操作规程到复杂编程，谭志强学得越来越专业，资料越印越厚，仅他打印的《西门子编程手册》就有400多页。这400多页的资料，谭志强不知道来来回回翻了多少遍，边边角角早已磨损得破烂不堪，不光白天在厂里翻，晚上回到家，他还抱着当个宝贝，学得起劲儿。

学习的过程中，谭志强自己学会上网，手机上网普及后他更是最大限度地利用，QQ、微信、朋友圈都成为他获取知识和解疑的工具。凭借多年的工作实践，谭志强积累了扎实的理论功底和娴熟的专业技能，擅长复杂、大型活件的加工攻关，拥有高超的应对能力。

从那时起一步一个脚印走来，谭志强虽然变得更加忙碌，却很充实、安稳。不知不觉中，他和康晓春培育了勤奋、踏实的家风，儿子耳濡目染，养成了坚毅的性格，一举拿下北京理工大学自主招生的录取通知书。

这么多年，康晓春对这一切给予了充分包容和体谅，也慢慢习惯了这样的日子——原本同一个厂的夫妻俩，再没有一起下班过。常年的加班、连班、倒大班，谭志强每晚到家吃上晚饭的时间，几乎都要在9点钟之后。他把95%的精力和时间放在车间，只把5%的时间放在家庭。夫妻二人往往是分头行动，一个主外，一个顾内，一家三口倒也其乐融融。

但有一件事，谭志强自始至终都没有放下对妻子、对孩子的愧疚感。

2010 年，儿子即将去大学报到，谭志强特意提前请好假，准备陪同妻儿在北京转转。可到达北京的第二天，他就接到厂里电话，说机床上来了一批轧机牌坊，技术要求高、交货周期短，徒弟们束手无策。

康晓春回忆着当时的情景，有些无奈地说："当时我们正在逛街，挂完电话，谭志强走路变得心不在焉，一会儿一个电话往厂里打，几次面对着我欲言又止。我明白他既想陪我，又放心不下厂里的事儿。最终我实在看不下去了，还是陪他去火车站买票回了洛阳。"

"我这人见不得机床有活，就算是不给荣誉，我也会这样干的，就这脾气，改不了了。"谭志强这样说道。凌晨两三点，接完电话，骑车奔向厂里的情况已不新鲜。

谭志强无法想象，妻子为他承担了多少生活中的压力，给予了多少旁人难以坚持的支持和关怀，才得以让他如此"任性"地在岗位上没日没夜。有这样一位能干的妻子，除了感动之外，谭志强更多的是心疼，他虽不常主动表达，但看在眼里，记在心上。对于他而言，能做的只有不辜负各方的期待，把工作干好、干细，利用在家的时间更用心地对待这位优秀的爱人。

如谭志强和康晓春所愿，经历了"下岗潮"和新重机工程前期建设的过渡期，厂里针对性地制定了全新的政策制度，不仅是他俩，仿佛整个企业都"缓了口气"。

事实上，当年中信重工虽然身处困境，但同样接连承接、取得了一系列项目成就。1998 年，公司承制的小浪底水电工程启闭机（闸门），创造了国内水电行业三项第一。从 2000 年开始，公司为我国第一艘载人航天试验飞船神舟一号提供逃逸火箭发动机系统专用锻件，一直到如今的"神十八"。即便在特殊时期，中信重工仍不负所望，扛起了"国之重器"的使命和担当。

当再次回想起前前后后的这些"考验"，谭志强开怀一笑，把一份"底气"写在了脸上。我想，这份底气，来源于企业，来源于家人，更多的是一份对自己的认可。作为企业工人群体的中坚力量，谭志强被生活历练，被时代重塑。可以说现在的他，是被时代筛选的，但更多的，是他拥抱了时代，并接纳了自己。

一声师父　一份责任

自从当上大工匠，公司创立了以他命名的谭志强大工匠工作室，谭志强不断给自己加压，主动担起了一线青年员工传、帮、带的重任。

今年，是谭志强工作的第 38 个年头。38 年间，他先后有过近百名徒弟，现在班组的 17 名骨干成员也都是他亲自带出来的。原先的"老师傅"早已退休，往日的小学徒——谭志强成了师父，他的徒弟又带徒弟，他便又成了"老师傅""师爷"，操作上这些可贵的经验，就这么一代接一代地传了下去。

而汇聚了重机厂镗床、铣床、钻床、卧车等各工种精英的"谭志强大工匠创新工作室"，每周定点、定时召开的工作室例会和学习交流会，都会"人满为患"，成为青工争抢的"香饽饽"。

现在，机床只要一接新活，谭志强就会带着徒弟一起上，甚至有时候还会故意"偷偷懒"，为的就是让徒弟们能够尽快成长、独当一面。谭志强认为，一个人再好也没有一个团队的力量强大，带好徒弟，就是给他自己脸上贴金。

工业企业在随着发展形势不断转型，产品、生产技术都在往高、精、专上发展，落后产能将逐渐被淘汰，落后的生产工人也会被淘汰，因此，每一个产业工人都要转变工作状态、工作作风，提升技术水平。

大工匠，大担当。谭志强带领的班组攻坚克难，先后多次高质量完成各类生产任务，近些年荣获"全国工人先锋号""全国青年文明号""全国青年安全生产示范岗""河南省质量信得过班组"。"我也要成为大工匠"成了每个徒弟决心要实现的目标。

"大师的电话，就是我们的热线电话，有问题，打电话就一定能解决。"谭志强的徒弟高昆说，"他还提醒我们多看、多琢磨、多试验。"

谭志强经常教导徒弟怎样才能成为一个优秀的职业人。他认为，取得成绩、干好工作的前提一定是先懂得做个好人。不管身处哪个行当，要把集体的利益摆在前，不要过分纠结个人得失，踏实、勤奋、专注、有责任心，秉承着干就干好的原则做事，才能成为一个受尊敬的人。

所以，他希望徒弟们的团队是最有凝聚力的。下班后的小聚，成为大家交流感情的有效方式。宽严并济的带班方式，让他们成为爱学习、敢攻关、讲敬业、保质量、促和谐的模范班组，也因此成了全厂学习的榜样。

直到现在，谭志强都听不惯徒弟们叫他"大师"。对他而言，一旦人家张口叫出这个称呼，他就一定要想着法儿干得更好、教得更好。别人找他帮忙，一声"大师"出口，他东奔西跑，一定解决；徒弟的一声"大师"出口，他恨不得把这么多年的经验全都一股脑交给人家。

心有所信，方能行远。这位在钢铁丛林里做"绣花工"的老师傅谭志强，从一个高中毕业生、小学徒，到生产骨干、高级技师，在时代的烘托中，逐步成长为今日的金牌首席员工、大工匠，他见证着"一五"期间落户洛阳市涧西区的洛阳矿山机器厂，变为中信重工机械股份有限公司；见证着曾经他掌控的"摇摇把"机床，转变为数控镗铣床之间技术的更迭创新；见证着生产工艺更新升级，重机行业转型发展。

时代的发展呼唤更多的高技能人才，正是因为有如谭志强般数不胜数的点滴人物，在各自岗位上注入汹涌力量，紧锣密鼓地投身于各行各业的发展长河之中，才汇聚起凝心聚力的兴国之魂、强国之魂。在他身上，展现出的是一代中信重工人的坚韧和成长，一个国企的蜕变与发展，一个技能领域的水平提升，更彰显着时代交响乐的美妙华章！

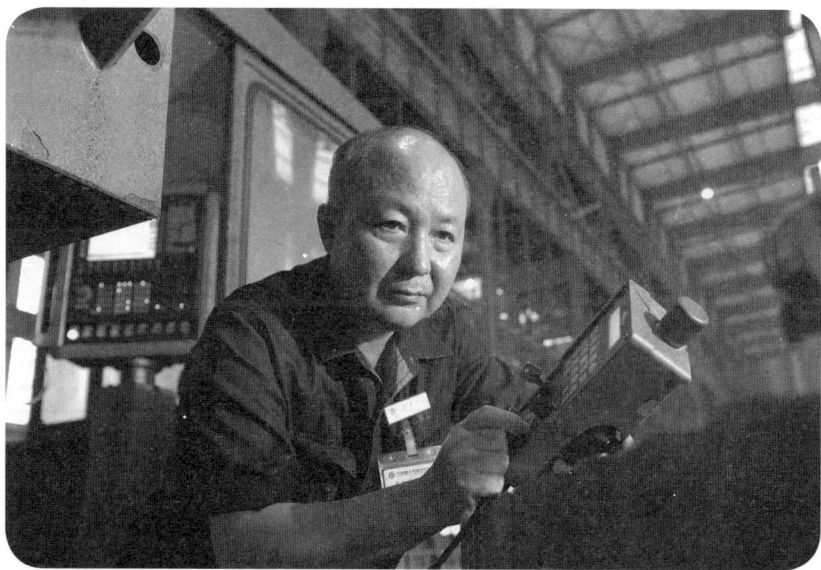

【人物名片】

张东亮，中信重工首批大工匠，曾获评"机械工业技术能手"、"洛阳市五一劳动奖章"、"河南省五一劳动奖章"、河南省劳动模范等荣誉。2015年获得"最美洛阳人"十佳人物称号，组委会给予他的颁奖词是：因为耐心，所以精益求精；因为专注，所以精雕细琢；因为坚持，所以精于创新。

张东亮：大国工匠的多面人生

◇ 薛伟堂

时隔多年，回想起与总理面对面交流的情景，中信重工大工匠张东亮历历在目，记忆犹新。

那天是 2015 年 9 月 23 日。时任国务院总理李克强来到河南考察，第一站就选择了洛阳的中信重工。

当得知中信重工有一个以大工匠、首席员工为首的创新团队，李克强同志非常高兴，立刻说："好，咱们去看看你们的大工匠工作室吧。"

张东亮大工匠工作室成立于 2013 年 11 月，有 16 名成员。李克强同志一行走进来时，张东亮正和他的团队成员围在一张大桌子旁开会。在西门子轧机轴承座项目上，他们遇上了难啃的骨头。

总理突然站在自己面前，大家都愣了一下，赶紧起身欢迎总理。李克强同志与大家一一握手，介绍到大工匠时，他紧紧握着张东亮的手欣喜地说："你就是我们的大工匠啊！"

李克强同志饶有兴趣地走到摊开的图纸前说："我们大家一起讨论下。"于是，大家纷纷参与进来，对技术设计和工艺改进提出各自的意见。"得知我们承担的是德国产品的生产加工时，总理称赞'你们很厉害啊'，为我们竖起了大拇指。"张东亮说，那一刻，他充满了自豪。

接下来，总理向张东亮创客群体"现场提问"。

离开中信重工时，李克强同志高兴地说："大众创业、万众创新不仅是小企业或者小微企业的生存、发展之路，也是大企业的繁荣、兴盛之路。你们在这方面已经走在大企业的前面了！希望我们工人创客群，我们的技术创客群，以及我们向社会招募的创客群，通过'互联网＋'发展起来，把我们的品牌，把中国的装备，通过你们走向世界，不仅是在世界上显示竞争力，而且能够打出我们的金字招牌！"

听着总理坚定有力的话语，张东亮脸上的笑容灿烂如花，一股创新创造的能量在体内涌动……

"张黏人"

张东亮，1982 年退伍之后，进入有着光荣传统的、焦裕禄担任过车间主任的一金工车间当了一名镗工。

张东亮回忆，自己刚到车间就闹了个"笑话"："起初我连镗床的概念都不知道，以为镗床就是躺着做工的机床。"师父殷兴运告诉他，镗床精度高、要求严，加工出来的产品精度比头发丝还细。

张东亮立马一身汗："这么难，我怕干不好这么精密的产品。"师父笑得满脸开花："不难不难，干活有诀窍，只要试着和机床交朋友，就没有学不会的！"

军人出身的张东亮，有种不服输、不认输的精气神。他开始变得"黏人"，"黏"师父，"黏"书本，"黏"经验……细心观察，虚心请教，用心总结，反复练习。

当时，张东亮所操作的 2654 镗床，还是传统机床。刀具的选择直接关系到加工精度的高低、加工表面质量的优劣和加工效率的高低。选择合适的刀具并设置合理的切削参数，将使加工以最低的成本和最短的时间达到最佳的加工质量。

有一次，张东亮有了"重大发现"——师父竟然用锤子敲刀。当时用的是卡钳，在精车时，卡钳在一道两道内很难摸出差别。看着师父一下就能敲到指定标准，张东亮心中惊讶之余，暗暗上了心。

除了敲刀，师父还有一个绝活，摸刀。一摸就能感觉出来是多少道；另一个是摆动。师父使用卡钳配合外径尺，就能把摆动量控制在两道内。

为了学会这些本领，张东亮天天"黏"着师父殷兴运手把手地学，每敲一下，测量一下，然后记住这个力度和敲出的刻度。按照现在科学说法，就是用大脑记忆肌肉使用力度，练得多了会形成肌肉记忆，形成习惯就是谁也偷不走的本事。

为了记住每一个重要方法，尽快掌握镗床技术，张东亮每天都会随身携带一个小笔记本，把工作中的心得、疑惑都记录下来，晚上回家后再翻书查看。

有时候，他还用粉笔在自己休息室的箱子内涂涂画画，一个箱子面积有限，就在箱子后面画。工友们第二天一上班，往往都会纳闷：自己箱子上怎么会变成"大花脸"。

日历一页页翻过，水平一天天见长。"黏人"的张东亮，把理想埋在心底，把路踩在脚下，一步一个脚印，一年一个台阶，从学徒工成长为生产骨干，成长为机长，成长为镗床班班长。

在与机床耳鬓厮磨中，在与产品朝夕相处中，在与前沿科技密切接触中，张东亮感到责任越来越大、担子越来越重。他认识到，制造业是国民经济的主体，是立国之本，兴国之器，强国之基。机床不只是他赖以谋生的饭碗，产品也不只是单纯的机械，事关中国工业发展。因为，再先进的技术，也只有通过加工制造才能从图纸变成实物产品，才能服务于社会经济发展。

矿山提升机设备是矿井的关键和重大安全设备之一，用作提升矿物和物料及设备等，是矿井系统设备的"咽喉"。在整个生产过程中，占有非常重要的地位，它不仅关系到矿井的正常安全生产和生产效率，而且直接影响井上、井下人员的生命财产安全。

张东亮所在的 2654 镗床，加工的都是矿井提升机的关键部件、核心部件。齿轮精度稍有误差，就有可能使绳子摇摆造成危险。张东亮对产品质量有着近乎苛刻的要求，绝不含糊。

张东亮经常说，质量铸就品牌，我们所干的每一件产品都代表中信重工的质量和水平。产品是一块会长腿的广告牌，产品走到哪里都应该是响当当的，让用户无可挑剔。何况，洛矿就是生产矿山设备起家，新中国第一台直径 2.5 米双筒提升机诞生在这里。焦裕禄同志在那样艰苦的条件下干出的产品，设计寿命 19 年，实际安全运行 49 年，这是怎样一种品质。现在设备先进了，我们没有理由不干好。

怀匠心，践匠行，铸匠品。张东亮加工的产品创造了合格品率达100% 的纪录，是公认的"免检产品"。正是把质量镌刻进生产的每一个环节、每一个细节，中信重工矿井提升机成就了品牌，获评中国名牌产品称号。

"张放心"

作为共和国长子企业，中信重工始终与使命同在，与时代同行。随着中国制造业向大型化、高端化、智能化转型升级，中信重工实施战略转移和产品结构调整，冶金、水泥窑、矿物磨机类产品不断增加，精度要求也比提升机高出许多。

产品大型化，需要更为先进的大型设备进行加工。2007年11月，矿山厂一金工引进一台W200HC镗床。这是一台数控设备，加工能力更强，加工效率更高，加工精度更高。

但操作者是刚进厂一两年的大专生，虽然熟悉数控编程，但是加工经验不足，工作效率一直上不去。这可急坏了车间领导。谁能担此重任？当时的车间主任张有恒首先想到了张东亮。

其实，对于W200HC镗床的投产，张东亮也是看在眼里，急在心上。张有恒找到他时，他毫不犹豫答应下来，放弃高效率、高工时、高工资的2654镗床，并向厂领导立下军令状，以最短时间改变W200HC镗床面貌。

来到W200HC镗床以后，张东亮很快与机组人员打成一片，融为一体。他积极主动与大家沟通、交流，向青工讲解多年的工作经验和技巧，带头投入生产大干，以实际行动带动大家。经过几个月的磨合，W200HC镗床机组人员心齐了、劲足了，大家干活的效率提高了，工时由最初每月的300小时左右提高到现在每月800小时左右，最高时甚至达到1100多小时。

每当遇到形状怪异、加工困难的活件，张东亮总是主动请缨，且保证件件是优质品。说起张东亮，车间主任张有恒赞不绝口："不管什么任务交到他手里，都能保质保量完成，从不讲条件，就两个字——放心！"

太钢冷轧管机，是太钢重点技改项目核心设备，是向国庆60周年重点献礼项目之一，也是中信重工承接结构最复杂，生产难度系数最高的产品之一。冷轧管机偏心齿轮箱及相配套的底座是其典型的代表，表现在孔距、偏心量、止退槽、槽距、槽深、槽宽等都有极高的精度等级要求和质量控制点，更为关键的是六台偏心齿轮箱的内部结构都不完全相同，技术含量极高，被公认为矿山厂所加工的难度最大的产品之一。

张东亮接到加工任务后，认真研究图纸、工艺，发现其中有几个孔内多条环形槽在孔与孔之间的位置是重要的控制环节，稍有偏差将直接影响每个齿轮的啮合精度，从而影响整台箱体输出效能。

在加工首台偏心齿轮箱时，没有实际组装结果可借鉴，他只能同机床员工早来晚走相互交流，从中发现许多需要整改和控制的要点。他积极与设计、工艺人员沟通交流，为完善该系列产品提了宝贵建议，并为后续的五台套偏心齿轮箱体、底座的加工质量稳定和生产效率的提高积累了经验。

为了攻克难题，张东亮拿出所有的看家本领，使出浑身解数，凭着坚韧不拔、永不服输的干劲，加工时精益求精，大胆创新，并在技术人员配合下，对工装夹具进行改造和革新，从而有效地提高了工作效率，提前完成了六台套偏心齿轮箱和底座的加工任务，给装配留下了更多宝贵的时间，向国庆 60 周年献上一份厚礼。

"张大拿"

"张师傅，这个产品可把我们难住了，你快来看看吧！"

"张师傅，我们需要你来支个招呀！"

每天，张东亮都会接到很多这样的电话。让所有人敬佩的是，无论是谁求助，他总是"及时雨"般地赶到，绞尽脑汁，想尽办法，答疑解惑。张东亮也在克难攻关的过程中，日益成就了"张大拿"的美名。

公司承制的国家重点工程项目 Φ600A 穿孔机，加工时结构复杂，加工难度大：一是角度，二是测量方法，三是刀盘的运用。

在接到过路线单时，张东亮就敏感地意识到必须寻求技术支援。他首先需要解决的问题就是工作台承重。

简单比较不难发现，穿孔机后二段机座长 4 米，宽 3.9 米，高 3.6 米，重 39 吨。而旋转工作台设计承重只有 25 吨，这么压上去，如果强行旋转，极有可能导致工作台损坏。而且工作台承载面小，即使把活压上去，工作台能给予的支撑点和压点也都不理想。

他找到机修主任，被告知放上去静压力可以承载，但不能强行旋转，建议放到普通平台上加工。

普通机床要八次上活外加两次翻活，太浪费时间！而上旋转工作台加工，翻一次活就能完成。张东亮这个"大拿"，从来都是化繁为简，最不喜欢这么"折腾"。

"还是要放到工作台上去！"张东亮的一番话让大家都很吃惊。大家议论纷纷，调侃他说："大拿，工作台明明承重不够，你怎么又成死心眼了！""你这不是明摆着一个秤砣吞下肚，死了心嘛！"

"秤砣，秤砣？"望着头上的天车，张东亮突然灵机一动："我记得仓库里好像闲置一个大吨位的电子秤。"

看大家一头雾水、不明所以，张东亮耐心解释道："电子秤本身具备一定承载能力，不然怎么吊动产品？我们可以用天车挂载电子秤，电子秤挂载产品进行可知的减重旋转，一举两得！"

实际使用时，张东亮用天车起吊至 20 吨左右，其余 19 吨用工作台承载，找正后再重新进入静压状态，进行下一步工作。

正当大家欢庆此种方法的创新性、独创性的时候，另一条"拦路虎"摆在眼前：要保证两个对称方向、四个斜槽的中心在交点的公差范围内。

"这是一个虚位嘛，什么都没有怎么找？"大家望着产品外形，一筹莫展。这就像是把金字塔塔尖拿掉了一层，却仍要在塔尖找公差一样。

张东亮又陷入了沉思：角度难，是因为床子是改造型，少一个模拟，就缺少了判断角度是否正确的工具。从侧面看，这个穿孔机下方有一个长方形底座，在上方有两个对称的斜面，那么底面尺寸已知……

他充分运用三角函数的原理，迅速制定出了测量方法，得到技术人员和检查员的一致认可。

在他的带动下，穿孔机的加工得以顺利进行，短短几天即加工完成，一次交检合格，进入装配。

后来，徒弟都说："原来数学的运用，真是无处不在呀。"

矿物磨机是矿山开采的核心装备，磨机关键件磨辊轴，材料为40GrMn，硬度极高。磨辊轴一度成为整机生产的瓶颈，原因就在于有四个深孔很难突破。其中三孔直径仅为3厘米，需要加工深度分别为3.4米、1.4米、1.6米，而第四孔更是令人生畏，直径只有8毫米，加工深度达到1.42米。因为料硬，普通钻头很难对付它。虽然有专用的深孔机和枪钻，但是多台机床反复试干，仍然折断钻头，无法干成。

最后，磨辊轴被调到了张东亮所在的W200HC镗床。张东亮吸取之前的失败教训，不断探索、试验、调影，找出了易断钻头的十二种原因，并制订了应对方案。

为解决钻头易断的问题，张东亮做了许多试验。如原说明书要求主转速控制在每分钟400~2500转之间，但范围太大，不易掌握，他采用优选方法试验并确定各种直径的枪钻头与转速、进给量之间的关系。并翔实记录了此范围内枪钻头在加工中的声音、抖动情况，解决了枪钻的空气压力问题，切削液的配比，双向对钻透瞬间的措施，钻套与枪钻（加速装置）之间的配合问题，枪钻的刃磨角度，等等，最终取得成功。这之后，一件磨辊轴的一个深孔加工只需三四个小时，完全满足配套生产的需要。

在矿山厂，领导有什么难活找他，同事们有什么难题找他，徒弟们有什么不清楚的，第一个想到的也是他。大家都说，不管遇到什么难题，张东亮似乎总能找到解决办法，简直神了！

张东亮却呵呵一笑，谦虚地说："世上无难事，只怕有心人！难不难，贵在用心，再难的问题，你用心了，就一定能够克服！"

"张宝库"

在徒弟眼里，他是"张宝库"，是满脑子办法、一肚子主意的好师父。徒弟们戏称他是一部活字典，一座可供询问的知识宝库。

张东亮有个习惯，每次加工一项新产品，攻克一道难关，他总会对加工过程进行"复盘"，总结、固化操作方法，然后毫无保留地分享给徒弟和班组成员。

不论是在床子旁，还是在休息间，只要有人来求教，张东亮就会结合自己的经验、实例，进行技术传授。

以前，只要带好自己的机组，完成领导交给的生产任务，就万事大吉了。成为大工匠后，张东亮更加意识到自己肩上的重担和责任，除了攻关，更需传承！

大工匠工作室建立之后，张东亮的责任更大了，舞台更广了，力量更强了。他要好好干一场。张东亮马不停蹄地带领大家进行项目攻关。成立第一年，就先后进行了矿用磨机端盖喷砂过程中连接螺纹孔防护工艺改进、窑类宽齿幅大齿轮结合面精制孔加工技术的突破、矿用磨机分瓣端盖工艺的优化、大型转炉烟道回转中心控制等 4 项技术难题攻关。实施了利用 W250G 落地镗回转工作台破解大型磨机分瓣端盖大法兰背锥厚度加工难题、焊接压块破解破碎机薄壁锥套精加工难题、革新 SUA100P 八米卧车中心孔胎具、突破 SUA100P 八米卧车不能加工主轴端面中心孔的难题等 3 项先进操作方法，进行了强化 Q10 大齿轮制作过程控制和磨机类筒体部试装过程过孔质量控制等两项技术攻关；坚持新刀具的推广，大大降低了生产成本，成效显著，共计创造经济效益 145 万元……

转眼间，他年轻的徒弟们，也都一个个成为矿山厂生产一线的主力，TK6926 数控落地镗铣床杜瑞征、高强，W250G 落地镗床李事强，W200HC 赵攀，16 米滚齿机的顾双，等等。这些青工在张东亮大工匠工作室的带领培养下，如今都已成长为机床主机、机长、公司首席员工，在各自岗位上发挥着重要作用。

以匠心致初心，以初心致未来。张东亮一路奋斗一路前行，一路星光一路芬芳，多次获评公司、洛阳市、河南省级先进，连续七年被公司授予"首席员工"荣誉称号，2013 年，更是被公司评定为首批大工匠，2014 年获评河南省劳动模范，2015 年获得"最美洛阳人"十佳人物称号。组委会给予张东亮的颁奖词是：因为耐心，所以精益求精；因为专注，所以精雕细琢；因为坚持，所以精于创新；产品在细节中升华，科技在创新中发展，民族在发展中振兴；如你一般新时代大工匠们，谨记声声嘱托，用坚持和追求，浇筑着古都崛起的工匠精神，打磨出属于中国制造的骄傲，万千砥砺精品出，匠心独运助发展。

"张师父"

"我和师父的关系，早已超出师徒关系，更像一家人，说是父子关系也不为过。"说起师父张东亮，徒弟白国喜两眼放光，"我更倾向把'师傅'叫作'师父'。"师父，师傅，一字之差，内涵丰富，情深义重。

白国喜，1997 年洛矿技校毕业，进入中信重工矿山厂一金工车间，师从张东亮。严厉、苛刻，是师父烙印在白国喜心中最深刻、最难磨灭的印记。

当时，白国喜所操作的 2654 镗床是传统机床，磨刀是基本功。经过一段时间勤学苦练，白国喜在同年进厂的 6 名同学中，磨刀水平最高，自认磨刀水平"还行"。张东亮拿起来用手指试试，淡淡地说，远远不够，还需要再精进。白国喜本以为会听到表扬，脸上已经堆起的笑容一下子僵住了。他经常教导白国喜，刀磨不好，来回换刀，效率降低，风险增大。来回跳动，影响加工质量。白国喜记在心里，直到现在，磨刀技术都杠杠的。

一次吊转活件，手边没有钢丝绳，白国喜就去旁边机床借了一根钢丝绳。正在起吊，被张东亮看到，他立马叫停，厉声说道："绳子这么细，根本不符合起重吊挂标准！怎么能用！"

白国喜不以为意：刚才别人也是用这根绳子，吊的比这件活还重，都没有问题。

张东亮毫无商量余地："不行，必须换成符合标准的钢丝绳。生命安全不是儿戏。"为此，白国喜受到的惩罚是，一下午不准操作机床，站在安全生产事故警示展板前，好好"长记性"。

抛光活件时，安全操作规程需要佩戴护目镜。由于天热，护目镜内容易产生雾气，影响视线不说，操作也不方便。白国喜时常"投机取巧"，看师父们不在时，总是摘下护目镜，裸眼操作。张东亮一旦发现，总是劈头盖脸一顿训斥，然后又语重心长地说："眼睛是身体最脆弱最敏感的部位，铁屑飞溅，不出事则已，一出事就是一辈子的事，不可拿生命开玩笑。否则，后悔都来不及！"直到现在，在遵守安全操作规程上，白国喜都非常严格，绝不含糊。

工作上严苛有加，生活中关怀备至。

白国喜结婚时，张东亮从头到尾张罗，婚礼、司仪、车队，事无巨细，亲手操办。

白国喜儿子出生时，张东亮考虑到小两口年轻，缺乏护理经验，特意安排媳妇黄莉琴帮助他们照顾孩子，还送去小孩穿的棉袄、棉裤。

白国喜爱人身体不太好，孩子又上学，父母需要赡养。白国喜一个人挣钱养全家，生活压力很大。张东亮看在眼里，总是尽可能给予帮助。白国喜媳妇住院做手术，张东亮先后两次主动拿出钱，每次都是一万元。

"师父对我，严厉苛刻又慈爱有加，遇到张东亮师傅，是我一生的荣幸。"在张东亮的严厉要求下，白国喜进步很快，目前是车间生产骨干，被抽调到130数控镗床担任机长，一金工镗铣班大班长，管理七台机床，26名员工。无论是装备还是人员，都占据车间的半壁江山，产量也是遥遥领先。

白国喜将师父张东亮传授的技艺、经验，又毫不保留传承下去。他带领班组获得公司五星班组、工人先锋号、公司级先进班组等多项荣誉。他本人也多次荣获优秀党员、公司先进员工等称号。

现在，白国喜和张东亮同住一个小区。白国喜隔三岔五总要去看望看望师父，工作中的难关，生活中的烦恼，总喜欢和师父聊聊。每次，他都感受温暖、获得力量！

"张不靠谱"

在领导眼里，他是"张放心"，有了急活难活，交给老张就放心；在同事眼里，他是"张大拿"，既是获奖大户，更是产品攻关"专业户"；在徒弟眼里，他是"张宝库"，是满脑子办法、一肚子主意的好师父。但在爱人黄莉琴眼中，他是"张不靠谱"，总是"说话不算话"。

黄莉琴曾在中信重工原钢二分厂上班，1988年经人介绍和张东亮相恋，1989 年结婚。"结婚之前觉得这小伙子挺踏实、挺可靠，没想到结婚之后才发现，他干了很多不靠谱的事。"说起丈夫，黄莉琴满是"抱怨"。

刚结婚的时候，还没有手机，通信不便。黄莉琴对张东亮说，如果你有加班赶任务什么的，提前说一声，免得家人担心。张东亮答应得很好。没想到几天之后，张东亮连续两天未回家，杳无音信。这可把黄莉琴急坏了，担心出了什么事。第三天一早，上班路上，她特意去一金工车间了解情况。走进车间一看，张东亮正趴在工具箱上睡觉。一旁照看机床加工的徒弟说，最近来了一件急活，又是难活，张师傅天天盯在机床上，已经两天没合眼，实在太困了！看着一身疲惫的丈夫，黄莉琴满腔怨气烟消云散，轻轻叹了口气，找了件衣服给张东亮轻轻披上。

还有一次，张东亮一只脚崴了，脚肿得跟面包似的，脚一沾地，钻心地疼。医生嘱咐他在家休养一段时间，尽量减少运动。黄莉琴也是千叮咛万嘱托。可是，张东亮执意要去上班，他说："在家闲得发慌，生产任务又那么重，实在是坐不住啊！"经过几次争执，黄莉琴拗不过他，就每天骑车带着张东亮上下班，张东亮呢，则拄着拐杖，一瘸一拐，面带微笑，步伐坚定。

张东亮总是对徒弟说，有时间多陪陪家人。可是，自参加工作以来，张东亮几乎没有休息过一个节假日、星期天，就是大年三十、大年初一，也大都是在岗位上度过的。多少次，他错过了家人的团圆餐，错过了孩子人生中的第一次，缺席了病重父母的陪护……

黄莉琴拿出一摞泛黄的换休票，无奈地说："这些都是上班几十年积攒的换休票，最早的有 20 世纪 80 年代的。你看，这是 1986 年 11 月 5 日签发的加班换休证，换休天数为 6 天半。这是 1987 年 10 月 12 日签发的加班换休证，换休天数为 10 天。他一次没有调休过，到现在这些票加起来得有四五百天吧。"是啊，这一张张泛黄换休票，浸满了奋斗的汗水，沧桑了青春的容颜。

对家人"不管不问"，对同事的事，张东亮满腔热情。1991 年，张东亮被分厂推荐为公司级先进模范。无意之中，他听到厂里一位即将退休的老师傅遗憾地说，干了一辈子，连个公司级先进也没当上。这位老师傅工作能力很强，成绩也相当出色。张东亮主动找到厂领导，把推荐公司级先进的名额让给了老师傅。第二年，张东亮又把公司级先进的机会让给了另外一位老师傅。面对别人的不解，张东亮淡淡地说："老师傅们干了一辈子，不应带着遗憾退休。再说，咱还年轻，机会还多！"直到 1993 年，张东亮才首次获得公司级先进。黄莉琴苦笑着说："你看这人傻不傻？！"

工作上忘我拼搏，累垮了张东亮的身体。张东亮不幸被查出患有"神经性脊髓蛛网膜炎"，腿部肌肉无力，走路都成了问题。路走得稍微一急，就会一个重心不稳直挺挺栽倒在地。辗转在洛阳、北京的几家医院治疗后，病情并没有明显好转，张东亮索性不管了。"说实在的，住院的时候他心里真放不下车间里的这些'大块头'。"回到车间，步履蹒跚却坚韧不拔，他一如既往地坚守在工作岗位上。

"抱怨"归"抱怨"，对丈夫的追求，黄莉琴始终默默关注着，全力支持着，为丈夫自豪，为丈夫骄傲。黄莉琴专门准备了一个文件夹，凡是有关张东亮事迹的报道，《当代劳模》《河南日报》《大河报》《洛阳日报》《中信重工新闻》，黄莉琴都一张一张小心保存起来；凡是张东亮获得的奖状、奖牌和奖杯，黄莉琴都一件一件擦拭干净整齐摆放；张东亮与李克强总理合影照片，被黄莉琴冲洗出来精心装裱，放在客厅显眼的位置。有时，黄莉琴会对张东亮感慨地说："想不到，你还干了不少事、取得不少荣誉哩！"张东亮笑笑说："那你还抱怨不？"

是的，有前程可奔赴，亦有岁月可回首。这，不正是张东亮所期望的人生？不正是对爱人几十年如一日默默支持的慰藉？

张东亮 2018 年已经退休在家，虽然行动不便，但他仍然关心企业发展，通过中信重工微信公众号了解企业新发展新成就，与徒弟交谈了解企业新装备新产品，在微信工作群中解答青年职工的技术难题。

张东亮说："企业培养了我，给了我那么高的荣誉，让我实现了人生价值。只要公司发展需要我，生产攻关需要我，徒弟成长成才需要我，我这个中信重工的老兵、'焦主任'的后辈，就会一直发挥余热，为擦亮中国制造金字招牌贡献智慧和力量！"

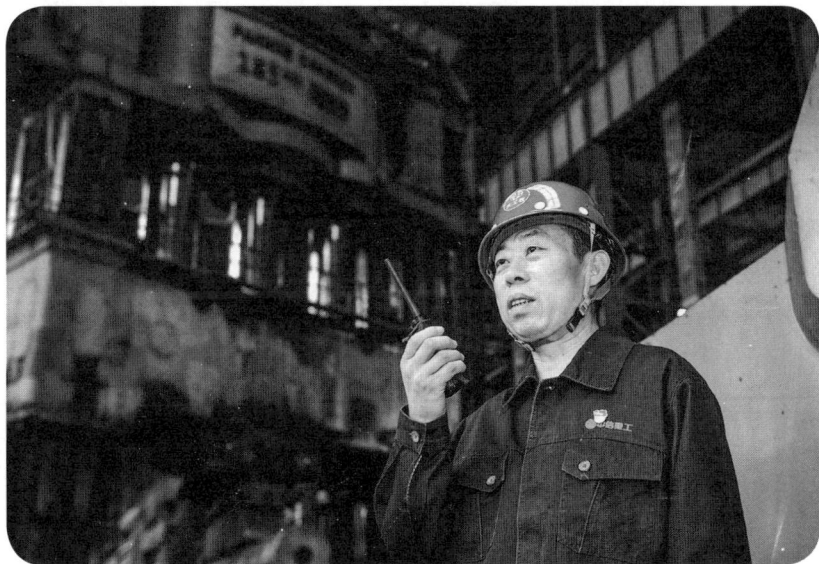

【人物名片】

郭卫东，中信重工铸锻公司锻压车间锻一组组长，郭卫东大工匠工作室负责人，主要负责世界最大最先进的18500吨自由锻造油压机的锻件生产。荣获"河洛大工匠"、"全国十大金融工匠"、"河南省五一劳动奖章"、河南省劳动模范等荣誉称号。

郭卫东：擦亮世界自由锻皇冠

◇ 张　琳

规格最大、技术最先进、"世界自由锻造王国的皇冠"，是锻造行业对中信重工 18500 吨油压机的赞誉。

这是名副其实的"国之重器"，时任中共中央总书记、国家主席、中央军委主席胡锦涛，曾称其为"争气机"。

神舟飞天、C919 商飞、"大藤峡"通航、"华龙一号"并网发电……做好这些国家重大工程、重大项目，一靠"国之重器"的装备；二靠人，尤其是有关装备的人。

指挥操控世界最大、最先进的设备，为国家大工程做锻件，"这是为国争气、争光咧"。

每每念及此，郭卫东的脸上就满是骄傲。那骄傲的炽烈，意与红彤彤的锻件比颜色。

领导们夸，这可是我们的一个"活招牌"，别人不愿干的"硬骨头"，他愿接、敢啃，还啃得了。

工友们赞，艺高人胆大，性子急、能下力、有钻劲。

徒弟们敬，只要有师父在，心里就落下了颗定心丸，干啥都有谱。

郭卫东说，人呀，就是争那一口气，做不好，自己都觉脸臊得慌。

"争一口气"，透出骨子里升腾的"火热"，一如他一干就是 36 年的"火热"事业，一镦、一拔间，火热奔涌。

与洛矿结下不解之缘

1970 年是中国航天事业的里程碑。这一年，中国成功发射了第一颗人造地球卫星——东方红一号，成为世界上第五个拥有人造卫星的国家。

这一年，7 月 1 日，中信重工的前身——洛阳矿山机器厂（简称"洛矿"）水压机车间建成投产，洛矿发展迈出新步伐。

这一年，8 月，距离洛矿 190 多公里的开封一个小乡村，郭家老幺郭卫东出生，其上还有四个哥哥姐姐。

国、厂、家，航天事业、洛矿发展、郭卫东，看似相隔甚远的三个，在 18 年后如此紧密相连。

当时，父亲是洛矿职工，这个"工人"身份，多少是让父老乡亲们羡慕的。在那个流行"接班"的年代，郭卫东洛矿子弟的荣耀，是同村多少年轻人梦寐以求的。

世事难料，还未来得及等到郭卫东长大，父亲就在一次意外中，因公去世。

这一年，郭卫东还不足两岁。尚且无知不懂世事的年纪，他并不知道失去家的"顶梁柱"，对他、对整个家来说意味着什么。而这意外，也斩断了他与洛矿的紧密联系。

小山村里，贫穷与艰辛如影随形，郭卫东早早体味母亲一人撑起家的不易。与贫穷顽强搏斗，郭卫东被激发出"要把日子过到人前头"的倔强，也显示出格外能干的本事，更让他磨砺出担得责、吃得苦、耐得累的品质，这成为他此后人生之路的基石。

一晃就是 18 岁，能干的他，已是家里的"顶梁柱"。当时，包产到户施行没几年，奋斗自己的小日子，村里人个个干劲十足，郭卫东也不例外。

伺候五亩田地，亩产千把斤；喂养成圈的猪、羊，个个膘肥体壮；农闲时，人也不能闲着呀，他就去附近砖窑厂打零工，一个月还有 300 来块钱的收入……

他与村子里的年轻人不一样，干啥都能高出别人一截；他与小村子里的年轻人一样，小满则足的日子一过就是日复一日。

平淡又安逸，过日子嘛，可不就是这样。

麦子成熟季节，望着在田地里随风舞动的圆胖饱满麦穗，希冀和满足胀满了郭卫东每个细胞。

人生无定式，转轨一念间。

此时，来自遥远洛阳的一条消息——"接班进厂"，打开了郭卫东新的人生之门。

这年 12 月，郭卫东正式进入洛矿，成为当时锻压分厂的一名锻工。兜兜转转，郭卫东终究成了"矿二代"。

既来之，则安之。与钢铁为伴，自此至今，他一干就是 37 年。

转轨人生立下志

洛矿，那如雷贯耳的名字，他熟悉。

因父亲的缘故，从小到大，郭卫东没少听家里人、乡亲们提及"洛矿"这个名字。

"共和国长子企业"，焦裕禄曾在这里工作生活九年，当然，这也是父亲出过力、流过汗的地方。

但也是父亲的缘故，他对进厂，并没有多少急切；对能在厂里立多大业，也没有多大期待；对要为国家建多少功，更没什么宏大志向。

进厂分岗时，时任锻压分厂厂长王良问他："自己想干啥？"他没答却操着浓重的开封口音反问："啥挣钱？"

就这样，郭卫东选择了被公认为很苦、很累又很脏的锻工，从事锻件生产。

锻件是电力、冶金、石化、核电、航空航天、重型机器等行业的关键件、基础件，锻件产业的科技水平、生产能力是一个国家工业发展水平和综合国力的重要体现。

彼时，他哪有这等见识，哪能想到自己要从事的工作于国家而言的重要性，又怎会想到，乡村里出来的毛头小子，将来一天会成为锻压行业响当当的人物，影响着整个锻造行业生产技术提升。

人生前18年，郭卫东见的、接触的，不过是乡村、田野、猪牛羊，离现代工业最近的时候，也只是在村附近小砖窑厂打工时的所闻所感。

因此，刚进厂时，头一次来到代表新中国工业发展水平的洛矿，头一次看到堪比几人高的大设备，头一次看到火球一样的铁疙瘩像面团似的，被压扁拉长，郭卫东就觉得新鲜，仿佛闯入了"新天地"。

两个月的入职培训后，郭卫东被分配到8400吨水压机，成为锻一组一名学徒工。

这台水压机是当时我国第二大吨位锻造设备，由洛矿厂自主设计制造，其先进性直接碾压厂里已有的所有压机设备。

"瞧这运气！"同来的伙伴们羡慕啊。

落实了岗位，啥也不懂的小伙子得有师父带呀！于是，时任锻一组组长的马慧兴，这个指挥8400吨水压机且年年都能拿下公司先进的老模范，成了他的师父。

在贫苦里挣扎着长大，生活的粗粝，让郭卫东练就了一身力气。人勤快、能吃苦，干活又实在，师父愿意带他，工友们乐意和他搭班。

三班倒作业，迅速适应不在话下；测量表面温度上千摄氏度的锻件尺寸，来来回回、爬上爬下，非要求个准；早来晚走，让干啥就干啥，从不叫苦喊累犯矫情。

师父见他是个踏实知上进的，也乐于手把手地教，他就更下劲地去学。

先从最基础的操作剁刀学起。八十来斤重的钢铁刀身，加上长长的刀杆，总重百斤的剁刀操持起来，没个把力气可不行。但光有力气蛮耍也不成，支点、臂力、站位、角度……哪个要素都关系到巧劲。

听师父讲，看工友们干，一得空就练，狠劲上来，郭卫东不练得手抖、臂软就决不罢休。

一个月后，这把百斤大刀就被个头一米七、体重不足 60 千克的郭卫东耍得虎虎生风、威风凛凛。

头一个月，他拿回了 70 多块钱的工资，感觉很知足。

紧接着，内心的挫败感就来了。

随着慢慢上手，系统理论知识欠缺的现实，横亘在他向上向前的路上。

"工艺都看不明白，能中个啥用？"当最初的新鲜感褪去，因新鲜而激发出的热情和干劲，也随之减淡。

在外不如意时，家就愈加让人感到亲切，郭卫东抓心挠肝似的想念小乡村里的平淡生活。但因骨子里"不甘于人后"的要强，"坚持，坚持"的呐喊，在耳边一遍遍地回响。

他心情复杂，他矛盾迷茫……

师父鼓励他："这和文化水平没关系，只要用心，咱就能干好。"

师兄和工友们也照顾他，周末、节假日，会叫上他去家里吃饭。

师父的话，他听到了心里，思忖着："脸皮薄吃不着！不懂咱就不装懂，多问问老师傅们。"

来自工友们生活上的关照，让他感受到这个"家庭"的温暖。

到了年底，公司举行年度表彰会，师父又一次获评公司级先进。看着披红戴花的师父站在台前，郭卫东羡慕啊。

有了盼头，就有了动力。接下来的日子，郭卫东干劲满满。

为早日出师干出个模样，每天早来晚走，他说："咱吃了没文化的亏，但勤能补拙。"

不久后，郭卫东被安排担任"压钳口"的工作。

这是锻造操作的一道重要工序，方便后续套筒操作时夹持活件。就如同给一把锤子加一个把手，让锤子用起来更趁手。

尺寸的精准把控很重要，误差不能超过 15mm。过大了，套筒套不上；过小了，活件又会在筒子里乱窜，都会影响后续操作。

真正考验技术水平的时候到了。

郭卫东原本想，跟着师父学了这么久，这活应该不在话下，但到了上手操作才发现，自己连最基础的压量、尺寸都算不明白。

上班时，郭卫东见缝插针地积极请教。在师父的指点下，他搞明白了一件活应该干多少尺寸合适。但等床子换了新活，他又犯了难。

"得弄通背后的理才行！"倔劲上来，郭卫东就有了计较，"咱文化理论不中，但实践得多了，总能明白这个理。"

下了班回到宿舍，郭卫东就自己用算料盘鼓捣摸索。几天后，郭卫东感受到这层窗户纸被捅破后的清亮。

懂了理、入了门，他全身心地投入自由锻的世界里，废寝忘食钻研，在操作实践中拔节成长。

1995 年，郭卫东升任副组长。一天，已是工段长的师父马慧兴找到郭卫东，希望由他暂代外出学习三个月的组长，领着锻一组 20 名组员干活。

对锻工来说，组长可谓是团队之核心、灵魂，一举一动，影响着天车、起重、吊装、转运、测量、操作压机等所有动作的执行。如一名乐队指挥，其所指即整个乐队的行之所至。

从"听指挥干"到"指挥团队干"，从只关心自己的能力强不强、业务精不精，到关注全环节的衔接、整个团队的配合，角色的转换，对郭卫东来说，是肯定，也是考验。

给了机会，咱就好好干呗，胆子更大一些，步子更快一些。

郭卫东发狠，"誓要争第一"，不能辱没了锻一组"一"的番号。

带班的三个月，锻一组月月高产，锻件产量达到月平均300吨，而当时车间下达的指标是月产200吨。

月底总结，车间专门开了庆功会。会上，当属郭卫东班组最耀眼。此时，郭卫东觉得"越干越有意思""干一辈子自由锻也不赖"。

众望所归，1997年，他正式接任锻一组组长。

千锤万锻更坚劲

用千吨级乃至万吨级的压机"大锤"，像"揉面"一样，把1000多摄氏度的钢锭锤打成形状各异、尺寸不一的产品，场面壮观又震撼。

当组长的神气之处在于，能以自己的哨音为号、手势为令，控制整个场面。

这时，车间就是沙场，组长就是将军。

挂上哨子、站在指挥平台，纵览全局，郭卫东犹如身经百战的将军，在沙场上淡定从容地排兵布阵。

但，这场面也并非那么好控制。仗要怎么打，人员怎么打配合，前后左右必须都得顾上。

始终保持眼耳脑手协调运转，眼睛得是一把尺子，准确把握操作中产品的形状、尺寸；时刻关注设备状况，避免机器故障出现残次品；还要协调班组人员做好配合……

但，实际生产指挥，组长也并非那么神气。

在干活上，郭卫东是出了名的急性子。遇到急指挥，他满场跑，那裹挟着浓重开封音的喊话声，就随着"走位"密密匝匝地直敲人耳郭。这时，车间里，轰轰隆隆的机器声、哨声、喊话声就交织奏响。

一个班下来，郭卫东直喊得嗓子沙哑、喉咙冒火，懒得再讲出一句话。回到家，一屁股瘫在那儿，动也不愿意动了。

与上千摄氏度高温钢锭的面对面作业，寒冷冬日里，仿佛置身滚滚热浪中。夏天，车间内外酷热蒸烤。可天再热，也是一双厚重的劳保鞋，一身长衣长裤的橘红色工装。一身油污裹着一身汗，衣服被汗水浸透，再经高温烤干，脱掉工装，抖落两下，地上就是一层白乎乎的粉末。干渴时，一瓶水咕咚咚下肚，如一滴水浇进了沙漠。

犹记得一年，班组分过来一批刚从技校毕业的年轻小伙子。十八九岁的年纪，都是家里人手心里捧着长大的，何时体会过这苦。

一个小伙子跟着郭卫东体验了一个班，第二天，却无论如何也找不到人。经打听才知，小伙子不堪其苦已回老家了。

也是，这样的岗位，能坚持下来的，则是真爱了。

干起活来，郭卫东真正诠释了"废寝忘食"这个词。

三班倒作业，最难熬的就属上三班，犯困、精气神不足，在所难免。

但郭卫东就不一样，工友们玩笑，"跟打了鸡血似的"。"那精神头大得很嘞！"常与郭卫东搭班干活，如今已是锻压车间锻二组副组长的王念琐说。

从担任组长开始，郭卫东就养成了上白班中午不吃饭，上夜班中间不加餐的习惯。20 多年来，一直如此。

"不饿吗？"

"提着劲嘞！"

刚开始，徒弟或工友还会带饭给他。一次、两次、三次，每回都没见他动上一筷子，次数多了，大家也就坦然接受了这个现实。

当换班吃饭休息时，郭卫东也不闲着，围着车间转悠，看别人怎么干活，内心暗暗比较见个高下。等待压机上活的间隙，他心里急呀，"咋能让床子等着活嘞"，恨不得自己有本事，徒手把铁疙瘩从炉子里拽出来，摁在压机上。

郭卫东爱琢磨，算盘打得精准算得精细。"一步差 5 分钟，一件活差半个小时，一天就少干一件活，一个月下来的差距就是几百吨，一年就是几千吨。"

生产要流畅，不要停顿。"趁热打铁"，说的可不就是这个理。

新工艺一下来，他就开始琢磨咋干。每天提前一个小时上班，延迟一个小时下班。

提前上班是为了了解上一班的工作进度、车间设备的运行情况，以及炉子内的锻件情况，做到有的放矢。在班前会上，他给组员讲解清楚流程，人员各明其责、各司其职、配合默契、衔接通畅。

延迟下班，回忆记录当天生产中遇到的问题和需要改进之处。有了不错的尝试和想法，还要记录下来。如今，记录本已经积累了上百本。回家的路上、睡前，他的脑海里已经把第二天的工作流程上演排练数遍。

凭借着这个好习惯，月底总结，锻一组产量、效率总能拔得头筹。

与郭卫东从"战友"发展为"密友"、铸锻公司铸锻研究院技术人员于保宁，曾在锻压车间担任 4 年业务主管。这种亲密关系，基于 4 年来的并肩作战、一千多天的打磨。

于保宁总结郭卫东有两大优点，也正因此，非得是他，成了锻工中的佼佼者，而不是别的谁。

一个是好总结。今天活干得好与不好，优化的空间在哪儿，心里非得掰扯得明明白白。

另一个是干事有韧劲。超大规格的产品，件件都是新产品，每一件都是"独生子"，需要单独设计工艺、创新操作方法。而郭卫东接手的，还个个都是"独生子"中的"硬骨头"。

可越是这样，他就越有干劲，非要拿下来不可，如狼捕食。

一个个难题攻克，各类形状锻件产出交付，郭卫东的品牌逐渐打响。

公司劳模、洛阳市五一劳动奖章、洛阳市劳动模范、河南省五一劳动奖章……郭卫东一路飙升。

在红红的炉膛热炼，将通红的钢锭出炉，随轰轰隆隆的天车吊转，上锻压台，在锻打下变形为轴、筒、环等各类大锻件。在令人血脉偾张的锤锻中，锻造的是产品，可不也是郭卫东的人生吗？

突破平台迎挑战

由制造大国向制造强国转变，必须依靠重大技术装备自主创新能力提升。参与世界竞争，大型铸锻件将是全球性极为稀缺的战略资源。

2006 年 12 月 1 日，中信重工"新重机"工程启动，要构建一个以目前世界最大、最先进的 18500 吨自由锻造油压机为标志的高端重型装备制造工艺体系。这是中信重工建厂以来投资最大的系统技改工程，也是河南省首批 14 个重点联动推进项目之一。

干这样一个大工程，造这样大的设备，很难。

但难也要干，不仅要干，还要干成行业的标杆示范。

这是提升我国制造能力的需要，满足行业发展需求的必要，更是关系国家安全的大事。

代代受焦裕禄精神浸润熏陶的中信重工人，知难而又无畏。

2008年5月，中信重工一次组织829.5吨精炼钢水，采用10炉冶炼、6包合浇工艺，成功浇铸了18500吨自由锻造油压机上横梁。该上横梁长11.95米、宽3.8米、高4.95米，毛坯总重达520吨，是目前世界上一次组织钢水最多、浇铸吨位最重的特大型铸钢件。一辆家用车重约2吨，仅上横梁就相当于260辆小轿车的重量。至此，18500吨油压机制造的最大瓶颈得以突破，制造进程加快。

2010年6月，18500吨油压机主体全部安装完毕。油压机地上高度20米，地下深度11米，可移动工作台达5.4米×13米，最大镦粗力18500吨，整机重达4000多吨，是名副其实的"巨无霸"。中国一举站到了世界装备制造业巨人的行列。

2010年7月10日，时任中共中央总书记胡锦涛莅临中信重工视察。在世界最大的18500吨自由锻造油压机安装现场，他与研制团队合影并表示，18500吨油压机为中国人争了光、争了气。

设备造出来了，另一个现实问题摆在大家面前："谁来操控指挥？"

这设备太稀罕了。高端设备，"高端"意味着高档次、高标准，也意味着严要求。"这可不是好站的岗啊！"

厂领导们不得不慎重决策。经铸锻厂党委斟酌研究，委员们表决同意，多年先进的郭卫东可堪大用。

彼时，经10年组长岗位历练的郭卫东，内心欢喜期待。"这是厂给咱的机会嘞，"他拍着胸脯保证，"服从组织安排，定要用好设备、带好队伍、干好活！"

工作上从不计较难干好干、利益得失的郭卫东，在班组排番问题上，却是寸步不让。

因 18500 吨油压机最新投用，班组也为最后组建。按照这样的逻辑，郭卫东所带领的班组被排为锻八组，并无不妥。

决定下来，郭卫东却不干了，直接闯了厂领导办公室理论。

这还是平日里谦虚和善又不爱张扬的郭卫东吗？

工友们和厂领导无法理解，一个名号而已，也不是啥了不得的大事。

郭卫东却固执地认为，这关系重大。理由很充分："一"代表"金牌""最好"，我要做最好的锻工，金牌永远不能倒，名号也不行。

言辞激昂，话语滚烫。厂领导当场决定重新排番，郭卫东得偿所愿。此后，不管人员如何更替，班组如何变动，他带领的班组必是锻一组。

在郭卫东心里，"一"不仅仅代表的是数字和番号，而是一种"干啥都要争第一"的理念。

2023 年 5 月 16 日，郭卫东有机会前往公司海上风电产业基地漳州公司参观。当听介绍说这是漳州的"1 号码头"时，郭卫东就觉得"咱真了不得"。

从只为挣钱糊口，到立志"争当劳模"，再到做"最好的锻工"……他争当"第一"的执着和勇气，从未变过。

依托 18500 吨油压机，平台更大，眼界更宽，站位也随之不同，他立志要为行业探新路、为国家作贡献。

擦亮"皇冠锻"重器

在郭卫东及工友们长达一年的基础准备后，2011 年，18500 吨油压机正式投产。

随着装备升级，制造实力提升，中信重工开始进军大型高附加值石化加氢反应器锻件、核电锻件、冶金轧辊锻件、海工装备等新领域。

开辟新领域，进入新市场，得拿出新产品。

指挥着"巨无霸"操作，他原本想着，咱20多年的自由锻经验，也算是有了用武之地。

然而，世界都稀缺的设备，加工的自然是稀罕的产品。几乎每次任务都是第一次，新产品、新挑战源源不断，创新无休无止。

作为一项重要新能源，核电及其市场发展迅速。全世界每年需要核电锻件至少几十套，有能力、有技术生产的企业却屈指可数。国内已开工的核电项目，由于锻件制约严重拖期。想从国外进口一套不算太大的锻件，动辄就是天价，即便如此，还要受国外百般刁难。

咱中国人要是自立自强，还用受这窝囊气？

急国家之所需，中信重工开展高端核电锻件研制攻关，誓要创新增中国人志气、硬中国人骨气。

在参与"华龙一号""第三代核电站核岛关键设备密封件研制"项目中，O形密封环模拟试验件，是带锥度的核电筒体锻件，形状酷似"大碗"。

活"金贵"还难伺候。形状不规则，难以成形，性能尺寸要求又严格，是"难啃的骨头"。

没有攻"硬骨头"的"金刚钻"，还咋去抢订单、揽市场！

干，不干永远不知道咋干，只要干总能干成。迎难而上，在焦裕禄精神孕育形成地成长起来的郭卫东，这个理他懂。

钻劲上来，就要想方设法彻底搞个明白。

在家做饭揉面团，搓扁、拉长、捏出形状，这不就是锻造嘛！脑海灵光乍现，难题有了解决思路，可以试试"仿形锻造"成形。

实践验证，该成形方法不仅满足锻件尺寸和性能要求，而且减小了锻件毛净比，降低了制造成本。更重要的是，其成功研制，为公司开发核电市场提高了竞争力。

2014 年，公司开始承制管模锻件。

薄壁、长套、带台阶。又是一个新产品。

传统的锻造方法拔长效率很低，试制一批管模锻件，一件成品平均火次要达 10 火次之多。加热炉工作一个小时，需要耗费的天然气费用高达 3000 元。这代价太大。

2015 年，郭卫东总结操作经验，创新提出圆弧砧和"阶梯式压下量操作法"，管模拔长效率大大提高，出成品的平均火次降至 4.5 火次，大大降低动能消耗。

一件产品打开一个新市场。锻造技术创新突破，管模锻件订单接踵而至。

2015 年，公司共计锻造管模 31 件，合计节约天然气和电力费用 204.3 万元。

2016 年，郭卫东协同创新工作室成员通过建立有限元分析模型，利用模拟分析，提出"上平下 V 砧"法，持续优化操作。这年，公司锻造管模 38 件，每支管模出成品火次又较 2015 年减少 2.5 火次。

据此，郭卫东作为主要作者，分别在《模具工业》期刊、国家级核心期刊《热加工工艺》杂志上发表《提高 DN1000 管模锻造拔长效率的方法》《DN2000 特大型管模成形仿真分析与试验研究》《DN2000 特大型管模整体锻造成形技术研究》三篇论文。

2017 年，国内最大直径整体锻造加氢管板锻件成功锻造，管板直径 7.8 米、单重 202.4 吨。这一年，中信重工共干出 4 件，产值 1236 万元。锻造中创新出的"中心压实锻造法"，为行业凹槽类管板锻件锻造提供经验。

而在航空航天领域，航天运载火箭矩形轴类锻件成功研制。郭卫东牵头申报的《一种各向同性矩形截面轴类锻件的锻造方法》，于 2017 年 1 月获国家发明专利授权。

一块块"硬骨头"啃下来，心中成就感炸裂，如天空中升腾起朵朵烟花。

2017 年，郭卫东当选中信重工大工匠。

在全公司，他是少数几个之一；在全公司锻工里，他是独一份。

拥有了以自己名字命名的创新工作室，多么荣耀。

从一个创客到一群创客，创新实力在提升，锻造的产品更多、更繁杂，市场也更广阔。

进入 21 世纪后，全球能源结构加快转型，世界风电产业发展风起云涌。"十三五"规划期间，中国将海上风电列为重点发展领域。

海上打桩机是走向海洋的大国利器，也是"先行官"，替打环是海工装备领域海上打桩机的核心部件。但长期以来，替打环主要依赖进口，采购价格高得离谱，交货周期也长达一年以上。真是求人如吞三尺剑、靠人如上九重天啊。

中信重工人就不服气，咋能让人"卡了脖子"。

领导直接找郭卫东询问："直径 7.5 米替打环咱能干不？"

郭卫东道："能干！"一如既往地坚定。

"这干不了，那不想干，挑肥拣瘦，市场可不会等着咱。"一番话，说得全员热血沸腾。

别看信心满满，但实践起来，郭卫东心里也直打鼓。

该替打环属于带外台阶的异形环类锻件，吨位重、形状复杂不说，性能要求还极为严格。

国内首次锻造，没有资料可查，从 0 到 1 的原创不易。

先后策划了十几种方案，但总是在模拟生产时差一点儿。

徘徊在玻璃门外，看着外面稀罕人的景致，可干着急，就是打不破那块玻璃。

咱就不信那个邪！

连续半个多月，郭卫东每天只睡四五个小时，本来精瘦的他，体重又瘦了七八斤。

苦心人，天不负。最终，采取先制坯后模锻成形的锻造方法，锻件尺寸控制良好，一次交检合格。

至此，中国海上风电装备国产化进程迈出一大步。

交付使用半年后，客户方中交三航专门致信感谢，表达对产品的肯定。信中提到，进口替打环一般使用寿命是 450 个桩左右，中信重工制造的替打环，寿命超过 850 个桩，依旧运行良好。

多领域、大型高附加值锻件生产接连突破，许多项目锻件规格为业界之最，缓解我国电力、石化、冶金、矿山、建材、船舶、核电、航天等领域特种钢锻件的需求压力。中信重工锻造能力持续提升，大型、异形、高端锻件市场不断开拓，我国高端大型铸锻件研发制造基地的地位就此奠定。

尽多大责任才会有多大成就，承载多大的荣誉就会有多大的背负。

当郭卫东废寝忘食扑进他的锻造里，为行业、为国家实现一个个创新突破时，家里的"半边天"却支撑不住了。

2018 年，妻子重病住院。他如遭雷轰。

红斑狼疮肾炎是什么，他从未听说过，但看着躺在病床上虚弱异常的妻子，直觉告诉他，这病不简单。

在医院楼梯过道内，"钢铁汉子"和他的女儿抱头痛哭。

回到病房，他温柔宽慰妻子："没事啊，不是啥大病。只要有我在，就是卖房子也会把病瞧好。"

医院一住，就是数月。用最好的进口药，无微不至地守护。

工作上他是带头人，此时，一个个"硬骨头"活，接踵而至，离不开他；家里他是"山"，可依靠，可托付，病床上的妻子离不开他。

但两边事情，他都处理得妥妥帖帖。主动调换上夜班，一上班，就是高强度、快节奏的 8 小时；白天为妻子做饭、送饭，陪护在病床边。困极了，就挨着病床眯瞪一会儿。

能守着妻子，看着她一天好过一天，再苦再累，咱心也甜哪！

人就这么一个人，能有多大精力呢。

一个月下来，郭卫东瘦了十几斤，只剩下 100 斤。

妻子看在眼里，感动在心里，是又心疼又自责。

郭卫东安慰："一家老小，家里家外，就属你的功劳最大，现在也该我伺候伺候你。"

三个月后，妻子出院。之后，虽一直需要药物维持，但如今恢复得已与常人无异。

医生感叹："这简直就是奇迹！"

妻子就又成了持家理事、能干妥帖的"贤内助"。

她说："不用操心家里。"他说："家里不用操心。"

有了坚强支持，他干劲更足，也更忙了。

"世界自由锻王国一顶皇冠"的招牌越擦越亮，郭卫东也先后捧回中国重型机械行业工匠、全国十大金融工匠之技能工匠、全国金融五一劳动奖章等诸多行业级、国家级荣誉。

他说："我的荣誉，一半是公司给的，一半是妻子给的。"

谁说不是呢，没有"小家"的成全，何来"大家"的发展。

赓续传承砥砺行

站上国家级平台，高度更高，视野更宽，眼光就更远了。

他要为企业赓续发展当表率，为行业发展进步开拓创新，为国家自立自强作贡献。

干啥吆喝啥，求啥就琢磨啥。

自由锻有两个显著特点，一个是自由度高，另一个是集体作业。正因自由度高，操作班组不同，生产效率也千差万别；而集体作业，要求班组成员们的高效协同配合。

琢磨久了，琢磨透了，郭卫东发现，想要在行业内占有优势，公司就得做好两件事：一是标准化操作，二是人员素质提升。

如何实现？靠经验固化、推广、传承，靠人员培养。

这样想着，身为创新工作室的带头人，郭卫东就觉得使命重大。

开展生产攻关、提炼"先进操作法"、总结技术生产报告、发表论文、申请专利……

时代在发展，行业在进步，咱一线工人不能只围着自己的"一亩三分地"转，得有情怀，也要作总结、搞推广。

2017 年以来，郭卫东带领工作室成员共完成公司级攻关课题 29 项，总结提炼先进锻造操作法 12 项。2023 年，再完成两项攻关课题。而以他为第一创作人和主创人的论文，在国家级和行业级核心期刊上发表 5 篇；成功申请授权国家发明专利两项，国家实用新型专利两项；参与完成的《重型装备大型铸锻件制造技术开发及应用》项目还荣获 2016 年度国家科技进步奖二等奖。

工作室也为青年职工提供了成长平台，每周都会开展业务知识学习，讲当期重点锻件的操作工艺、操作技巧、锻造要领，领头人会带头讲学。

然而，郭卫东最擅长的是搞锻造，最不擅长的就是在众人面前讲话。一开嗓就紧张，一紧张就说不好话。

但面向众人讲他最擅长的事，却是另外一番场景。

他化身讲师，走进公司"工匠大讲堂"、铸锻公司"工匠讲堂"，开展专题授课，普及锻造技术知识，分享多年实操经验及心得体会，侃侃而谈。

一人能干可不行，一群人能干才行，还要源源不断地培养新人。

每年，工作室举行创客群活动 30 余次，参加人数可达 400 余人次。

听过他的课、受过他指点的"后生们"，不管是不是真有这种师徒关系，都认郭卫东这个师父。

他们学师父的技术经验，学师父干事的态度，学师父做人的准则。

因为一个人，入了一个行，成就了锻工"顶梁柱"。这是徒弟彤亮的故事，他因着的这个人就是师父郭卫东。

彤亮固执地认为，郭卫东是了不得的师父。

"我花了近乎一年都没说服家人，但师父仅和我爸打了 40 分钟电话，家里就同意我留下了。"仅此一事，彤亮就认准了这个"厉害的师父"。

愿意学、喜欢干、有悟性、人踏实，郭卫东也稀罕这个徒弟。手把手地教导，彤亮拔节成长。

从普通锻工到锻三组组长，彤亮仅用了三年，而师父郭卫东用了十年。

青出于蓝而胜于蓝，郭卫东骄傲又欣慰。

抖擞精神再出发

从小乡村到工业"大熔炉"，从毛头小伙到行业大拿，一晃，三十余载匆匆而过。

变的东西有很多，比如时间、年龄、技能、身份；

不变的也很多，比如浓重的开封口音，刻进骨子里的要强、倔强。

最初，这要强是要出人头地，是要让家人引以为傲。

然后，他进入洛矿，选择锻工，学技术、锻能力、比干劲、争第一。

现在，这要强是要让家人、让企业、让国家引以为傲。

有人说，一线工人谈什么家国情怀，太遥远了。

是的，过去的郭卫东也觉得这是空话。不是上天下海的大事，亦非顶顶重要的大人物，谈这些，终归是言深情薄。

但现在，他知道，自己干的可不就是那上天下海的大事？

2020 年 11 月 24 日，"嫦娥五号"在中国文昌航天发射场成功发射。郭卫东幸运受邀，前往现场观看火箭发射。

火箭腾空而起，巨响山呼海啸，郭卫东有从未体验过的震撼，也很骄傲。

可不骄傲嘛！那搭载"嫦娥"的火箭上，有他指挥锻造的逃逸仓锻件。咱干的竟是这样的国家大工程。

想到是给国家作贡献，郭卫东更骄傲了，内心被填得满满当当，身体也更有了力量。

他要更努力，锻造出更好的锻件，奉献给国家。

2022 年 6 月，郭卫东从生产一线转至管理岗。

从指挥一个班组，到管理指导整个锻造工序，"将领"拓展了"战场"新空间。

空间拓展了，自己也不能被局限住。

专注技术，还要看全局、观大局、察趋势。

市场需求在哪里？行业趋势是什么？实现什么样的技术突破？

大型高端铸锻件市场已撕开一角，新产品、新难题，层出不穷。

优化生产组织流程、固化操作工艺、配合技术人员开发新产品……创新探索之路漫漫。

但一茬茬中信重工人，奋斗不息，接连不断。

　　张朝阳，中信重工首批大工匠，中信重工设备保障部大修钳工，一级项目经理。在其带领下，项目团队攻克并完成了世界加工直径最大、技术性能最先进的直径16米数控滚齿机的制造及安装，完成了世界最大最先进的18500吨自由锻造油压机的安装。获得"河南省五一劳动奖章"、"河南省十大能工巧匠"、河南省劳动模范等荣誉。

张朝阳：大国重器"守护神"

◇ 杨亚丽

突破极限制造

16 包，整整 16 包！张朝阳默默数了一下，虽然至今他也分不清那些图纸到底是 A3 大小，还是 A2 或者 A1，但他深深懂得它们的价值，因为这 16 麻袋的图纸，描绘的是一件举世无双、大国重器的构造蓝图。他的心猛跳了一阵，他明白，这何其幸运，因为一个前所未有的机遇让他遇见了！这项工作，既光荣，又满载使命和担当，更是中国工业腾飞的重要一环。因此，他暗暗在心里攒劲：无论这项工作有多难、多苦，他都会迎难而上！

众人探囊取宝，把一部分图纸在桌子上摊平、拼好。大家的目光立刻被密密麻麻的线段、字母、符号吸引了。而在张朝阳眼中，无论虚线实线，都在动。它们或延伸，或旋转，组合成的无数个几何图形，通过眼睛投射在张朝阳的脑子里，它们继续在动！拼装、幻化为无数个四方体、圆柱体和其他立体图形。它们有大有小，有长有短，或疏或密，有棱有角有面，虽一时看不到全貌，却令人心潮澎湃，心生敬畏。就这样，一波接一波的震撼撞击着张朝阳的心灵："太复杂了！太庞大了！太精密了！"时隔多年，朴实无华的张朝阳师傅，接连用了三个"太"字，表达着他当时的激动心情。

那是 2008 年的一天，一位领导轻声问："朝阳，咱能做出来不？"张朝阳只说了一个字："能！"声音低沉，充满果决。它既是一个承诺，更是冲锋的号角，拉开了世界加工直径最大、技术性能最先进的直径 16 米数控滚齿机的制造序幕。

时间如果回到 1977 年，张朝阳 16 岁的时候，不要说看图纸，光是一个实实在在的零件，都让张朝阳头疼。那年，张朝阳初中刚毕业。父亲在矿山厂当工人，但他还未脱离农家子弟的身份。父亲决定让儿子接班进厂当工人，他高兴极了。虽然当时，他并不很清楚工厂是什么样子，工人又是怎样一个当法。但能离开农村，到大城市工作，在当时的确是条令人羡慕的出路。

那时的中信重工，还叫洛阳矿山机器厂。在张朝阳眼里，它是陌生的，陌生到好几天了还不适应。绿油油的庄稼树木不见了，土墙蓝瓦的村庄不见了，取而代之的是一排排高大的厂房、一群群身着厂服的工友和隆隆的机器声。他被分配的工种是大修钳工。简单讲，就是搞设备维修的，主要是对生产设备的机械进行相关的维护和修理。与小修和中修不同，大修要将设备全部解体，修理基准件，更换和修理磨损件，刮研或磨削全部导轨面，全面消除缺陷，恢复设备原有精度、性能和效率，接近或达到出厂标准。因此，大修钳工对于工人的技术能力有着极高的要求。

在师父眼里，张朝阳还是孩子，是打酱油的。遇到急活、难活，师父根本无暇多说，撸起来袖子就干。张朝阳本身就不善言谈，眼力见儿是有的，他怕给师父添乱也不多问，尽力做些力所能及的辅助工作。但他的眼睛可没有闲着，师父的一举一动，都被张朝阳看在眼里，记在心里。

白天好过，夜晚难熬。白天除了去食堂吃饭，其余时间大多泡在维修车间里，他还不觉得有啥。可一到晚上躺在了床上，他就开始想家，想父母，想伙伴。想着想着，鼻子就会发酸，泪水不觉落在枕上。退休回老家务农的父亲，也没有一刻不在担心着儿子，和妻子一样，怕儿子吃不好穿不暖，怕他和工友发生矛盾，怕受师父的责难……于是，父亲来了，陪了儿子整整两个月，张朝阳这才渐渐适应了工厂生活。父亲临走前，交代了他很多话，最核心的一句是："朝阳，想把工人当好也不简单，要当你就当个好工人，别怕吃苦！"父亲这句朴素却饱含鞭策的话，一直影响着张朝阳，可以说贯穿了张朝阳从学徒到普工再到大工匠的整个过程。

从张朝阳嘴里吐出的那个"能"字，可不是他硬着头皮夸下的海口。在他研磨图纸的同时，他心里已经对现有的有利条件做了仔细盘算。

在他看来，16米滚齿机的最主要特点是大，这台机组光零件就数以万计！可它再大再精密，构造原理和小型的也相差无几。首先，咱从图纸资料入手，一个零件一个零件仔细研究，然后研制工艺规程，再到工具准备和材料，每个环节只要肯下功夫，不信做不出来！其次，中信重工现有的机床加工能力和修配技术也能跟上。除了硬件条件，配置它的840D电机控制系统也已经问世——能造出来，安装好，并能让它动起来，不就可以了吗？

然而，计划却赶不上变化。张朝阳也没想到，本该顺利的设想却在第一步就卡了壳，问题出在铸造阶段，因为16米滚齿机的零件所需的坯件，都是在本厂铸造，然后才能加工。通俗讲，铸造是将熔炼的金属液体浇铸入与零件形状相适应的铸造空腔中，经冷却凝固获得所需形状和性能的零件的制作过程。这种古老的制造方法，在我国可以追溯到数千年前。然而，随着工业技术的发展，铸大型铸件的质量直接影响着产品的质量。而仅 16 米滚齿机的工作台，就需要承重 250 吨，可想而知，它对于坯件的铸造质量和铸造精度，将是史无前例的高要求！

16 米滚齿机有一个重要的零件叫刀架滑板。张朝阳说，光是这个零件，前前后后四次才制造成功，问题都出在铸造上。第一次，车床刚开动不久，铸件就开始掉块，因为铸件密度不够，内部结构疏松。第二次，虽然不掉块了，但内部又出现了气孔，大的气孔能够伸进去一个拳头。第三次，又发生塌陷。这些虽然是铸造中常见的问题，但光一个气孔问题，就分侵入性气孔、析出性气孔和反应性气孔等。想解决气孔这个问题，就需要严密分析，细心排除。可这个问题，虽说不是张朝阳主管的范畴，可为了赶进度，他反复和铸造的技术人员探讨沟通。终于，第四次成功了，但张朝阳却从中意识到，有待提高的不光是精密铸造水平，还要培养和树立人的精品意识，因为每个看似细小的环节，都需要特别用心，例如，合金液除气不干净、最后凝固部位补缩不足、铸型局部过热、水分过多、排气不良，都会引起铸件的疏松。所以，严格保持合理的凝固顺序和补缩，保持炉料的洁净，在允许补焊的部位可将缺陷部位清理干净后补焊等方法，都需要了解和掌握，才能事前预防和事后补救。

经过半年多的努力，从一个个零件，到整体组装，再到软件系统的植入，这台 16 米滚齿机终于制造完成了。但在调试过程中，新的问题又出现了。因为这台 16 米滚齿机的动力装置是双电机传动，包括第一传动机构和第二传动机构，二者用以传动连接同一被传动的对象，好比两匹马拉一辆大车，必须步调一致，才能使大车平稳运动。

试运行发现这个问题后，张朝阳又是连日不眠不休，反复测试，寻找双电机匹配的频率。经过不知多少次的实验，他终于捕捉到两组电机之间的精密度在 0.02 秒至 0.03 秒之间，否则，机器就会发生震颤，影响机器运行的稳定性和加工精度。张朝阳还不放心，为了确保无虞，他让机器运行了整整 30 圈，一圈需要四五分钟。两个多小时，他用耳朵听，用眼睛看，用仪器测，都没出现问题。然后平稳加速，也没问题。最后，他开始试件，连做了三个件，机器运行都非常顺利平稳。

终于，通过张朝阳等人的努力，"现代化自动程度高，省时、省工、省力，生产效率高，技术含量加工精度高"、世界最先进数控滚齿机中的璀璨明珠 16 米滚齿机制造成功，它使中信重工"齿轮加工装备大家族"增添了新生力量，从直径 8 米、10 米、12 米至 16 米，中信重工形成一个重型大齿轮数控装备加工群，企业成为名副其实的中国低速重载齿轮研制基地。

打造国之重器

一餐吃不成个胖子，一天到不了罗马。张朝阳从一个学徒工成长为大国工匠，绝不是偶然或者幸运。当年，他跟着师父学徒，没几天，他就感觉非常吃力，原因在于理论知识的贫乏。作为大修钳工，他要比一般钳工掌握更多的知识。光靠师父带，远远不够。无论是机械维修钳工和装配钳工，基本操作主要包括划线、錾削、锯削、钻孔、扩孔、锪孔、铰孔、攻螺纹、套螺纹、矫正、弯形、铆接、刮削、研磨、技术测量及简单的热处理，主要用来加工零件、设备维修、制造和修理。

而在现实工作中，一旦遇到不适宜采用机械方法解决的加工，钳工的作用就凸显出来。机械发生故障、损坏或因精度降低而影响使用时，也要钳工进行维护和修理。一个熟练合格的钳工，还要会制造和修理各种工具、卡具、量具、模具和各种专业设备，将机械加工好的零件按机械的各项技术精度要求进行组件、部件装配和总装配，使之成为一台完整的机械。总之一句话，为了提高劳动生产率和产品质量，钳工还要不断进行技术革新、改进工具和工艺……直到现在，张朝阳才明白了父亲说的"想把工人干好也不是简单的事"的深刻含义。

于是，张朝阳报了厂里夜校的钳工专业，除了学习掌握车床、铣床、刨床、磨床设备原理和操作之外，还学习了特种加工机床及数控机床的操作。学习科目有"机械制图""极限配合与技术测量基础""钳工工艺学""金属材料与热处理""机械基础""电工基础""安全生产基础知识"等。光看名字都感觉枯燥，可张朝阳却仿佛闯进了知识的天堂，找到了努力的方向。白天，他把理论知识印证在实践中；晚上，他又把实践与理论相结合。成效是显而易见的，实际工作中遇到的难点难题，他处理起来明显得心应手多了。但是，也有例外，比如一台车床上的一枚螺丝坏了，需要重新制作。明明是按照技术参数来的，可安装上去后，却不合用。这是为什么呢？张朝阳百思不得其解。师父见他作难，发话了：有些时候，不能光靠理论死板硬套，还要和操作工多沟通，要活学活用，结合工作实践来确定螺丝的尺寸规格和加工……这些往往靠的不是理论水平的高低，而是经验。经验从哪儿来？当然不能只靠书本知识，还要通过大量的实践来积累。可光有实践还不行，还要善于总结——这是张朝阳的心得。

就这样，因为不怕吃苦，善于钻研，张朝阳很快成长为大修钳工的骨干。和他一茬进厂的学徒非常多，身份的改变，让一些人活得非常潇洒，白天上班，晚上自由活动，要么逛街看电影，要么聚餐喝酒，而张朝阳最常去的地方则是书店，这个习惯，就算在谈恋爱期间也不例外。当时，他一个月最大的花销不是用在吃饭穿衣、抽烟喝酒上，而是用在购买专业图书上。

日子一天天过去，张朝阳经手维修的设备不计其数。"时间就是诚信、时间就是信誉"，这是张朝阳一直坚持的工作准则，无论哪台设备出现故障，张朝阳都会第一时间赶到现场诊断、排除，从而保障生产进度的顺利进行。可以说，厂里各种设备的分布地点、工作原理、常见故障，张朝阳心里是一清二楚，如数家珍。

由于工作认真、专业能力强，张朝阳当选为 2009 年、2013 年度"河南省百名职工技术英杰"，还多次被评为中信重工的"优秀共产党员"和中信重工劳模。然而，面对这些荣誉，张朝阳说，他只是干一行，热爱一行，为了把工人当好而已。

2006 年底，中信重工准备投产 18500 吨自由锻造油压机和为其配套的 750 吨·米锻造操作机组，这是中信重工的一项新重机工程项目。如果项目成功，不但能够实现大型锻件的国产化，还能打破国外的技术封锁和垄断，为科技强国添砖加瓦。

当时，厂里使用的是 3000～8000 吨阀控水压机，缺点是容易漏水漏油，稳定性无法保证，因为泄压导致锻造压力不够，严重影响生产质量和效率。油压机则是泵控，不但压力稳定，而且能够锻造加工任意造型的零件，从而满足客户的不同需求。因此，18500 吨自由锻油压机上马的迫切性和重要性不言而喻，这将是一个历史性的突破。

这个艰巨而光荣的任务再次让张朝阳遇上了。与制造 16 米滚齿机不同的是，不光大家感觉难度大，就连见多识广的张朝阳也感受到前所未有的压力。为什么？第一，平日工作中，他接触的大多是冷加工设备，车、铣、刨，他一点儿也不外行。可油压机属于热加工设备，相对接触少——这些，还都不是压力的主要来源。他的压力来自这些设备零件的重量！往常见到的重装设备，与它相比，可谓小巫见大巫。张朝阳清楚地知道，16 米滚齿机的制造难度在于精密铸造、加工和调试，而 18500 吨油压机的难度则在于安装！

担任油压机现场安装总指挥的是张朝阳的师父、已退休的公司老专家郑凤林。公司请老人家出山，也是考虑此次任务的难度和重要性。

这台机组最大镦粗力可以达到 18500 吨，可锻造 600 吨的钢锭、单重 400 吨的锻件。打个比方，这台机组就像一个大力士，它既然能锻造这么巨大吨位的锻件，其本身的重量势必更大，要想把它动辄几百吨的"胳膊腿儿"顺利安装到位，操作过程需要考虑的因素可不是一点两点那么简单。

在这里，用一组数据更能说明问题：18500 吨的主体构造主要由底梁（底座），中间的移动横梁、上横梁（顶梁）构成。其中，底梁（底座）重 300 多吨，移动横梁重 485 吨，上横梁重 500 多吨，横梁上面的三个油缸，主油缸重 220 吨。立柱 2 根，每根高 27 米，共需要长的连接杆 14 根、短的 6 根，之间连接的螺母，一个重量就快 800 千克。

在压机基础六大件之中，有 4 件 3.5 米 ×2.5 米的大型基础板（底梁），需要预先埋入基坑底部。德国公司设计的平面度公差是 0.4 毫米，而师父郑凤林依据以往机床安装经验，力争将加工精度提高 4 倍，也就是 0.1 毫米。

这些主构件，是 18500 吨油压机的骨架，如果要更形象地描述，它的立体结构就像一个三层茶几。底座 (底梁)、移动横梁（中间梁）、上横梁各对应四个孔，两根高 27 米的立柱要分别从三层梁垂直的孔洞穿过。220 吨的主油缸要放置在移动横梁（中间梁）上。组装的顺序是：第一步安装底座（底梁），第二步吊装移动横梁，接着吊装主油缸，然后穿立柱，最后吊装上横梁。这几个工序说起来简单，然而，提起那段日子，张朝阳至今心绪难平。他说，自从干完了 18500 吨油压机，这个世界上，好像再也没有什么让他作难的事情了。

先从小困难说。因为立柱太长，无法一次成型，只好分段制造好后，再套螺丝固定。想扭动一个 800 千克重的螺母，同样需要起重设备的配合！连接的时候，连接杆若有丝毫倾斜，就会影响螺丝是否顺利固定到指定位置。因为螺丝的材质发黏，操作稍有不当，就会发生扭死现象。一旦发生扭死，这个螺母就废了，前进不得，后退不能，只好借助大型切割工具进行拆除。

树立柱的施工前夕，师父郑凤林和张朝阳等人几次三番勘测现场，研究数据，制定、修改操作规范，选择吊装设备，与吊装人员反复沟通，把能想到的问题统统梳理了几遍，可郑凤林师徒还是不放心。

郑师傅为了将油压机下横梁一次安装到位，带领张朝阳等人仅针对准备工作一项就进行了两个月。2009 年 5 月 28 日，重达 680 吨的 2 个下横梁连接到位，与南北 2 个总重 400 吨的三角形托架圆满合龙，压机基础的精度保持在 0.5 毫米范围内。

0.5 毫米！意味着这个 24 米长、7.5 米高、近 5 米宽的庞然大物，无论是垂直方向还是水平方向都平直、稳定得近乎完美。在现场指导安装的德国专家惊讶不已，没想到这么大的油压机基础六大件组装精度如此之高。

这是因为，在施工前夕，他们就发现了下沉地下 6 米的一个底座比其他 3 个高出了 0.6 毫米，与对应的移动横梁、上横梁的孔达不到完全垂直。为了安装精度的把控，张朝阳硬是手工锉磨了整整 4 天！就连在一旁技术指导的德国专家说，这点误差不碍事，郑凤林和张朝阳等人却认为，误差听着不大，但后果是严重的。18500 吨油压机的顺利安装投产是国家大计，丝毫也不能马虎！他考虑得绝对正确，看似误差只有 0.6 毫米，可要知道，一根立柱就高 27 米，到了顶层误差可就不是毫米能够计算的了。各部件之间的参数都是精密制造的，等立柱无法顺利穿过，可真就是骑虎难下，一不小心就会造成劳民伤财的事故！有人建议，拿电动工具锉磨，要比手工快。可张朝阳说，他不放心，因为有些时候，人比机器靠谱！就这样，张朝阳手拿钢锉，锉几下，水平仪就赶紧测一下，整整 4 天，忍着腰酸腿疼，他一寸一寸打磨，硬是把 3.84 平方米的底座磋磨到位，为下一步工作奠定了成功的基础。

然而，在安装移动横梁、上横梁面前，螺丝扭死、手工锉磨的问题都不值一提。为什么呢，因为厂房建造在前，安装 18500 吨油压机在后。这原本没什么问题，可在设计厂房高度时，由于没经验，忘记了起重吊装的扬程问题。打个比方，设备最高点距离地面 18 米，厂房高 19 米，看似没毛病，但具体到设备安装时，却给众人出了一个大大的、几乎无法完成的难题。

为此，张朝阳夜不能寐。"夜者日之余"——这句话，用在那时的张朝阳身上，最合适不过了。肉体明明极其疲乏，神经细胞却无比活跃。18500 吨油压机的主体，看似要往车间装，实际却压在张朝阳等人的脑子里。"只能成功，不许失败！而且必须一次性安装到位。"这是最低标准。

古人说，一件事情想做到完美，需天时、地利、人和。安装 18500 吨油压机，人和这方面可以满足。因为参与安装工程的全部技术人员、操作工人，都深知这项工作的重大意义，丝毫不会马虎。可老天爷就不这么配合了，安装的日子恰逢雨季，时不时下一场雨，就会增加工作的难度，因此还要会看天气，挑日子。最大的问题，还是地利——车间高度是固定的。

怎么样才能一次性成功呢？这是张朝阳等人日思夜想需要彻底解决的问题，其他人不说，光张朝阳就煎熬得受不了。"十二点多才躺下，还没合眼，就又爬起来，骑上自行车就往车间跑……好容易盼到天明，立刻就和相关人员碰头，反复讨论办法的可行性。平日还好，到了施工头天晚上，方案明明论证了几百次，可他仍然睡不着，还会往车间里跑……"张朝阳的妻子说。妻子是天车工，当年虽然没有直接参与18500 吨油压机的安装，但张朝阳遇到的困难、受煎熬的每个日日夜夜，她感同身受。

"有时候，办法就是逼出来的！"张朝阳说。

车间高度不够，就把房顶掀了！光是安装四根立柱，就掀了四次房顶。活干完了，赶紧合上。为什么？怕下雨呀。于是，再干再掀，再掀再合，麻烦是麻烦，可用最小的代价把工作完成了，这就妥了！

轮到吊装横梁时，问题就不光是掀开房顶这么简单了。选用 480 吨的天车，吊装 220 吨的横梁，理论上没什么大问题，可吊装绳索的角度问题却不好解决。要知道，一根钢丝绳直径超过 10 厘米，又粗又硬，没有一定的角度，起重机的吊钩如果拉不紧绳索，就会有脱钩的风险！想到这里，张朝阳就是一身冷汗。而这个角度，要靠一定的空间、高度来满足。怎样才能实现呢？照目前看，起重机的力臂与房顶几乎平齐，肯定吊不起来！怎么能保证一次性到位且成功呢？这个难题，可把张朝阳等人为难坏了。

把起重机吊臂上的钩头去掉！电光石火之间，这群质朴可爱的人，居然想到了这个办法。对呀，既然房顶能掀开，往上寻找高度，那钩头去掉，向下寻找高度，不是一样的道理吗？虽然没了钩头，又增加了施工难度，但只要小心谨慎，就不影响横梁的成功吊装。

横梁吊装成功后，不顾众人的欢呼，精神高度紧张的张朝阳一屁股坐在地上，一句话也不会说了。他仰头望着矗立在车间里的"金刚巨人"，脑子里居然短时间出现了空白，不管谁递烟，他都一把接住，一根接一根往嘴里塞。连日来，那座压在他思想上的大山和连日的疲乏，一点点在烟雾缭绕中不见了……这台 18500 吨自由锻油压机，锻造出的大型锻件可广泛适用于国家航空航天、核电军工、石油化工、大型船舶以及大型冶金轧辊等重型机械、重点工程领域，是我国名副其实的"大国重器"。面对荣誉，张朝阳说，这是集体力量和智慧的体现，他只不过是干一行爱一行，在尽一个工人的本分而已。

笃行工匠之路

中信重工的前身是洛阳矿山机器厂，早在20世纪五六十年代，老一辈的洛矿人，就把努力拼搏、勇于实践创新当作克敌制胜的法宝，这些优良传统也感染和激励着一代代的洛矿人。张朝阳虽然只在农村生活过16年，但农民务实、勤劳的基因深深刻在他的骨髓里，洛矿精神的浸染和他刻苦钻研的品格，使他走到了今天。

现在，张朝阳已经退休了。当我们从车间出来时，厂区道路旁的木槿开得正好。6月的阳光，金子般洒在斑驳的花影上，也洒在张朝阳淡绿色的厂服上。他边走边说："有时候想想，感觉自己很不得了。一个农村娃，文化水平也不高，居然弄成了几件大事。但仔细想想，不是自己了不起，而是自己遇到了好的平台，好的时代。"

他还说，在2013年9月6日，中信重工机械股份有限公司隆重举行首批大工匠、高级技师聘任仪式上，董事长就指出，大工匠制度的设立首先是公司战略选择。企业在未来的发展规划中，将专注高端制造和核心制造，这不仅需要一支高端的技术团队和管理团队，更要依靠一支专业、敬业的高端技能人才团队做支撑。这个举措，将为企业形成一个完整的人才梯队，为公司长远发展提供最有力的人才保障。大工匠制度是一种先进的人才理念，是尊重劳动、尊重知识、尊重创新的现实体现。

戴着大红花，站在台上接受荣誉时，张朝阳非常激动，也想了很多。当学徒工时，他没有想过有这么一天。他只是把老父亲那句"想把工人当好也不简单"的话，牢牢记在心里。

所以，当成立张朝阳大工匠工作室时，张朝阳认为这不光是份沉甸甸的荣誉，更是一份责任！他深知工作室的作用和自己的作用是什么。所以，每当遇到棘手的难题，他总第一个冲在前面。他说，自己是领头羊，关键时刻怎么能掉链子呢。一晃，四十多年光阴过去了，这期间，张朝阳把工厂当作家，把设备当作亲人。在同事、领导眼里，张朝阳的脑子比年轻人还年轻，他早已不是当年那个懵懂无知的少年，那个他自己嘴里的初中生，而是一个技术高超、思想丰富、勇于创新、身怀绝技的"金蓝领"模范人物。

他是一个又黑又瘦的采访对象，也是一位和蔼可亲却不善言谈的邻家大哥，更是树立在中信重工人心中的光辉形象。从张朝阳身上，我看到了工人阶级的朴实，看到了科研人员的坚韧，看到了大国工匠背后奋力拼搏的故事，还看到了支撑中国工业腾飞的脊梁！

【人物名片】

....

党朝阳，中信重工铆焊构件厂一车间电焊三组班长，中共党员，焊接高级技师。熟练掌握氩弧焊、气体保护焊、手工电弧焊、埋弧自动焊及有色金属的焊接等焊接技术，并相继考取了国际焊工证、管道压力容器证、美国焊接协会焊工证、高级技师证等技术等级证书。先后荣获"全国五一劳动奖章""中国重型机械行业工匠""中原大工匠""河南省百名职工技术英杰""河南省技术能手""2018-2019年河南省质量工匠"等荣誉。

....

党朝阳："焊工一哥"的闪光人生

◇ 徐礼军

走进人才辈出的国家创新型企业和高新技术企业中信重工，走近各怀绝技的大工匠、创新人才，会让人对新时代的产业工人有个全新的认知。高级技师、首席员工、"焊工一哥"党朝阳，就是其中一位典型人物。

在数字化时代，数据最能说明问题。我们不妨先通过一组数据，来认识这位大工匠。

他有着平凡履历：

1985 年，15 岁即"子承父业"进厂当学徒工。

2002 年，以全厂最优秀的成绩，被选拔参加河南省首届工人技术大赛。在热身训练中，发现身边选手焊接的焊缝外观非常漂亮，就主动讨教，并把这种焊接法带回厂里推广，使中信重工的产品焊缝外观和质量有了明显提升。

2004 年，因技术娴熟而被提拔为班组长。

2008 年后，连续 5 年被公司评为首席员工。

2013 年，晋升为高级焊工技师，成为最高等级的技术工人；成为公司首批 5 名大工匠中的一员，党朝阳大工匠工作室成立。

2015年9月23日，时任国务院总理李克强视察中信重工时，党朝阳与其他几位大工匠受到接见。

2020年，由大工匠党朝阳领衔的电焊班，捧回了"全国质量信得过班组"奖牌。

他有着不凡的荣誉：河南省五一劳动奖章、河南省百名职工技术英杰、中国重型机械行业工匠、河南省质量工匠、河洛大工匠、最美洛阳人、中原大工匠。

党朝阳大工匠工作室被授予"全国机械冶金建材行业示范性创新工作室""河南省机械冶金建材行业劳模和创新人才示范工作室"等荣誉称号。

他取得非凡的业绩：

攻克了世界上最大的18500吨油压机油缸的窄间隙埋弧焊接难关；

承接了国家某重点项目120MN张力拉伸机（主拉伸缸活塞杆）的焊接任务；

承接了世界最大铁矿巴西淡水河谷磨机筒体的焊接任务；

承接了德国西门子奥钢联世界最大减速器齿轮的焊接任务；

承接了出口缅甸大型破碎站主体钢结构左、右浮桥的焊接任务；

承接了Φ600穿孔机机体、硬岩掘进机刀盘体的焊接、超高强钢焊接等国家级重点项目焊接任务；

开展技术攻关500余次，累计培训青年员工2000余人次，完成创新成果20项，累计降本创效1000多万元，取得了显著的经济效益和社会效益。

从懵懂无知的少年学徒，到闻名业界的大工匠，30多年来，党朝阳几乎每天过着两点一线的平凡生活，朴实得就像一根焊条。穿上工装，戴上安全帽，他与别的普通工人没有区别。但这根"焊条"一旦与焊枪、焊件相遇，便会发出耀眼的火花。这火花，正是他平凡人生非凡业绩的最好写照和奖赏。凭着螺丝钉精神和焊花热情，他给自己的人生履历镀上了一层朝阳般的辉煌、朝霞般的灿烂。

最软的石墨嬗变成最硬的金刚石，关键在于温度和压力。那么，党朝阳的"压力"来自哪里？促成无名学徒成长为"焊工一哥"的适宜"温度"是什么？他的成功给我们带来哪些有益启示？

从农村娃到大工匠

2023年6月5日，连阴雨终于停了，阳光偶尔穿透厚厚的云层，照射在古都洛阳城西中信重工洁净优美的厂院里。

这里道路整洁，绿地干净，停车有序，见不到垃圾和枯枝败叶，绿化带里黄澄澄的枇杷触手可及，但没有一个人去摘。笔者走过焦裕禄大道及其东边的奎烈路（根据公司模范人物杨奎烈的名字命名），走进机声隆隆、焊花飞溅的铆焊构件厂重型车间，在党朝阳大工匠工作室，与"焊工一哥"拉起了家常。

车间很大，天车那么高，圆圆的像轴承的大家伙，有四五层楼高。

"现在的活件越来越大，所以车间和天车也就相应地高大起来。"高高瘦瘦的党朝阳，身着蓝色工装，戴着安全帽，走路、说话都不疾不徐、气定神闲。即使进了他的工作室，他也没有取下安全帽；即使他关上屋门，当当当的敲击声、滋滋滋的电焊声也很刺耳。

当被问起天天在这样的环境里工作，心里烦躁吗，他淡然一笑："时间长了，慢慢地就习惯了。再说，心思都放在干活上，也不觉得它们有多吵。"

党朝阳老家是开封杞县的。在他的记忆中，那是一个很穷很穷的农业县。就拿党朝阳家来说吧，住的是土坯墙的茅草房，一下雨就漏水，下得越大漏得越厉害，有时候需要用茶缸、洗脸盆去接，接满了再往屋外倒。

1958 年，洛阳矿山机器厂建成投产，需要大量工人，便从河南各地农村招工。那时候，能进大厂当工人，是很厉害的事儿，农村人很乐意去。于是，父亲初中毕业后就来到洛阳，进入洛矿，先当学徒，后来成为优秀焊工。父亲今年快 80 岁了，也是党员，对党朝阳的要求较严，可以说是他成为合格焊工的第一个领路人和"门内师"。

党朝阳的成长道路跟父亲非常相似：1985 年进洛矿，农转非，成为"矿二代"。当时他只有十五六岁，也是初中刚毕业。因为兄弟还小，父亲就让他"接班承业"。父亲认为干电焊这一行比较有前途，掌握一门技术，只要好好干，一辈子就能衣食无忧。党朝阳虽然对电焊一点儿也不了解，但干着干着居然喜欢上了，一转眼干到现在，30 多年了！

刚进厂时，像党朝阳这种情况的人还挺多的，考虑到年龄小，文化程度都不高，单位通过技校、职高培训等方式，来提高他们的文化水平，还在工余时间让师傅们给他们授课，并鼓励他们报考工大。

刚进厂当学徒工，党朝阳投入了比同伴们更多的时间和热情，当然，师父对他的要求也特别严格，让他务必练好基本功。党朝阳以前没有接触过工业，以为电焊就像农村匠人焊个小铲子之类的那么容易。进厂后才发现，完全不是那么回事儿。好在身边、家里就有现成的"师父"，父亲经常给他传授经验，说怎么干活既快又好，要是干得慢、技术差会被人瞧不起，技术水平高的人就有自豪感，等等。在车间，师傅们对党朝阳也很好，一再告诫他："焊工这活儿，最基础的功夫是手要稳，还要能吃苦。要是手心不被导热的焊把烫出几个水泡，就成不了好焊工。"有时候蹲久了，党朝阳想站起来偷个懒，冷不防就会被师傅从后面踹一脚。

为了让别人瞧得起，党朝阳就暗下决心："绝不能落后！也不想、不该落后！"就这样经过艰苦磨炼，手心的水泡破了又起、起了又破，他也不在乎。党朝阳学得也挺快，两年后基本上就可以"单飞"了，有不少别人干不了的活儿，党朝阳能干，而且上手很快。这个工种，不是说学得时间长了技术水平就一定很高，关键还要看在这方面有没有感觉和悟性。

2002 年，党朝阳在全厂技能选拔赛中，以第一名的优异成绩获批参加河南省首届工人技术大赛。这是一个很难得的学习机会，他发现很多参赛选手的焊缝都焊得非常漂亮，就主动上前观察学习。大赛结束后，党朝阳就把新学到的焊接方法带回厂里进行推广，使厂里的产品焊缝外观和质量都有了很大提升。党朝阳由此体会到，多出去开阔眼界，多向高手虚心求教，对自己的成长和提高多么重要。后来，每当听说焊接工艺研究所、焊接实验室有新的成果和设备，他都要去打听、学习，并耐心做好记录，直到全部掌握相关技能为止。就是靠着这样的学习、苦练，他操作焊枪、焊机才得心应手。

1985 年，党朝阳进厂当学徒工、通过考试成为初级工，1988 年，他就是中级工了，然后就是成为班组长、高级工、首席员工、高级技师、大工匠的过程。

2013 年，公司推行"金蓝领工程""十百千工程"，即推出 10 个大工匠、100 个高级技师、1000 个技师，以造就一批各工种技术领军人物、技术能手及青年技工人才。当时党朝阳是高级技师，技术水平也不错，就被评为大工匠。大工匠工程就相当于一个金字塔工程，让员工通过自身学习一步一步从低处往高处走，这对生产工人和大多数职工来说，起到很好的激励作用。除了荣誉，在具体待遇方面，评上大工匠后，特殊津贴就能拿到 5000 块。

后来，公司以党朝阳的名义成立了党朝阳大工匠工作室，他也由一名大工匠转身为工作室的管理者、领头人……

党朝阳的经历就这么简单。

从"外来压"到"内生压"

成为大工匠以后，正赶上厂里生产业务越来越好，重点产品、新产品逐渐多了起来，那些比较难干的铆焊活儿，一般都分到党朝阳这个小组。怎样保质保量完成生产任务，是党朝阳面临和承受的最大压力。

2009 年 6 月的一天，有着"全球第一锤"之称的 18500 吨油压机，在中信重工进入部件组装阶段。其中三个庞大的油缸需要进行窄间隙焊接，党朝阳铆焊小组承接了这项艰巨的任务。每个油缸的直径达 2.5 米，壁厚 330 毫米。面对这样的大块头，党朝阳承认："我从来没有焊接过这么厚的活件，一旦操作不当，油缸就会出现裂缝甚至报废，那损失可就太大了！"重任在肩，心理压力陡增，他吃饭时琢磨，做梦时也在想，怎样加快焊接进度，如何圆满完成任务。"要是完成不了任务，我可没法交差啊！我和工友们采取昼夜不间断轮班作业制，连续奋战 40 多天，终于把它搞定，为油压机后续生产提供了有力的技术保障。"党朝阳的话只说了一半，还有一点，就是这项任务的精彩完成，也为他的小组赢得了良好声誉。

2012 年 4 月中旬，党朝阳带领班组成员，利用焊接转胎自制工具，优化焊接工艺，在几个特大齿轮上紧张有序地焊接着。这是他们铆焊小组刚接到的一项重要任务——焊接西门子奥钢联世界最大减速器的 4 个齿轮。普通齿轮只有 2 层腹板，该齿轮却很特殊，不仅有 3 层腹板，而且直径达 4.1 米。这样的焊接强度和难度，党朝阳从没有遇到过。外方监理还十分苛刻，要求全程监控和见证。困难并没有吓住党朝阳，他和班组成员共同努力，通过自制工具和优化工艺，硬是将4个大齿轮共计近200米长的焊缝全部焊接合格。"这不仅让外方客户高看我们，也为中信重工生产该类大型焊接齿轮积累了宝贵的经验。"党朝阳对此颇有成就感。

此后，他带领团队成员，通过优化生产流程，巧妙利用已有工具，创新制作应手工具，完成了巴西淡水河谷磨机筒体焊接、150吨转炉托圈焊接、大型立磨减速器和提升机卷筒焊接、硬岩掘进机刀盘体焊接、汕头苏埃通道直径15.02米世界最大盾构机焊接等重点任务，赢得了国内外用户的普遍好评。以2017年完成的汕头苏埃通道直径15.02米世界最大盾构机焊接为例，光焊接材料就用了40吨，其难度之大、标准之高、要求之严，没有经历过的人，真想象不出来。

2016年12月，集团公司接到一单将五段单独的空心轴焊接成一根完整转动轴的业务。每段空心轴重达50吨，轴壁厚达200毫米，焊接难度相当大。而且，空心轴材质特殊，强度高，焊接性差，稍有不慎，就会导致转动轴报废。这对公司来说，是一块"好吃但不好消化"的"肥肉"；对相关车间来说，则是一根难啃的"硬骨头"。不少班组望而生畏，选择放弃，党朝阳大工匠工作室却迎难而上，勇敢地承揽了这项艰巨的任务。

如果说以前他都是被动地接受生产任务，这次他则是主动出击。他将手下的能工巧匠召集到大工匠工作室，让大家出谋划策，并逐条记下大家的建议，摸索解决难题的办法。经过激烈的争论探讨，一个个难题被他们攻克了。最终，他带领团队成员，采用窄间隙焊接方式，使焊缝边缘与母材融合性更好，合格率更高。"我们还在焊缝下方安装过滤网，重复利用未完全使用的焊剂，节省了不少焊材呢！"党朝阳脸上露出了自豪的表情。就这样，五段空心轴终于被他们无缝焊接在一起。一名外国专家赶到现场，花了两天时间对产品进行严格质检，连连夸赞道："焊得好，中国师傅真棒！"

作为中信重工主打产品之一的矿山设备，其中用于碎石的立磨减速器的主要部件"中筒体"，因为材质特殊，焊接时温度必须达到350℃。当筒体预热到规定温度后，需要把火关小或完全关闭，这就会导致筒体温度不稳，直接影响焊接质量；可是如果焊工顶着高温直接作业，事故隐患又很大。如何解决困扰传统焊法的这个老大难问题？能否既保证预热温度，又让焊工免受高温炙烤？党朝阳接到这一任务后，绕着足有5层楼高的组装部件，反复思考。"我把能使用的焊接设备都在脑海里过了一遍，最终选定平面转胎设备，就是利用平面转胎和焊接操作机相配合的方法，既改善了焊工作业环境，又提高了中筒体焊缝质量和美观度，还大大缩短了生产周期。"党朝阳对他的这一创举颇为得意。大家都盛赞他的奇思妙想真管用。

老父亲的殷殷嘱托、老师傅的倾心传帮带，让党朝阳下定决心，绝不辜负他们的期望。每天从焦裕禄大道、奎烈路走过，每年在焦裕禄铜像前重温入党誓词，党朝阳牢记使命，绝不辜负先烈的重托。面对这个充满朝气的团队，他时刻提醒自己，绝不能让大家失望。当然，公司考核、任务逼人，也是压力，但内生压力更重要。如果仅仅为了应付考核任务，那是成不了大工匠的，更不能带好团队。

党朝阳的体会是，压力这东西，既是保质保量完成工作任务的基本动力，也是不断创新、创造业绩的不竭动力。不少创新的点子，除了面对工作任务时的临场发挥、灵机一动，还有一些是他在被窝里苦思冥想琢磨出来的。不过，压力过大也有副作用，党朝阳长期睡眠不好，神经衰弱，也长不胖。但他相信，自己是不会被压力压垮的。

从自己强到团队强

党朝阳的大工匠工作室，其实是一个创客团队，与普通车间小组不一样，它负责整个分厂的生产和管理。工作室每年都有攻关计划，比如明年有什么订单，需要哪方面协作，都要提前计划好。工作室铆焊团队覆盖各个车间，以生产为主，成员由各个车间的骨干及班长组成。遇到一个人解决不了的生产任务和攻关难题，大家就一起探讨，攻坚克难。用这个方法解决问题，效果非常好。

公司对高级技工、各类专业人才特别看重，并为这些人才的成长和成功营造良好的环境。不断完善的人才培育体系，为大工匠的健康成长提供了适宜的环境，也使大工匠培育工程后继有人。

当年跟党朝阳一同被聘任的首批大工匠谭志强、杨金安、张东亮、张朝阳，都有独门绝技。比如杨金安，先后荣获河洛大工匠、首届中原大工匠、全国五一劳动奖章、中国工会十七大代表等多项荣誉，成为名副其实的大工匠。以这些名字命名的创新工作室，包括大工匠、高级技师、首席员工在内，形成了高端"蓝领"人才团队，近年来攻难克坚，收获不小。

在成为大工匠之前，党朝阳只负责本小组的生产和管理工作。被评上大工匠以后，工作室是一个较大的团队，要探讨如何制定产品工艺流程，遇见疑难杂症怎么处理，还要搞好青年员工的培训。老实讲，过去铆焊构件厂质量问题比较多，大家辛苦得不得了，却不知道怎么才能干好，容易走弯路。建立大工匠工作室后，各个车间带班人员水平提高了，跟工艺人员、一线工人在一起探讨、总结的机会多了，自然就干得更好了。

党朝阳的团队差不多有 20 个人，培训成员也是选那些有上进心的青年职工，有 10 个创业成员，还有几个是顾问成员。顾问团主要是辅助大家在一块儿探讨，指导大家怎么组队，怎么既快又好地完成任务。平时还要考虑青年职工培训，储备好后备力量，搞好传帮带。

如果说以前党朝阳取得的一些成绩主要靠师父传授和自身努力，那么现在则更多地需要团队协作。单打独斗是行不通的，因为内外部环境都发生了很大变化，如今大部分业务要靠集体的力量才能完成。作为团队负责人，他认识到并努力践行"团队强才是真的强"这一管理理念。以前，他只需完成好自己的生产任务就行了；现在，他还要腾出大量时间和精力用于团队管理，凝聚团队合力比单纯提升自己的技能更加重要。

铆焊工属于特种工，劳动强度比较大，各种危害也比较多，特别是电焊，有噪声、粉尘。铆焊厂是高危险作业单位，从建厂到现在，曾出现多起死亡事故、重伤事故。这个工种，每个地方都有危险源，只要稍不注意，就可能出现问题。比如，货架倒了，在吊货中绳子断了、脱钩了；钢板在吊运过程中出现事故，钢绳选择细了，或者调的位置不合适，过程中容易造成侧翻；煤气中毒造成死亡的事故，有时候需要加热，工人来得早，先把火点着，等大家来了以后就可以干，但他去点火时因操作不规范，可能就出不来了，等到大家发现后去抢救，人已经不行了。所以说，管理特别重要。

现在管理更规范、更严格，死亡事故杜绝了，重伤事故也几乎为零，但违章操作问题仍要紧抓不放，处罚力度也应加大。为什么大多数铆焊工耳背？劳保用品穿戴不规范是其中一个重要原因。如今这方面的要求更严了，如果安全员看见你穿戴不整齐，就要罚款。实行精细化管理和质量风险控制机制，就是要通过严管重罚来尽可能减少违章事故。党朝阳工作室被评为公司安全先进单位，因为工作室没有发生一起安全事故。党朝阳这么多年没有受过伤，也是因为个人防护做得好。

以前，党朝阳获得的荣誉大多是个人性质的，像河南省五一劳动奖章、河南省百名职工技术英杰、中国重型机械行业工匠、河南省质量工匠、河洛大工匠、中原大工匠之类的。大工匠工作室成立后，所获荣誉多为团队性质的，比如党朝阳大工匠工作室被授予"全国机械冶金建材行业示范性创新工作室""河南省机械冶金建材行业劳模和创新人才示范工作室"等荣誉称号；2020 年，由党朝阳本人领衔的电焊班，捧回了"全国质量信得过班组"奖牌。"团队强才是真的强"，在这里就得到了很好的验证。

说到人才培养、工匠精神传承、创新机制建设，党朝阳颇有感慨："这些一直是中信重工的优良传统。"这一传统，激励着一代代中信重工人精研业务、大胆创新。而他也正是在这样的环境中脱颖而出、成绩斐然的。

从"要我干"到"我要干"

党朝阳刚从农村老家来到洛矿时，怎么也不会想到，自己能成为这家大型国企的大工匠，还能登上领奖台，上报纸、上电视，还受到总理的亲切接见。

人们常说"他人的成功之道不可复制"，而党朝阳的奋斗历程告诉我们，他和其他大工匠的脱颖而出，中信重工的成功转型，既有其个性特质，也有共性经验，甚至有可以复制、推广的属性。

在党朝阳看来，只要员工有了渴求上进的动力，内心植入了工匠精神，就能把"要我干"变为"我要干"，就有了成功的原生条件；只要一个单位、一家公司树立正确的人才观，建立灵活高效的人才培育机制，就能激发员工的工作热情和创新动能；只要有理想的工作环境、厚实的企业文化，就能涵养员工爱厂、爱国精神，就能创造很多不可思议的奇迹。

"在个人层面，因为公司建立了一套激励员工参与创业创新的长效机制，所以大家都能各展所长，相互学习提高。"党朝阳提到，大工匠们都有很强的自主意识，都是"我要干"的典型。要是干好了，出众了，不仅能被公司重用，也能得到工友和身边熟人的尊重，当然个人待遇方面也能得到实惠。

现在，党朝阳工资已经过万。因为公司对他们这些大工匠每月增发5000元的津贴。大工匠引领的创新项目，如果获得科技进步奖，或者取得显著经济效益，公司还会给予重奖。"这样的成长环境，这样的工资待遇，这样的奖励制度，我还有什么理由不好好干呢？"

党朝阳感慨道："1995年，洛矿处于转型的关键时期，很多人下岗失业、下海经商，我也面临着重大考验——当时，经朋友引荐，加拿大一家公司高薪聘请我去他们那里干，但我没有去。单位待我不薄，我不能在公司最困难的时候一走了之。如今，工作环境和工资待遇好太多了，我更应该把全部精力和才智放在工作上，心无旁骛地做好分内事，为公司的发展壮大多出一分力，多作一点贡献。"这是一种共进共荣的双向奔赴，呈现的自然是双赢甚至多赢局面。

"只有在平时努力坚持、下足功夫，才能在关键时候顶得上去，发挥作用。"党朝阳说，有了内生动力，不用单位要求和催促，他就主动考取了国际焊工证、管道压力容器证、美国焊接协会焊工证。这就相当于多备几个金刚钻，关键时候什么瓷器活儿都能揽下来。所以，他能完成那么多创新成果，创造那么大的经济效益，荣获那么多荣誉称号，成为公司名副其实的"焊工一哥"，也就是情理之中的事情了。

"个人融入集体，才会更有力量。我不仅要求自己主动融入集体，还要带好团队，利用工作室这个平台，让年轻人成为知识型、创新型的新一代工人。"党朝阳大工匠工作室成立后，他更是利用自己丰富的焊接经验，热心向年轻人传授技艺，传、帮、带工作卓有成效，累计培训员工2000多人次，带动大批青年员工投身创新创效工作中，所带徒弟在专业技能和个人职业发展方面都表现出色，为公司的人才队伍建设出力不少。该工作室先后开展技术攻关500余次，完成创新成果20项，取得了经济效益和社会效益双丰收。"仅在2019年至2021年三年间，我们就通过技术创新，创造经济效益共计15亿元，节约700余万元。"党朝阳说，大家的工作热情和创新激情都空前高涨。

干事创业、精研技艺，除了要有良好的平台和工作环境，还要有和谐幸福的家庭。而在家庭层面，党朝阳深知，自己取得的这些成绩、获得的这些奖励，离不开良好的家庭环境，包括父辈的传帮带，妻子做坚强后盾，女儿以父亲为荣。

党朝阳的爱人也在中信重工上班。孩子也很争气。所以党朝阳在家基本上不怎么操心。他跟外界接触也很少，业余爱好只是钓鱼，绝大部分时间用在工作上。爱人、闺女也曾责怪他只知道上班，不管家里，哪怕像带她们逛街、去公园、下馆子这样的小事，都指望不得。不过她们也只是嘴上说说而已，其实内心十分理解党朝阳的苦累和压力，尤其是攻克难关、获得荣誉、拿到大奖的时候，她们更是感到很自豪、很开心。可以说，没有她们的理解和支持，党朝阳就不能全身心地干他喜欢的工作，也不会取得这些成绩。至于说每当完成重大攻关项目、获得嘉奖时怎么庆贺的问题，党朝阳也没有举行什么仪式，只是在心里高兴高兴，一连好几天都觉得心情特别舒畅。那种感觉，花再多钱也买不来……

国家规定，铆工与电焊这两个工种可以提前5年退休，也就是说55岁退休。党朝阳："我快到退休年龄了，到时候公司要是准许我退休，我就回家安心养老，照顾好家庭；如果还让我们这些大工匠继续发挥作用，我就毫无保留地为这个我热爱的大家庭奉献自己的余力。"

一个人在事业上的成功，当然离不开好平台。在公司层面，党朝阳对老洛矿和新中信重工可谓一往情深。让他概括一下自己与单位的关系，他语调缓慢而深沉地说："老洛矿成就了我，新中信重工提升了我。我和我的团队获得的荣誉和奖励，等级越来越高，就充分说明了这一点。所以，我一直抱着感恩的心态努力工作。每个员工把自己分内的业务干好了，公司就不会差；公司发展壮大了，员工个人的事业、生活也都会跟着好起来。洛矿加入中信集团后，先进技术一代一代往下传，现在设备更新得比较快，数字化、机械化程度比较高，出口产品份额也较大，国际订单越来越多，经营范围越来越广，对国家的贡献越来越大。从一个负债累累的亏损企业，到目前国内领先、国际知名企业，可以说生机勃勃，我对公司前景十分看好。自己能成为其中一员，为国家做点实事，我觉得挺自豪的。"

有句话说得好："不要仰望别人，自己也是风景。"党朝阳的成长经历和成功经验，很好地演绎了这个道理。他正是凭着持之以恒的工匠态度，凭着"我要干"的自觉意识，凭着焊条的奉献精神，由焊接大型设备到焊接精彩人生，由仰望别人渐渐成为被人仰望的风景。

【人物名片】

....

  张连成，中信重工重型机械加工厂重数一车间 FAF260
数控镗床机长，张连成大工匠工作室负责人。月均完成工时
1188.5 小时，一次交检合格率 100%，位居重装厂各类机床前
列。曾获"河洛工匠""河南省五一劳动奖章""河南省劳动模
范"等荣誉。

....

张连成："刀客"机长

◇ 张　毅

"刀客"之刀，有刃无面，不见刀锋寒光，却能削铁如泥，此刀非彼刀；

"机长"之机，体大无翼，不见一飞冲天，专造国之重器，此机非彼机。

张连成，45岁，中信重工重型机械加工厂重数一车间的工人。他的刀是镗刀，专门用于金属精加工；他担任一台机床的机长，负责操作FAF260数控镗床。

"刀客"的美名不是白来的。"操刀"26年，无论是国内规格最大的辊压机、磨机等矿山装备，还是华龙一号核电机组关键件，抑或是专为首架国产大飞机制作铝合金"外衣"的拉伸机，都离不开张连成的镗刀一圈圈雕刻，都曾浸透着从他脸颊滚落的一滴滴汗水……

火红的7月，车间外，太阳肆意炙烤，需外出办事的，都会选择避开这个时间段，尽量不出门；车间内，机床轰鸣、天车穿梭，一片繁忙，张连成带着徒弟，盯着面前飞速旋转的镗刀，商量着数控屏幕上变化的参数，在一台30多吨重的磨机齿圈前挥汗如雨。

这段时间，刚从学校毕业入厂的新员工，也陆陆续续到岗了，还有不少新面孔来到车间、来到以他名字命名的张连成大工匠工作室参观学习。新生力量，总是给人以希望，尤其对于机械制造行业、年轻力量不足的一线操作岗来说，更是如此。看着从车间走过的新人，张连成不禁想起 20 多年前刚进厂实习时的自己。

最初的梦想：学一样谋生的手艺

很多工友还不知道，张连成是一名地地道道的"矿三代"，他的姥爷、父亲过去都是洛矿的工人，三代人接力见证了从洛矿诞生到中信重工跃起的历程，但他们的成长故事，跟"子承父业"无关。

姥爷是大连人，新中国刚成立的那些年，是当地一家船厂的一名光荣的钳工。姥爷为人厚道，工作踏实肯干，连年被评为厂劳动模范。那个年代，工人是可以分房的，但是劳模"例外"，要发扬风格，讲究主动让出分房资格。正因为如此，姥爷一家人前后三次错失住新房的机会。

1953 年，古都洛阳掀起了新中国大工业建设的热潮，姥爷响应号召，携一家老小支援洛阳矿山机器厂。当时选址建厂的地方，还是一片荒芜的涧河滩，那种出发前的欣喜和到达时的落寞，形成强烈反差，难怪有同时期来的技术工人嫌洛阳古、苦、土，编了顺口溜"想洛阳、盼洛阳，来到洛阳太荒凉"。但是，姥爷那一代人坚定留了下来，他们跟着年轻的焦裕禄科长，建设工厂、安装设备，投身到工业生产中。焦裕禄吃住在车间 50 多个日夜、研制出新中国第一台 2.5 米双筒提升机的故事，在姥爷那一代人中口口相传。

张连成的印象里，还留存着姥爷干事低调、专注、热情的模样，那些片段的记忆，几乎是他对最早一代洛矿工人的全部认识。父亲的岗位属于后勤，无数次带他到厂区大院，高大的厂房、来往运货的卡车、家人聊不完的工人工厂话题，在成长中耳濡目染，他对祖、父两辈人都工作过的地方天然有种亲切感。

1993 年读完初中，张连成的毕业考试成绩还不错，但为了稳妥起见，家里没让他继续读高中，而是选择了当时的洛矿技校，进了车工班，因为毕业可以回厂工作，至少也能学会一门手艺，够他自己生活。那一年，洛阳矿山机器厂整体划入中信集团，更名为"中信重型机械公司"。改变就意味着希望，包括张连成在内的很多人，都对未来充满期待。

然而，现实是残酷的。

与那个年代的很多国有企业一样，还没有完全适应计划经济向市场经济的转变，更名后的中信重型机械公司，依然遭遇了严重经营困难。张连成从技校毕业那年，企业没有从技校招工。一直到了第二年，赶上公司急缺一批镗工，听说要组织一个镗工培训班，他立刻报了名，就跟他晚一届毕业的车工班学弟们，一共 3 个班、100 多人，参加了为期 3 个月的镗工集中培训。

相较车工，镗工干的是更精密的活儿，必须不能出丝毫差错。所以要想干好这一行，自身的本事必须过硬，能吃苦是必备的"技能"。也就是从那时候开始，张连成逐渐养成了谨慎、细心、刻苦的品质。

当时的技校，也在公司大院里面。每次路过生产加工车间，他都忍不住透过窗户，端详里面工人生产的场景，也曾畅想过自己要是不久后能进到里面开开机床，那该有多牛啊！

集训分为理论和实操两个部分，实操部分安排在公司的车间进行，那也是他第一次走进车间亲手操作设备。抓住宝贵的机会和有限的时间，他尽可能地多向老师请教，多实践练习，宁可不吃饭也要多练一会儿。功夫不负有心人，最终张连成以第一名的综合成绩完成学业，如愿进入中信重型机械公司齿轮箱厂——那个时候还叫六金工车间，成为车间一名实习镗工。

张连成是幸运的，那一年是 1997 年，他成为最后一批进厂的技校生，虽然当时学习很苦，可是回头想想，那时候答的题现在都不一定完全答下来，正是那时候的坚持和付出，成就了一路走到今天的自己。但无论如何他都没有想到，接下来他要面临的是怎样的工作环境。

进厂的头两年，中信重型机械公司是亏损企业，企业实行减员增效，定编定员，先后有七千多名职工下岗分流，这个数字比 20 多年后的今天在岗员工总数还要多，企业面临的发展形势可想而知。但当时作为车间一名普普通通的镗工，张连成唯一考虑的就是把学到的手艺练好，把师父安排的工作干好。

在机械加工的车、铣、刨、磨、钻、镗这些主要工种中，通常镗工的精密度要求高，孔间距离、三角函数计算、空间角度测量……都不能出一点差错，一旦测量不准或者操作失误，就会造成零件报废，甚至损伤刀具。如果是重大关键件，损伤无法挽回，就需要回炉重造，那样的话，带来的就不单单是金钱能衡量的损失了。所以，虽已过去 20 多年，王峰师傅的严格教诲张连成依然清晰记得。师傅当时讲，如果 100 个工人中，能出 10 名车工、5 名铣工的话，那么只能出 1 名好镗工。希望他们多学多练，珍惜岗位。

即使放在今天，高水平的镗工依然是机械加工行业的"稀缺资源"，很可能成为一个车间、一家企业的"金字招牌"。经常会有一些企业，在镗铣工序进行不下去时，心甘情愿花费每天几千元，甚至上万元的价钱，邀请一名高技能镗工，帮助他们解决问题。

张连成脑子灵光，学习效率高，加上身上一股用不完的拼劲、干劲，很快就摸到了门道。虽然从车工转到镗工，需要时间适应，但他跟着师父学习刚过半年时间，就已经能单独镗孔了，这可是件相当了不起的事情，因为当时其他几个同期进厂的兄弟，可是连机床都没开过呢。

一年实习，七年顶岗。之后的日子里，不管外部环境如何风云变幻，张连成始终坚守他的镗床岗位，在这个车间一干就是 10 年。

不改的初心：钻一门精湛的技术

一台设备对于机械加工人员的重要性，就好比一件武器对于士兵一样，使用性能优良的设备，工作起来自然如虎添翼。

但现实往往不存在完全理想的状态。张连成说，作为一线操作工人，不应该抱着"有啥样的设备才能干啥样的活儿"的心态，而是要有自己的想法，灵活地把现有设备用好，满足不同条件下的生产加工需要，那样才是把技术学到家了。

到目前为止，张连成一共操作过 4 台镗床，从传统手动的，到新型数控的，他都尽可能通过自己的探索，拓宽设备应用范围，把它们有限的应用价值发挥到最大。

一开始在齿轮箱厂，张连成分到了他用过的第一台镗床 W200H 落地镗铣床。这台设备年头不小，它需要全手动操作，想要把控镗床的精度和效率，全凭操作者的手艺。

要上机床，得先学会磨刀，这是基本功，张连成钻了进去。他跟着师父，从认刀开始，单体的、分体的，单刃、双刃、三刃的，在使用中，他磨遍了车间刀具库中的所有刀具。

这一时期，公司的整体经营状况始终不见起色。最困难的时候，连续 19 个半月发不起员工工资，张连成身边的工友们，一拨跟着一拨辞职，2000 年前后的 5 年里，离开公司的专科以上技术人员就有 1000 多名。

一心钻研镗铣技术的张连成，无暇他顾，一头埋在车间，在最一线的镗工岗位上坚守了下来。也许，只有听着刀具与金属的摩擦声，才能燃起他心中的那份热情，脚下 10 多平方米的工作台，就是他尽情挥洒汗水的舞台。他把手上的"镗刀"打磨成最称手的"兵器"，再用"兵器"打造国之重器。靠着精湛的手艺，他后来参与了中国科学院北京正负电子对撞机关键件，世界最大、最先进的 18500 吨自由锻造油压机研制等项目。

操作 W200H 落地镗铣床的那些年，他还练成了一项绝活儿——听音、看形、问情。就是通过听刀具震动的声音，观察铁屑形状和颜色，询问刀具参数和进给量等，来推断加工问题出处。找到问题后，调整刀具，或者自己动手刃磨出适合的刀具，一边试加工，一边改进，最终让"卡死"的镗刀重新顺畅转动起来。

从业 20 多年来，各式各样的镗床、刀具层出不穷，但张连成始终认为，正是齿轮箱厂的这台老镗床，让他积累了 10 年磨刀功夫，增长了举一反三解决问题的本领，这为他日后取得所有成绩打下了坚实的基础。

2006 年，公司开始打造"新重机"工程，这是企业"十一五"规划重点项目、洛阳市重点工程，也是当时河南省首批 14 个重点联动推进项目之一，公司投入一大笔资金引进一批技术领先的装备，其中就包括公司第一批数控镗床。

2007 年 8 月，已经成长为业务骨干的张连成，被调整到新建成的重装厂一车间。他成为公司第一批使用数控设备的操作工人，负责操作 TK6920 数控落地镗铣床。

这台机床的精度更高，加工范围更广，但一开始张连成却突然感到几分慌张。因为他迎来了一个全新的挑战，也是他的短板——数控知识。

自知基础知识不足，那就恶补吧，他拿出了 10 年前那次入厂考试的劲头。经人推荐，自掏腰包买来了一大摞数控机床操作书籍，自学依然看不懂的他就向厂里年轻的技术员、向同行的师傅们请教，还报名参加了数控技术专业学习班。

凭着一股拼劲和扎实的功底，张连成很快就掌握了数控机床的工作原理。在之后4年的实践中，这台设备他已经练到了得心应手的地步。这期间，公司完成了股份制改造，脱胎于传统国企的一个现代企业开始释放出活力，一批批新设备陆续安装到位，一个个重大项目、工程接踵而来。

2010年10月，公司"新重机"工程中，引进的另外一批新设备需要熟练工支援，张连成就被选派到兄弟车间，承担TK6926数控落地镗床的帮扶任务。这是他用过的第三台镗床，此时的他，操作起相同类型的数控镗床，已是轻车熟路。

他和兄弟车间的8名员工一起，参与了12000吨张力拉伸机的加工，这台拉伸机成为世界先进铝合金厚板生产线的重要组成部分。就是这条生产线，后来为首架国产大型客机C919"穿上"了世界最好的铝合金"外衣"。

最好的学习方式是实战。在张连成手把手现场示范带动下，这台机床的成员们一起，啃下了一块又一块硬骨头。一年后，他们大都已能熟练操作这台机床，张连成也就完成了帮扶任务。

2012年，张连成回到原来工作的车间，厂里马上安排他担任FAF260镗铣床的机长，这也是他使用的第四台镗床，一直用到了11年后的今天。这台机床曾是公司精度最高、加工范围最广的进口设备，更难得的是，他是从当时的"全国五一劳动奖章"获得者刘新安手中接过来的。

用上一台好设备，是多少一线操作工人的梦想啊！更何况这是在工人中的佼佼者刘新安手中，立下过汗马功劳的功勋机床。世界最大磨机、

161

立式搅拌磨，首艘国产航母阻拦索装置等的结构件，都在这台机床上加工过。

接手了新设备，张连成难掩心中的兴奋，但他更多感受到的是沉甸甸的责任。在这里，前辈们曾创造了无数辉煌，他理应再接再厉，把这份荣耀传承下去。没多久，张连成加入了"刘新安技能大师工作室"，开始与更多的兄弟单位交流技术，和公司其他车工、镗铣工们一起钻研难题。

镗铣活儿干得漂亮不漂亮，设备因素占一半，另一半就是基本功，只有两个要素结合，甚至做到"人机合一"，把设备的性能发挥到极致，才能得出意想不到的效果。张连成的另一样看家本领，是一项基本功——找加工基准。这种手上功夫，谁都教不了，只能靠操作人员在长期实践中摸索、积累。

在车间里，对于待加工的铸锻毛坯件，大家有个约定俗成的称谓，叫作活件。因为企业离散型制造的特点，承接的订单中，多数都需要加工形状不规则的活件，其中很关键的一个环节，就是做好夹装，找好加工基准。张连成的习惯是，无论工序多么烦琐，活件外形如何复杂，开机前一定先把基准找好，一旦机床开了机，基准就是唯一参照标准。这样才能避免反复吊装、夹装、找正，导致放大误差，浪费时效。

张连成记得，有一年五一假期的前一天，他上完了当天的白班后，准备收拾机床回家休息，临时接到一批紧急的重要加工任务。需要加工的活件类型相似，一共有4种，他带领机组成员加工其中的一种，其他3种由外3个机组负责。

其实，在接到任务研究了图纸、工艺后，张连成脑子里已经有了初步加工方案。然后，他就按照自己的计划，垫铁、夹装、找基准，一步步推进，同时还找来师父帮忙打磨焊点、抛毛边，做一些辅助性工作。

眼看其他三个机组陆续都开动了机床，开始加工活件，张连成这边还在组织夹装、固定活件、找基准。站在一旁的车间生产科的同事，都不禁犯起了嘀咕：平时张师傅干活儿都挺利索，今天怎么看起来这么拖沓？一直到凌晨一点半，张连成负责的活件终于开机上活了，生产科的同事这才离开车间。

第二天早上，等他们再次来到车间时，看到的情形彻底打消了他们前一天晚上的疑问。其他三个班都不同程度遇到了问题，任务还没有推进多少，就进行不下去了，机床开开停停，反复拆装活件，没法继续往下干。而这个时候，张连成负责的活件已经接近尾声。

后来，其他三个班拆掉了活件，重新按照张连成的方法支垫、找基准，最终赶在约定的时间内，完成了加工任务。那一幕，让生产科的同事触动很深，说张连成用自己的经历，讲述了一个活生生的"磨刀不误砍柴工"的案例。

质朴的情怀：干一番热爱的事业

有人把工作当工作，也有人把工作当事业，区别之处就在于后者多了一份情怀。

对张连成来说，中信重工是家里三代人工作过的地方，对于企业他充满感情；镗工他干了20多年，对这门手艺的执着，始终没变，更准确来说，有一份情怀在里面。

情怀也许是一种信念，或者一种向往，或者一种执着，是一种让人内心安定、充满力量的精神，让人由内而外地产生一种喜悦。有这种情怀在，可以让人不避风浪、不惧挫折，可以让人身上总是涌动着一种心向阳光、向上而生的力量。

实现理想的路上，从来都不是一帆风顺的，对张连成来说，也是一样。在企业困难时期，他选择了坚守；在车间遇到难题时，他总会去思考如何去解决问题，而不是躲避或者等待。

2013 年，张连成接到一个加工大型减速器箱体的任务。这个活件重达 24 吨，放在车间里比两个人叠在一起还要高，需要他们在箱体上镗出两个直径 1450 毫米的超大孔，同时工艺上又对大孔的光洁度和圆柱度提出了极高的要求。一开始，凭借经验，他在孔壁上刷了切削油，开动了机床，可能是刀尖比较锋利的缘故，大孔径加工不到一半时，孔壁就开始变得不平整。

张连成反复调整镗刀、转速，还是达不到效果。问题可能出在镗刀的刀尖和刀刃上，那就自己动手刃磨刀具。磨完再试，改动幅度大了，拆了再磨，磨了再试。

镗孔本身就像刻章一样，一笔刻错，就前功尽弃。这种大型装置铸锻工序复杂、成本很高，所以在上面镗孔的人，心里始终是悬着的。这次操作，也让张连成加深了对"第一次就把事情做好"企业质量理念的认同。

不等不靠，他一次次试刀，一点点调整刀具，这个问题终于迎"刃"而解，加工精度满足了图纸要求。

张连成沉着冷静的处事风格，深受车间领导的赏识，他一次次化解问题的能力也受到车间工友的认可，所以大家遇到久攻不下的难题，总是马上想到张连成。也正因为如此，这位最让大家放心的人，常常被安排在"最让人放心不下"的地方。

2020 年，安徽省的一家机械加工公司，承接了中信重工委托加工一个核电结构件的任务。因为一个问题解决不了，加工任务搁置了下来。春节前夕，受对方邀请，公司委派张连成和另一名同事郭亮亮到安徽支援这个项目。

对于此次出差的工作量，张连成是有心理预期的。前期加工这个活件的工人会怎么想，这个活儿非他们两位"救兵"不可？为应对非技术因素的干扰，他也做了心理准备。

到了现场，听完情况介绍后，他们两人就投入了工作。两人相互配合，从早上八点钟开始，一直干到凌晨一点钟，饭点到了就在车间对付一顿盒饭。经过17小时的连续作业，镗床进度终于恢复了正常。

外行看热闹，内行看门道。在场的对方公司操作人员、技术人员、管理人员，无一不被他们的敬业精神和综合能力所折服。对方负责人毫不掩饰内心的钦佩之情，连连赞许张连成：大厂出来的就是不一样，素质就是高。

没有人在时间上对他们提出硬性要求，他们只是希望尽己所能，尽可能早一点找到问题，把问题解决掉。

在之后的一个多月里，他们两人一直在现场跟进项目，直到大年初六，任务完成了，他们才启程返回洛阳。在那个春节前，有一天，张连成在车间里看到一群人围在一台停转的镗床旁，似乎是遇到了加工难题。发现张连成也在，他们就向他请教。张连成也没有多想，正好在这里，那就抱着学习的心态，和他们一起找找原因吧。

张连成问得很详细，刀片造型是不是加工铸铁材质的、现在打多少转、走刀多少等。听完答复，他建议把转速降下来，把走刀量减下来，再试试看。可他没有想到，当场就有技术人员提出疑问：他们是按刀具说明书上的线速度操作的，有标准，有依据，怎么会错？张连成没有在意，把自己的想法讲给了现场人员听。虽然还是有人不赞同，但第二天张连成到车间后发现，这台机床镗刀转速降了下来，设备已能正常加工活件了！

多干一些活儿，多出一个主意，多帮忙解决一个困难，是为了表现自己吗？为了多一份报酬吗？从来都不是。张连成在他的一车间，也经常被工友请去诊断加工问题，甚至他提出的建议也不止一次被人质疑。

张连成说，有人不理解很正常，是人都有惰性心理，大多数人都不愿意跳出所谓的"标准"，去尝试更多可能，这就造成了认知上的受限。当别人请你解决问题时，你也就多了一次学习的机会，别人的活儿干成了，自己也积累了经验，何乐而不为呢？更何况即使真的解决不了，自己也尽力了，谁说只有成功了才是经验，失败了同样也是经验，下一次你就知道行不通，就会尝试换一个思路。如果一句话"干不成"，那就真的错失一次增长技能的机会。

学习没有穷尽，探索永无止境。张连成一直在探索新方法的路上，根据加工需要，不断设计、改进刀具，研究活件的合理装夹方法，只为了让产品质量更好一些、镗铣效率更高一些、刀具损耗更小一些。

在后来的硬岩掘进机、加氢锻件、出国产品、风机轴、联轴器等重点产品关键件的加工中，他不断锤炼技术，持续改进思路，在高质量交货的基础上，实现月平均工时从 1200 小时，提高到 1600 小时。

凭借这些优异成绩，他从公司聘任的技师破格晋升为大工匠，在中信重工的历史上他是唯一一个。2017 年之后，他先后被评为公司金牌首席员工，获得"洛阳市五一劳动奖章""洛阳市技术能手""河洛工匠""河南省五一劳动奖章"等荣誉。

对于这些，张连成深感荣幸，总说大家给他的太多。相比这些荣誉，他更享受沉浸在镗铣活件时的那种平静、充实、愉悦、幸福和满足。

如今在制造行业，数字化、智能化成为趋势，人们似乎更加依赖效率更高、出错率更低的自动化设备，传统的经验派逐渐走向边缘。但在传统大型装备制造领域，数控机床的能力也有局限，依然不能替代手工操作，手上功夫更是不可能被数控刀具完全取代。张连成认为，一名优秀的机械加工人员，还得把基本功练扎实，用心、实干、创新的精神还需要继续传承下去。

崇高的使命：担一份传承的责任

何为工匠精神？不同人有不同的理解。张连成认为，工匠精神就是专注工作，主动琢磨问题、优化方法、创新思路，尽可能提高效率和质量，最后还要把手艺传承下去。

张连成的专注，体现在不起眼的细节里，往往是这些细节决定了加工的时效和质量。

曾经，对于一项 16 个 550 毫米圆柱销孔的任务，他提出优化程序，统一钻孔、统一精加工，把原本 18 天的工作量，压缩到了 5 天。这套方案，后来推广到该类型装备全系列产品加工中。

有一次，要加工一个大型异形件，但它超出了回转工作台的加工限位，精度不好控制。张连成改进了支垫方式，优化了加工工艺，按照他的思路，一共减少了 8 次翻转活件，大大降低了由此带来的风险，保证了产品质量。

还有一次，为加工一批特殊材料制成的破碎机横梁，兄弟单位高价购买两个进口刀盘配进口刀片，用时 7 天完成任务。同样的任务，张连成采用 8 点支垫和楔铁楔圆的方法，突破现有刀片使用局限，使用国产刀盘配国产刀片，用 4 天半就完成了加工任务，而且省下了约 5 万元的刀具费用。

有一天，张连成接到一个特急活件，加工一件 90 多吨重的磨盘体。但他的镗床工作台，载重只有 80 吨，怎么办？短暂思考之后，他大胆提出叫天车帮忙，让活件保持半吊起状态，一边打表检测平台负荷，出其不意地让"小马"拉动了"大车"，在保护了设备情况下，按时完成了加工任务。

这些令人意想不到的"神操作"，一次次征服了身边的工友，也不断有人向他请教，是如何想到这些办法的。张连成说，主要还在于人的专注程度，任务来了不要先想能不能干，而是考虑怎么干好。在熟知设备特性的前提下，把现有的设备与附具整合利用起来，只要带着想法干，总能摸索出适用的办法。

现实中的问题总是千变万化的，人是应对一切变化的核心要素。一种支垫技巧、一种磨刀思路，可以作为经验分享给很多人听，但不太可能换了场景依然适用。作为技能操作人员中的带头人，究竟能传递给人什么？需要一代代传承下来的又是什么？

张连成认为，应该是工匠精神。

20世纪50年代，焦裕禄同志带领工人研制出新中国第一台2.5米双筒提升机，体现出那一时期的工匠精神。红色血脉传承至今，作为"新时代工匠精神弘扬地"，这种精神更需要继续传承下去。这是新时代赋予中信重工匠人们的一份崇高使命。

张连成说，他担不起工匠的称谓，但他从来不吝与人分享自己的所感所悟。实际上，张连成自进厂第七年起，就已开始带徒弟了。他以自己的言传身教，为公司培养出了一大批业务骨干。2021年，厂里建成张连成大工匠工作室，这位从刘新安技能大师工作室走出来的首席员工，开始带动更多的一线工人开展业务交流，学会独立思考。

2023年初，又有4名新人加入张连成大工匠工作室，成为他带领的"创客团队"的新成员。年轻力量的到来，给车间增添了希望，但他们要真正成才，还需要一番锤炼，尤其需要汲取这种精神的营养。很快，张连成就用一场生动的实操案例，为他们上了精彩的一课。

2023 年上半年，张连成接到北京某研究院 150 吨转炉核心关键件的加工任务。这是公司第一次加工这一类型装备，以往只需一个大直径深孔，这次需要加工 13 个小直径、大孔深盲孔。这种盲孔排屑困难，精度要求高，加工难度非常大。

起初，他们选择了适配的枪钻试加工。没有想到，运行过程中突遇阻力骤升，变速器的接杆瞬间被折弯、折断。镗孔无法继续进行，突然发生的意外，让所有人一时间不知所措。要保证不误工期，他们似乎只能找公司外面的其他服务商协助加工。

但张连成算了一笔账，单趟运费大约要 5 万元，来回运输再算上加工费，公司至少要额外多花十几万元来挽救这笔订单。注定要干一笔亏本买卖？究竟该如何抉择？现场负责生产、工艺的人员多方求助，依然拿不定主意。

在镗刀前端详了许久的张连成，决定换用最传统的麻花钻试一试。厂里满足直径需要的麻花钻最大加工能力是 1450 毫米，而图纸要求的最大孔深是 1650 毫米，显然达不到要求。但张连成心里已经有了方案。他从刀具箱里找出以前折断、用废的钻头和钻杆，开始动手去做一把加长钻头。

向车间负责刀具的师傅详细交代了参数要求，他紧盯着加工、焊接、打磨、退火每道工序。终于，张连成把能镗 1650 毫米深度的麻花钻做出来了。

就这样，靠着最传统的麻花钻，没有额外花一分钱，张连成用一种所有参与项目的人员都没想到的方式，如期完成全部加工任务，也搬走了压在大家心上的那块大石头。

用最传统的办法，一举化解看似无解的难题，张连成总能用无声的行动，给人传递一种匠心的力量。

这些年，类似的案例有很多。在解决一个个难题中，他和工作室成员先后完成"大型立式搅拌磨关键件磨门、筒体加工攻关""批量化大型铸锻件加工效率提升""14米竖井掘进机关键件加工攻关"等创新课题。

在生产科同事的帮助下，他把亲身经历的攻关历程，整理形成两期《镗铣类典型零件加工》案例汇编，在公司举办的"金蓝领"工程分享会上，跟大家深入交流。但张连成最希望传递给大家的是，分享经验只是为了更好地激发大家的灵感，就像刃磨镗刀一样，"不是告诉你从什么角度磨，你就能磨出好刀"，真正的本领是别人教不会的，需要自己摸索，下苦功夫，需要专注、用心，动手去练。

接过了前辈的接力棒，张连成用行动诠释了匠心的意义、传承的价值。这份价值体现在他为之付出心血的国家重大工程、重大项目、重大装备上，也体现在他身上传递出的那种守住一份宁静、用心干好事业的情怀上。这些，或许正应了父母当初为他取名的寓意：价值"连城"。

火红的7月，与中信重工其他工匠们一样，张连成在车间里鏖战犹酣。他们刚刚交付世界级大容量冲击式水轮机转轮中心体、具有自主知识产权的新型蒸汽汽轮机组，又投入到世界最宽轧机的承制，以及世界最大规格旋回破碎机、高压辊磨机、半自磨机等首台套重大装备的攻关中。"刀客"张连成的镗床旁，动辄几十吨重的"大家伙"一个挨着一个排上了队。

重型机械加工厂重数一车间外，翠绿的草丛中，有块一人高的黄蜡石，静静矗立，上刻鲜红的"铸魂"二字，沉稳、浑厚，格外醒目，恰似对车间里像张连成一样的工人们默默奉献"匠心"的赤诚回应。

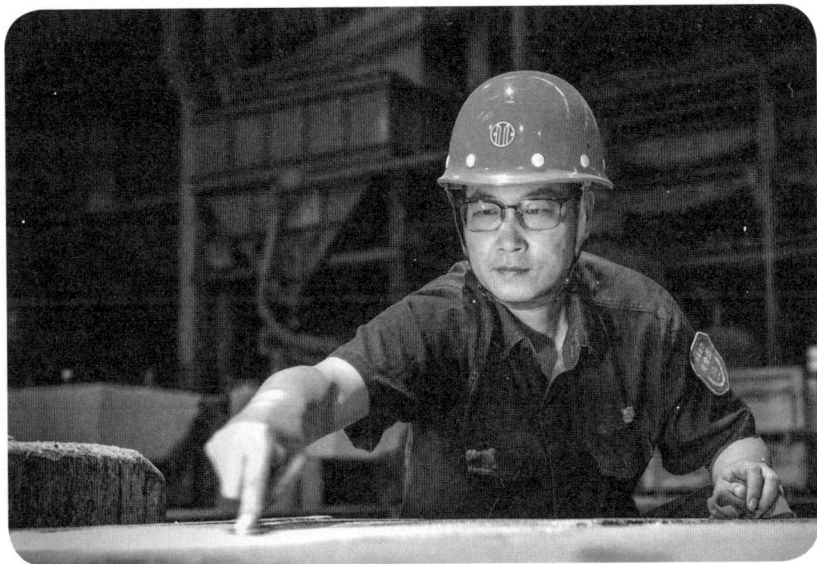

【人物名片】

　　鲁学钢，中信重工铸锻公司铸钢车间造型大班长，鲁学钢大工匠工作室负责人。他精通型腔结构复杂类、组芯类等铸钢件毛坯从冶金附具的准备、制芯、造型、配箱及浇铸全过程的生产，擅长大型及特大型铸钢件的策划、组织与生产。获评"洛阳市五一劳动奖章""河南省技术能手"。

鲁学钢：为工业"脊梁"塑型

◇ 潘赫奕

通红炽热的钢水沿着钢包缓缓流进造型坑，溅起的火花犹如烟火般绚烂耀眼。"咱们的新产品水泵水轮机的阀体一次性浇铸成功了！"

看着大家伙激动的样子，鲁学钢推了推眼镜，微笑着，缓缓走出厂房。30多年风风雨雨弹指一挥间，现代化的除尘设备巍峨耸立在高大雄伟的厂房旁，铸钢车间"漫天黄沙迷人眼"的时代早已一去不复返。看着一件件为国家重大工程建功立业的"工业脊梁"从自己的手中孕育而生，49岁的鲁学钢轻轻拍打着身上的灰尘，摘下已经发黑了的N95口罩，转身望向这个白色厂房，满眼都是自己19岁的影子。

心中的火苗

"老大让他学雷锋，叫'学锋'，老二叫他学欧阳海，叫'学海'，现在轮到给老三起名了，让他学啥好呢？"鲁学钢的母亲说道。

"要不就'学刚'吧，不让他学谁，做自己就行。"抱着刚呱呱坠地的鲁学钢，父亲宠溺地说道。

上有三个姐姐、两个哥哥的鲁学钢是这个普通工人家庭里最小的孩子，父亲是原洛矿铸钢车间质检员，母亲是纱厂的纺织工人。

1987 年，初中入学报到当天，教务处老师误把鲁学刚的"刚"登记成了"钢"。

谁也没有想到的是，这个无意间的阴差阳错，会是鲁学钢日后与"钢"结缘的一个楔子。

"一五"计划以来，洛阳的工业建设蒸蒸日上，洛阳矿山机器厂、第一拖拉机制造厂、洛阳轴承厂、铜加工厂、纱厂等轻重工业工厂拔地而起。改革开放以来，国家工业建设如火如荼，作为著名工业城市的洛阳自然不甘落后。那个年代，工人阶级社会地位高，人人都以能成为一名工人为荣，谁家要是能有几个在厂里上班的，那别提多骄傲了。

深知父母操持一家八口的不易，上了初中的鲁学钢学习之余便是向哥哥姐姐打听工厂里的故事。

一天放学，看着两个哥哥满脸喜悦地回到家中，鲁学钢疑惑地问道："大哥二哥，你俩咋这么开心？"

"小钢呀，热加工涨工资啦！"大哥笑着说道。

"热加工我知道，你俩和咱爸都在热加工。我以后也要去热加工工作。"

"你喜欢做手工，热加工里的铸造是手艺活，对技术要求比较高，很适合你。"看着坐在凳子上专心折纸的鲁学钢，二哥学海如是说。

"你二哥说得对，虽然铸造的工作环境不太好，但是跟冷加工相比，铸造的薪资待遇好、福利保障较好，发的米、面、油、白糖的量是咱厂里最高，夏天的时候还给发冰糕呢。"大哥学锋应和道。

两个哥哥的话语点燃了鲁学钢成为一名铸造工人的小火苗，这天，他默默地为自己未来的人生道路选好了方向。

小学徒的大梦想

一进洛矿技校，一半理论、一半实操的课程将鲁学钢的生活占得满满当当。日复一日地与皮带轮为伴，上午两箱、下午两箱，造了敲、敲了再造，枯燥乏味的日常让身边多数同学对当造型工打了退堂鼓，但打心眼里喜欢手艺活，喜欢静下心来慢慢干活的鲁学钢却慢慢爱上了这个专业。

1993 年 12 月，鲁学钢以优异的成绩被分配到原钢一分厂铸钢车间造型一组，在这个效益数一数二的车间，他开始了学徒生涯。

此时他才发现，同班同学们因为造型条件艰苦，已经纷纷转岗或另谋高就，只有他一人选择成为造型工。

三百六十行，行行出状元，不论哪一行，只要自己用心干，就一定能干好。

而鲁学钢，在用实际行动印证这句话。

鲁学钢学徒期的师父曹富森是一名 40 岁的老铸造工，由于铸造是有害工种，为了身体健康考虑，一般人 50 岁以后车间都会安排个稍微轻松点的工种干干。

身边的学徒工如同四季一般不停变换，几乎没有留下过几个，只有曹富森还依然在岗位上坚持。

功夫不负有心人，他终于等来了和他一样热爱铸造的那个"例外"，他的徒弟鲁学钢。

鲁学钢成为学徒的第一课，就是听曹师傅讲述他和造型的故事。

"别看咱们干的活有大有小，但是价值可一点儿不小，有的能出口海外，还有的将被用于国家建设，被称为国之重器呢！咱们都是为工业脊梁塑型的造型师啊！"

初来乍到的他对造型工的了解，从来只是停留在表面，他从未想过，造型竟然会有如此重大的意义。

"国家重大项目,我会有亲手为其造型的一天吗?"

顾不得多想,眼下,练好基本功,不断提升自己才是最要紧的事。

"小钢,今天这十块芯子,不干完不许走。"

"好的,师父。"

"小钢,今天继续干芯子,一回生二回熟,耐得住性子才能干得出成绩。"

"好的,师父。"

"这孩子,天天让他跟芯子打交道,他也没啥怨言,是个造型的好材料。"

学徒期的鲁学钢虽然无法上手制作公司产品,但师父曹富森会给他传授最基本活件的造型方法、工作经验。闲暇之余,鲁学钢便在脑海里勾勒不同产品的造型手法。

师父领进门,修行在个人。师父的谆谆教导,加上自身的勤学好问,鲁学钢迅速将理论知识与实操技能有效结合起来,造型水平快速提高,并在同届学徒工中脱颖而出。

三年后,鲁学钢顺利转正,被任命为档长。从打芯到造型再到配箱,当上6人组"小领导"的鲁学钢承担起了本档生产流程组织和管理工作。

困局中的坚守

谁承想,风云突变,曾经发展蒸蒸日上的洛矿同样避免不了转轨的阵痛,公司面临着社会与自身改革的双重困境。

面临着下岗失业的压力,一时间,身边的工友纷纷另谋出路:有的选择下海经商,有的举全家之力转行开饭店、小卖部,还有的白天去超市搬运货物，晚上在路边摆地摊……

为了养家糊口，鲁学钢的三个姐姐选择出去摆地摊，学锋、学海、学钢兄弟三个也在留守和离岗之间踌躇。

周六晚上，是鲁家人固定的回家时间，平时推杯换盏热热闹闹的饭桌上，今天却安静得出奇，每个人都似乎各怀心事。

过了良久，父亲先开了口："你们有啥事就直说吧！"

兄弟三人抬起头，你看看我、我看看你，谁也不敢先开口。

半晌，父亲悠悠地说道："我知道你们心里在想些什么，厂里的情况大家都清楚。"

听到这里，大哥学锋终于开了口："爸，咱家现在这情况，我们三兄弟要不要出去找点事做？"

"厂里教给你们手艺、技术，现在厂里暂时遇到困难了，你们却动了其他想法？"父亲的一席话让三兄弟惭愧地低下了头，"留下来好好干，会好起来的。"

是呀，我就不信，这么大个厂，还能关门了不成，鲁学钢暗自思忖。

领着微薄的工资，生产任务几近于无，在这惨淡的日子里，鲁学钢只能潜下心来打磨自己。"铸造是我选定的一生的事业，我不能轻言放弃。"

往日热闹、嘈杂的西一路如今却格外安静，虽然前景迷茫，但鲁学钢依旧每日往返于这条通往梦想的路上。日复一日地钻研作为一名档长所需要掌握的多种铸造方法，不断打磨着造型的基本功，为的就是企业有重见光明的一天。

在这身心备受煎熬的日子里，鲁学钢遇到了生命里的一束光——他的妻子胡媛媛。

接触了几次之后，鲁学钢深深地被胡媛媛所吸引，但是，厂里的情况始终像一根刺一样扎在鲁学钢心里。

"我平时的收入是300多元，这段时间公司效益不好，连300多元也发不到，她在传呼台上班，工资是我的两倍，以我现在的条件，能给她好的生活吗？"

"困难只是暂时的，我现在已经是档长了，等过了这段时间，公司情况好转，我努努力加把劲，会好起来的。"

愤懑与迷茫充斥在鲁学钢的心中，但对造型的喜爱和对公司的期待，又让他一次次充满力量。看着眼前这个已经走进自己心里的姑娘，鲁学钢犹豫再三，还是鼓起勇气向她表白。

轮岗之余，他买了许多会发光的彩纸，做手工的时候，就是鲁学钢最放松的时候，他叠了大中小三种近千个千纸鹤和幸运星，并组装成了一个超大的风铃，还叠了许多小星星，用铁丝把它们穿成"I LOVE YOU"的字样，并将它放在自己精心制作的礼品盒里。

在路边的小面馆，鲁学钢忐忑地拿出自己的手工礼物，并向胡媛媛坦白了心声。

"我家里兄弟姐妹多，父母都是普通工人。现在企业遇到了一些困难，进行轮岗，收入有点低，但是我相信公司会慢慢好起来的。成为一名最好的造型工一直都是我的梦想，请你相信我，等到困难过去，我会给你更好的生活！"

21岁的胡媛媛看着面前这个眼神坚毅、话语真诚，性格又略显木讷的小伙子，扑哧一下笑出了声。

不惧挑战

1999年，在经历了转轨困难期后，洛矿终于看到了扭转颓势的曙光，铸钢车间的生产任务也慢慢紧凑起来，当了三年档长的鲁学钢，迎来了新产品的挑战——与史密斯公司合作制造磨盘铸件。

史密斯磨盘铸件结构复杂，内腔芯子多，浮力大，无法精确控制相关尺寸。由于当时只有造型老跨，天车起吊能力、地坑深度都无法保证磨盘浇铸安全，当时车间人心浮动，面对难度大的活件，同事们都不愿意冒着风险去操作。

鲁学钢深知此产品极具风险，但他依然主动请缨，接受此生产任务。

看着纷纷打起退堂鼓的职工们，鲁学钢多次用洛矿的老主任焦裕禄同志说过的话语来给大家做思想工作。

"兄弟们，光干别人干过的活，吃别人嚼过的馍没味，要勇于接受挑战！"

"这活件要是干出来多有成就感呀，咱们这么多年练就的基本功就等这一刻了！"

与此同时，鲁学钢利用业余时间不断提高自我操作能力，他想向大家证明，我们有实力做成这个产品。

在鲁学钢的鼓励下，职工们纷纷振作起来。

图纸拿到手后，大家认真熟悉图纸和工艺要求，提前策划每一步操作细节。遇到没有把握的步骤，就虚心向经验丰富的老师傅请教。

"将操作难度大的部分分析出来，再分解成若干小难点就容易进行操作了。"得到老师傅的启示，鲁学钢开心地向档员们分享心得。

磨盘内腔芯子该如何进行支撑和固定，浇铸时产生的浮力该如何传递到压铁上，这些环节在当时都没有任何经验可以遵循。最终，靠着策划周全、精细操作、措施得当，鲁学钢和他的伙伴们圆满完成此磨盘的浇铸任务，得到车间领导的认可，也提升了自己的操作能力，积累了丰富的实践经验。

啃下硬骨头

这是作为造型计划的鲁学钢人生中第一项重大挑战——为世界最大的 18500 吨自由锻造油压机铸造大型铸钢件。

这台世界最大、最先进的自由锻造油压机，可是真正的国之重器，一想到能亲自参与重要部件的铸造，鲁学钢既兴奋又紧张。

18500 吨自由锻造油压机由 14 件大型铸钢件产品组成，毛重共 3537.8 吨，钢水重共 5706.5 吨。其中上横梁单件钢水重达 800 多吨，共需要 10 包钢水浇铸，是当时全世界一次性组织钢水最多的铸钢件产品。

对于中信重工来说，上横梁是一块从未啃过的硬骨头，对于鲁学钢来说，这更是一个"只许成功、不许失败"的巨大挑战。

首次生产如此超大、超重的"卡脖子"产品，在没有任何生产经验借鉴的情况下，任何一处细节考虑不周全，就有可能造成铸件的报废，这对铸钢车间前期安全、生产前策划、生产前准备有着更严苛的要求。

为了完成这个挑战，他满腔热情，毫无怨言。

"小钢，今天怎么去这么早，还不到六点半呢。"看着已经连续十几天早出晚归的鲁学钢，胡媛媛不解地问。

"最近车间在紧急筹备重大产品，我得早点到单位看下前一天的工作进度，好安排当天的生产任务。"鲁学钢语气温和地答道。

上横梁铸件的筹备不容有失，鲁学钢把大部分时间和心思都给了工作，这一次，他将前瞻性思维发挥得淋漓尽致，从拿到图纸那一刻开始，便废寝忘食地投入到全流程的计划中，为了更好地组织、协调从模型、准备、泥芯、造型、浇铸到保温出坑的全部工序，鲁学钢全盘考虑，把图纸吃得透彻、把细节想得到位、把过程管得精细。

一连好几个月，就算是上白班，鲁学钢也是天蒙蒙亮便蹑手蹑脚地出家门，晚上八九点才拖着疲惫的身躯赶回家中，有时甚至两三天才能回家一次。

这天凌晨两点左右，胡媛媛恍惚间感觉客厅有动静，有光亮。

"小钢，今天这么早就回来了？"胡媛媛轻声问道。

见无人应答，她觉得有些不对劲，便小心翼翼走出卧室，猛然看到一个人影蹲在二楼的防盗窗外面，一手拿着手电筒照着，一手剪窗户上的防盗网。

这可把胡媛媛吓坏了，也不知哪里来的勇气，大声喊道："干啥的！"那人听到叫喊声，"腾"地一下跳下窗户跑了。

看着身旁睡梦中的女儿，胡媛媛害怕极了，犹豫再三，还是拨通了鲁学钢的电话。

"鲁学钢，你天天早出晚归的，顾不上家，你知不知道，刚才家里差点进贼，后面防盗窗被撬了，你不能给领导说一下，以后不上夜班了！"胡媛媛的话语中充满委屈与埋怨。

得知这个消息，鲁学钢连忙放下手头上正在分析的策划单，安抚道："你和娇娇怎么样？有没有被吓到？都怪我这一段时间太忙，我等会儿就回家！"

"我俩没事，算了算了，你忙吧，注意安全，我挂了！"

"嘟……嘟……嘟……"没等鲁学钢回话，就已经听到了电话挂断的忙音。

鲁学钢久久无法从愧疚中缓过神来，他暗暗发誓，早日把这个硬骨头啃下，然后好好陪陪母女俩。

"加固硬砂床的制作要求其保证高强度，保证排气畅通，并防止出气道钻钢；要考虑芯骨结构的设计，强度的要求及吊环的位置，退让性、排气性都要保证，芯子披缝不能出现钻钢现象；压铁要从最下面芯子的硬点设计开始，到每一层芯子之间的硬点传递，再传递到盖箱及上面压铁。"鲁学钢一次又一次确认操作细节及过程控制要点。

第二天一大早，鲁学钢就匆匆赶回家中，看着惊魂未定、满脸不悦的胡媛媛，鲁学钢又懊恼又自责。他拿着工具仔细检查和加固了一下门窗和防盗网，又和家属区的物业了解了一下大致的情况。因为还惦记着厂里的事情，也顾不上在家里多待，买了些早餐放在餐桌上后，他便急忙返回单位。

接下来的日子里，鲁学钢废寝忘食，一门心思解决造型操作难点。在深入研究技术细节、阅读大量参考资料的基础上，鲁学钢结合长期生产经验，提出在芯子内采用钢管出气，设计专用芯骨结构的办法，既保证了芯子强度，又使芯子内气体有效排出……

5 月的室外天高气爽，但由于深坑作业，空气流通不畅，造型地坑内温度在 38 摄氏度以上。

鲁学钢和工友们的汗珠浸透了工作服，衣服湿了又干、干了又湿，一团团白色汗渍遮盖了工作服原有的颜色，但"不破楼兰终不还"的信念支撑着他们毅然坚守。

时间终于来到了浇铸前夜，这一晚，参与上横梁生产的所有人都无法安然入眠。

所有浇铸前工作已准备就绪，这两个月的日日夜夜像过电影一样浮现在鲁学钢的脑海中。要说能不能成，说实话，他自己心里也没有底，这种规格的铸件恐怕在他整个职业生涯都是罕见的。

现在能做的，只有等待。

2008 年 5 月 22 日，10 个钢包缓缓浇入造型坑中，像鲜血一般通过芯骨结构流向每一个角落，四处飞溅的火花灿如星火，仿佛提前为这个

"世界之最"的铸件绽放烟火。

此时的鲁学钢顾不得那么多，两眼死死地盯着造型坑中缓慢流动的钢水，他祈祷着，成功的那一刻尽快到来。

不知过了多久，耳畔传来了一句能够刻在他心底一辈子的话语："浇铸成功啦！"之后便是震耳欲聋的欢呼声，与头顶上方天车的运转声相和。

世界之最的铸钢件产品由此产生，中信重工创造了铸造界的奇迹。

做完了收尾工作，鲁学钢去澡堂舒舒服服地洗了个热水澡，换了身干净的衣服。他去附近餐馆买了些胡媛媛和娇娇喜欢吃的肉和菜。今天，他要和母女俩分享自己压抑了许久的喜悦。

两年后，时任中共中央总书记、国家主席、中央军委主席胡锦涛同志莅临中信重工视察。在世界最大 18500 吨自由锻造油压机安装现场，他动情地说："谢谢你们制造了 18500 吨油压机，为中国人争了光，争了气，谢谢大家！"

站在中信重工员工代表的人群中，鲁学钢聆听着胡锦涛同志的话语，凝视着巍峨高大的"争气机"，自豪感油然而生。

2011 年，由中信重工研发生产的 18500 吨自由锻造油压机正式投产。就在这一年，鲁学钢被任命为铸钢车间造型班组大班长，担负起了造型、制芯、配砂及天车全工序的管理工作。面对工序连接紧密、生产组织难度大、生产形势严峻等困难情况，鲁学钢利用闲暇时间进行了经济管理专业的学习，主动追求业务能力和管理能力的提升。

打败"拦路虎"

2014 年"五一"表彰大会上，鲁学钢被中信重工命名为"金牌首席员工"。一个月后，铸锻公司成立了鲁学钢金牌首席员工创新工作站，车间和研究所的青年才俊会集于此，开启了有组织、有规模的技术创新实践活动。

在结束"新重机"工程后，公司转型开拓海外市场，一大批出口产品纷至沓来，金牌首席员工创新工作站的成立为铸钢车间开发新产品、突破"卡脖子"技术提供了优质可靠的平台。

公司签订的澳矿项目中，Φ12.2×11 米自磨机和 Φ7.9×13.6 米球磨机为公司当时生产的最大规格磨机。鲁学钢和铸钢车间承担了齿圈、端盖、中空轴以及法兰等铸件的生产。澳矿法兰最大直径达到 13 米，钢水重量只有 80 多吨，属于超大直径、薄壁类铸件，采用两包浇铸的方式。

由于造型地坑面积紧张，法兰只能在冶铸中跨造型。由于首次操作此铸件，没有任何可借鉴的经验，铸件毛坯结构也不复杂，所以工作室并未认真分析此铸件的结构特点，忽视了浇铸方案的重要性。

浇铸后，由于铸件毛坯缺陷较大，没有修复价值，造成工件报废。

"是我太掉以轻心了，这么大的产品，应该多分析多考虑才对。"饭桌上，碗里的面条已经坨成团了，但他仍顾不上吃，和同事打电话沟通分析着这次失误的原因。

鲁学钢的工作没有时间点，为了给他方便，胡媛媛做饭都是掐着他的时间做好。因为中午时间有限，家里中午基本上天天都是捞面条。

妻子和孩子也一边索然无味地吃着面条，一边默不作声地听鲁学钢和同事沟通着工作的事情，好不容易等到他工作上沟通完了，三个人谁也不说话，饭桌的气氛压抑沉闷。

突然，孩子的眼泪啪啪地掉到了碗里。鲁学钢和胡媛媛连忙问怎么了，孩子哭着说："天天都是面条面条，你们就不能做点别的吃？"

女儿正在上小学，正值生长发育期，天天中午跟着吃没什么味道的面条，心里难免不是滋味。

"娇娇，中午时间紧，面条能吃饱，也能节省时间。"看着父女俩一个愁眉苦脸、一个号啕大哭的样子，胡媛媛心酸又心疼，"等周末有时间，爸爸妈妈给你做好吃的，好不好？"

到了夜晚，看到在床上辗转反侧的鲁学钢，胡媛媛知道肯定是工作上遇到难题了，她柔声说道："你们这是集体作业，工序多，哪一个环节出现问题都会导致前功尽弃，你们要从多方面分析，以后尽量不再出现这种失误。"

"哎，我知道，就是心里很不是滋味。孩子也天天跟着吃面条，真是工作没做好，生活上也没照顾好你俩。"说着鲁学钢的眉头又紧了一些。

因为工作忙碌，家里吃穿用度之类的琐事胡媛媛从不让他操心，没有让他洗过衣服，擦过地，鲁学钢始终觉得，自己是一个不称职的丈夫和父亲。他深知因为自己太过忙碌，疏于对家庭照顾，连一家人能一起吃的午餐还是这么凑合，为了尽量弥补妻子和孩子，他下班回来会捎点娘儿俩喜欢吃的东西，但是今天女儿的眼泪刺痛了他的心。

"失败是成功之母，你不是经常跟我说焦裕禄的话嘛，我记得里面有一句，革命者就要在困难面前逞英雄。小钢豆，现在是你'逞英雄'的时候了！娇娇那边你不用担心，等你周末有空的时候，咱们带孩子出去吃好吃的。"

听着妻子的宽慰，鲁学钢心里透出了一缕阳光。

接下来的时间里，鲁学钢带领工作室团队仔细分析失败原因：由于法兰直径超大，钢水流速较慢，钢水上升速度达不到工艺要求。

根据现场实际情况，团队精确测量相关数据并与铸锻研究院工艺人员反复论证，最终，团队决定采用 3 包浇铸的方式。

由于冶铸中跨只有两台天车，如何实现 3 包浇铸成为接下来的难题。经过分析研判，鲁学钢大胆提出从冶铸中跨搭过桥到冶铸跨可以实现 3 包浇铸。

搭过桥需要冶铸中跨天车和冶铸天车同步配合，如此操作在公司造型历史上是首次。

经过上、下人员精细操作，完美配合，顺利完成 3 包浇铸，法兰铸件毛坯探伤符合工艺要求，此产品的成功制造也为此法兰类结构的铸件总结了操作经验。

功夫不负有心人。短短数年，他所在的造型班组便荣获全国"质量信得过"班组，鲁学钢金牌首席员工创新工作站也两次获评洛阳市"示范劳模创新工作室"。

备战大考

工作站成立三年后，鲁学钢迎来了一次大考——浙富水电大藤峡项目转轮体的生产任务。

大藤峡水利枢纽是国家 172 项节水供水重大水利工程的标志性工程，承担着防洪、航运、发电、水资源配置、灌溉等多项任务，是国家珠江—西江经济带和"西江亿吨黄金水道"基础设施建设的标志性工程，被誉为珠江上的"三峡工程"。

作为广西大藤峡水力发电站的核心铸件，该转轮体钢水重 326 吨，毛重 196 吨，是当时世界上最大的单台 20 万千瓦轴流式水轮机主轴。

该铸件内腔结构形状不规则，操作难度非常大，像拼积木。铸件中间结构为悬空内芯，内芯自重 80 吨，浮力达到 330 吨，对底部内腔芯子芯骨的结构和强度要求很高。"这内腔结构，简直跟拼图一样。"这是鲁学钢团队对产品的评价，也是本次造型的最大难点。因此，芯子的固定及排气关乎铸件能否一次性浇铸成功。

这一技术难题深深困扰着鲁学钢团队。为了防止底部内腔芯出现裂纹及下沉现象，鲁学钢团队与铸锻研究院合作，开始了废寝忘食的工艺策划。

正在紧锣密鼓的攻关时期，鲁学钢的父亲因病住院。他白天忙完转轮体的研究工作，晚上还要顶着一天的疲惫到医院值班。

老人在生病时情绪不稳定，半夜难以入眠，一会儿想喝水，一会儿要上厕所，一会儿又折腾着看电视，鲁学钢压抑着身心的疲惫，沉下心来耐心地安抚老人。第二天一大早，他便又打起精神去单位上班。

"小钢，昨晚是不是没有休息好。"看到鲁学钢状态不太好，胡媛媛担心地问道。

"老人上年纪了，糊涂了，晚上折腾着不睡觉。"从他嘴里说出来的话，永远都是这么轻描淡写。

拖着满是疲惫的身体，鲁学钢依旧坚持每日召集工作室成员开例会进行项目策划和进度梳理。

经过数十次的实验，鲁学钢团队最终决定将芯子做成半圆芯盒，并在芯子交接处用冷模将两块芯子的芯骨焊连形成一体组合成整圆芯子，为防止芯子下沉及浇铸时产生的浮力，在外部六个大芯头处做硬点从下往上全部背好，确保这个芯子既能承受80吨自重，又能承受330吨浮力。

在实际生产中，从砂型硬砂床的制作开始，鲁学钢团队严格控制每一个操作步骤的要点，确保每一处砂型尺寸及硬砂床硬点上引的准确性及牢固性，确保了大型砂芯一次配好的成功率。

经过一个月的工艺策划、模型制造，该转轮体成功浇铸，中信重工铸件成功进入水电领域，为后续中信重工与浙富水电的战略合作奠定了基础。

同时，鲁学钢和工作站成员将转轮体的整个造型操作过程详细记录并总结，归纳为操作法，为今后此类铸钢件产品的生产提供了有力的数据记录和生产经验。

遗憾的是，两年间，鲁学钢父母的身体每况愈下，相继离世。自古忠孝难两全，鲁学钢懊恼、自责于自己未能有更多的时间陪伴父母的最后一段时光。

贴心的老大哥

鲁学钢素来把单位的青工们都当成自己的兄弟照顾，尤其是山西来的那一批徒弟，他们刚来的时候每个都怀揣梦想，但造型车间的环境恶劣，经过现实的拷打之后，许多人都打了退堂鼓。

大年二十九下午，空中飘着雪花，刚腾出时间置办完年货的鲁学钢和妻子准备回家。

路边，有一个正在摆摊卖青菜的老人，他佝偻着腰身不时拍打着青菜上的雪水。

看到这一幕，鲁学钢停下了脚步，他将老人车上的几捆青菜都买了下来，交代道："老爷子，快回去过年吧，雪天路滑，注意安全。"

妻子看着沾着雪水和泥渍的青菜说："买一两把够吃就行，买这么多干吗啊？"

鲁学钢笑着说："正好厂里有几个徒弟没能回家，咱们叫他们明天来家里吃年夜饭，人多力量大，保证能解决完这些青菜。"

"小李呀，叫上那几个没能回家的青工，除夕晚上来家里吃饭吧。我跟你嫂子正在置办年货，买了不少好吃的呢！"鲁学钢说着便拨通了徒弟李义卫的电话。

2005年的春节前突降大雪，因为封路无法回山西老家的员工们没有地方过年。胡媛媛知道，鲁学钢的这个决定是为了大局考虑，希望留下更多新生力量，他关爱他们、引导他们，每当有徒弟取得成绩时，他比他们还高兴。

电视里播放着春节联欢晚会，鲁学钢的家里，欢笑声不断，这是这几个二十出头、略带青涩的大小伙子们第一次背井离乡在外地过年，但来师父鲁学钢家"蹭饭"的次数，已经不计其数了。

忙忙碌碌地送走徒弟们，收拾完家里，鲁学钢又拉起胡媛媛的手，说道："单位有个小徒弟想买房，他们刚过来不久，手里也没多少积蓄，要不咱们帮帮他吧？"

"好，咱在自己的能力范围内，帮帮他们！"胡媛媛体贴地说。

2003年底进厂的李义卫，是鲁学钢最得意的徒弟。公司年年都从山西的对口高职高专招人，但能接受铸钢工作环境并长期留守在公司工作的人，却屈指可数。

而李义卫，就是那个坚定的留守者。

对于半路出家，从电工改行做造型工的李义卫来说，鲁学钢既是老师，更是一位好大哥。

"小李，带上刮刀，我来教你怎样用刮刀。"

"小李，来，今天学摆浇口。"

从基本功开始，鲁学钢不厌其烦，倾其所有地培养李义卫的操作技能和识图能力，锻炼他的统筹规划能力，也提高了他甘于奉献、不计较个人得失的思想觉悟。

"小李，这个芯头的尺寸量错了，修活也没修好。"

这是李义卫第一次操作端盖，看了师父做过那么多次，他信心满满，没想到，却被师父泼了一盆冷水。

"第一次干这个产品嘛，出差错是难免的，我来指导着你，咱们再重新把这个活做一遍。"

没有责备，只有鼓励与悉心指导。

已经过了初进厂时那股子新鲜劲的李义卫，看着自己的师父不厌其烦地为自己纠正错误，心里不由得为自己的眼高手低感到羞愧。

沿着鲁学钢走过的路，青出于蓝胜于蓝，李义卫如今已由一名造型计划员成长为造型业务主管。

造型不是一个人的单打独斗，而是一项集体工程。30年前的学徒经历让鲁学钢深刻认识到，一名好师父能成就一名好徒弟。多年来，鲁学钢时刻专注于人才的培养，在他手下成长起来的造型能手数不胜数。

在连年的创新攻关中，生产、技术领域的青年创客们在鲁学钢的带领下，聚焦西马克油压机、水电转轮体、叶片、125MN拉伸机机头压梁、圆锥破碎机机架、大型分体端盖等重点产品"卡脖子"难点痛点，进行技术创新实践活动，攻克了一个又一个难关，固化了一项又一项先进操作法，创造了一个又一个奇迹。

9年来，鲁学钢和他的创客团队先后完成30余项攻关课题，优化固化操作法十余项。其中"大型压机关键件加工制造技术创新"荣获中信重工工匠创新奖，"大型分体端盖整体盖箱操作方法应用"荣获中信重工科学技术奖。

在鲁学钢的悉心栽培下，他的徒弟们纷纷走向造型计划员、造型班组长、档长等关键岗位。截至目前共培养出金牌首席员工3人、首席员工2人，高级技师5人；荣获洛阳市造型工技能大赛第一名4人，第二名2人。

2021 年 7 月，鲁学钢被中信重工聘用为大工匠，金牌首席员工创新工作站正式更名为鲁学钢大工匠工作室。

这个沉甸甸的荣誉，既是对鲁学钢 30 年辛勤付出的肯定，更是一种奋力前行的鞭策与激励。

2022 年，鲁学钢荣获洛阳市劳动模范，而他的大工匠工作室，荣获河南省机械冶金建材工会颁发的"劳模和创新人才示范工作室"称号。

以万分热爱扎根造型岗位

2022 年，是女儿娇娇参加高考的年份。

从幼儿园到初中，虽然娇娇的学校就在家门口，但是鲁学钢接送的次数屈指可数，参加家长会就更指望不上了。在当上大工匠以前，鲁学钢一直都是两班倒，陪伴孩子的时间少之又少，更别说带着孩子出去旅游了。

上了高中以后，娇娇一周回家一次，而那天，就是全家人最开心的时候。那一天，鲁学钢会尽量早点赶回家，陪着孩子吃个饭，聊聊天，带她到户外放松心情，疏导压力。

为了在填报志愿时不出差错，鲁学钢向工作室和铸锻研究院新来的大学生们虚心请教了志愿填报问题，以及学习生活等注意事项。

6 月 25 日凌晨，是高考成绩出来的时刻，鲁学钢和孩子紧张地坐在沙发上，不停刷新着手机网页。

查到了，563 分！超一本线 54 分！

鲁学钢先刷到了成绩单，他激动地搂着孩子的肩膀说："娇娇太棒了，辛苦了！"

孩子又激动又开心，主动说道："爸爸，咱俩下楼走走吧！"

那一晚，鲁学钢陪着娇娇在楼下散步，听着孩子尽情地释放着自己压抑了许久的情绪，并和她一起规划着未来，两人一直聊到凌晨两点多还意犹未尽。

转眼间，已经是鲁学钢当上大工匠的第四个年头了，弹指一挥间，鲁学钢来到中信重工也已经 30 载。

在这一年，中信重工定下营收新目标，而开发高附加值新产品，持续助力公司高质量发展，是鲁学钢和他的工作室现如今最重要的任务。新产品东方电气汽轮机水电活门、阀体的开发给了他们新的机会。

大家都说造型工就像一个个在海边用沙子建造沙雕的艺术家。那些艺术家们眺望着海天一线处那虚无而又真实的海市蜃楼，用手、用心雕刻出每一座梦想中的城堡。

但与艺术家们不同的是，造型工用心镌刻的每一个"砂雕"都是筑牢国家重大工程的一个个坚实根基，是为国家制造业高质量发展垒砌的砖瓦，它的意义，非同凡响。

只有万分热爱才能让一个人在同一个岗位上倾其热情，而鲁学钢，就是如此……

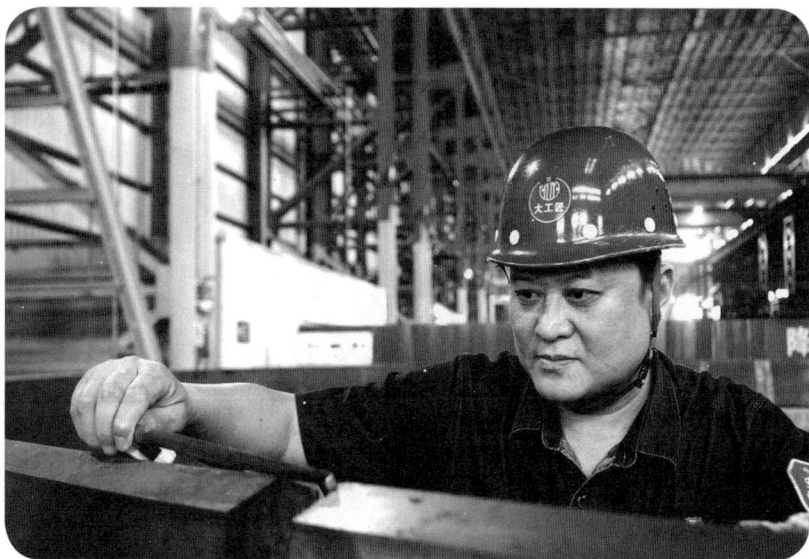

【人物名片】

....

    王红军，中信重工铆焊构件厂重型车间铆工三班班长，王红军大工匠工作室负责人。近年来，王红军带领团队先后完成了大型结构件、新型无氧裂解装置、国内最大 CSM-2250 立式搅拌磨等项目的制作任务，开展攻关活动 120 余次，完成创新成果 9 项，实现节能降耗价值约 500 万元。获评"河南省五一劳动奖章""河南省技术能手"。

....

王红军："钢铁裁缝"铸匠心

◇ 郭　峰

他被称为"钢铁裁缝"，下料、切割、拼装、校正，每一步都精准到位。

在铆工岗位默默耕耘30多年，他始终不忘初心，以对自己职业的忠诚和对产品精益求精、品质唯先、追求卓越的工匠精神激励自己不断成长。

凭借高度的责任心、忘我的工作态度，他带领班组强化技术创新和技术攻关，先后承担了云南景洪水力式升船机、洛阳地铁"牡丹号"盾构机、大型结构件、出国磨机等一大批重点产品的生产任务，亲身经历、见证了我国重型装备制造业从"跟跑"到"并跑"再到"领跑"的历程，在平凡的岗位干出了不平凡的业绩。

扎根中信重工这片热土，他以实干拼搏铸就别样人生。

他，就是中信重工铆焊构件厂重型车间共产党员、铆工三班班长、大工匠王红军。

喜欢"钻一钻"的少年

孟州市，原称孟县，由孟津、孟州演变而得名，是一座历史悠久的城市。

由于地处黄河北部，西部与洛阳市孟津县（现孟津区）接壤，除去传统的务农这一出路，很多当地人纷纷到洛阳市的工矿企业工作。王红军的父亲也积极响应国家号召，来到原洛阳矿山机器厂设备处工作，成为洛矿的第一批建设者，见证了"共和国长子"企业的诞生。

1973 年 5 月，王红军出生了，兄妹二人，他是老大。

作为一名"矿二代"，王红军从小听着焦裕禄的故事长大。但对于年幼的他来说，父亲在洛阳的工作单位仍显得些许陌生和遥远。

在学校上学的时候，王红军就对数学、物理等学科比较感兴趣。按他自己的话说，就是平时喜欢"琢磨"，喜欢"钻一钻"。

1991 年，王红军高中毕业参加高考，成绩发布，却没能如愿考上大学。

没去上学，自然就得出去找工作。几经周折，刚成年的他在离家不算太远的一家造纸厂找到了一份工作——负责给生产线加入麦秸、干草等原料。

原料经过输送、破碎，成为纸浆，再被平整、烘干制成纸板。囿于当时的环境和客观条件，造纸厂的工作环境十分恶劣。遇到晴天，车间内打碎的麦秸、草屑漫天飞舞，几米外难见人影；阴天时，则昏暗潮湿、霉味扑鼻，设备发出的噪声就更不用说了。

工作闲暇，王红军也曾扪心自问：这是否就是自己想要的生活？工作的意义是什么？是否要去外面干干？

机会来了。在造纸厂工作半年多后，父亲到了退休的年龄。

按照当时的政策，1992 年王红军接班进厂，当了一名电焊学徒工，也成了一名洛矿人。

要干就干出点名堂

进厂前，在厂里工作了一辈子的父亲叮嘱王红军："洛矿是大厂，值得学习的东西很多。当工人就一定要当个好工人，跟师父好好学，掌握一技之长，将来能独当一面。"

这些发自肺腑的嘱托，时隔多年他仍记忆犹新，也成了他一生的座右铭。

进厂后，厂区内众多的大型设备、厂房，宽敞的大道，还有那高大魁梧的法国梧桐，都给他留下了深刻印象，也让年轻的王红军对未来的工作生活有了一些憧憬。

理想和现实的差距不是一点半点。刚高中毕业的他，虽然有点基础知识，但在工厂的生产实践中却无太大作用；相反地，在焊接理论和实操方面，他需要"从零起步"。

同期进厂的学徒工有的已经能在师父指导下进行简单焊接，或者在干活时给师父"帮把手"，王红军在一边什么也干不了，急得团团转。

经过向师父"软磨硬泡"式的学艺，加上平日里刻苦练习，几个月后，王红军的焊接水平有了不小的提升，算是在厂里逐步稳定下来。

看着儿子有了相对稳定的工作，他的父母经过商量，带着妹妹从老家搬到洛阳，算是给王红军提供工作上"坚强的后盾"。

随着在工作上逐步上手，作为年轻人，王红军在工作闲暇之余也在观察车间其他工种、班组的干活情况。

看着与自己班组协作配合的铆工班组的兄弟们时而进行焊接，时而抡起大锤敲敲打打，时而拿起喷枪对活件就是一番火烤矫正，干起活来花样繁多、方式多样、红红火火，王红军的心思又"活络"起来。

接近年底，抱着想要"干点更有挑战性工作"的想法，他提出想转铆工。

眼看本职工作有了点起色，只要慢慢熟练就能步入正轨，突然转到新工种从头学起，值得吗？

班组同期进厂的同事、班组的师傅，甚至是父母，都曾有过疑问、有过不理解。

但王红军主意颇正，怀着"要干就干出点名堂"的信念，最终说服了家人。

第二年，他正式向车间领导申请，转到铆工岗位，师从当时铆焊厂唯一的技师卢元娣。

此时，他还不知道自己将面临怎样的挑战。

勤学苦练

铆工，又名冷作钣金工，是工业建设不可或缺的主力军之一。一个国家铆工水平的高低，可以衡量这个国家工业水平的高低。

原因无他。所有工业设备的外壳、框架、支撑、管道、钢构、容器、储罐、桥梁、船舶、车辆、航空航天等，都离不开铆工工序。

俗话说："三年好电焊，十年烂铆工。"被称为"钢铁裁缝"的铆工是金属构件生产中的指挥者，不但要熟练掌握焊接技能，还要承担活件、材料的组合拼接和修矫任务，工作精度要求非常高，稍不注意就会造成废件。

同时，怎么利用杠杆原理灵活进行机械矫正、在哪里加热利用热胀冷缩改变金属性状，都是需要动脑的"巧功夫"和长期摸索的"笨功夫"。

当时的王红军既看不懂图纸，也缺乏实操经验。看着车间铆工老师傅们熟练地下料、成型、制作、校正、安装，他暗下决心，要把全部精力都放在工作学习上。

每天 24 小时，保证完成当天的生产任务是第一位的。遇到急活，加班连班也是家常便饭。

要学习、提高，只能从休息的时间入手。

鲁迅先生曾说，时间就像海绵里的水，只要愿挤，总还是有的。对于王红军来说，更是如此。有了紧迫感和压力，他开始利用一切空余时间学习提高，像一棵刚移栽的小树，贪婪地吸纳着土壤中的养分。

白天，上班帮忙时师父教他几招，他则"见缝插针"地请教不懂的地方；晚上，顾不上一天劳累后的满面红涨、两手震麻，他找来图纸，对照干完的活件找差异、总结不足。

铆工工序对焊接技术也有一定要求，能进行基本操作即可。但王红军给自己定下目标：不但铆工必备的制图、放样、号料等技能要熟练掌握，焊接技能也不能比之前的电焊班组弱！

周末少有的空余时间，王红军借来工具，在车间废寝忘食地练习焊接技能。为了能摸到窍门，他无数次拿起焊枪，对着裂口接缝反复琢磨，纵使皮肤被灼烧蜕皮，他也舍不得放下手中的焊枪。

高目标、高付出、高回报。

那几年，因为苦练机械矫正，王红军一度吃饭时手拿筷子都抖得厉害，手上的水泡烂了又长，直到起茧子；因为练习电焊，他的手和脸常常被烤灼脱皮。但功夫不负有心人，勤学苦练带来的是技能水平的迅速提高。三年后，王红军正式出师了。

虽然已经过去 20 多年，王红军仍然对出师后干的第一件"硬骨头"产品记忆犹新。

那是一批结构复杂的矿用磨机出料口。由于形状特殊，参加生产的班组形象地给它们起了俗称——"虾米腰"。

活件由四节圆筒组成，中间两节为椭圆，与前后的圆筒组对难度很大。法兰不易装配，法兰孔与筒身精度控制要求高。

初出茅庐、从未接触过此类产品的王红军接到任务后，刻苦钻研、加班加点，花费了熟练工两倍的时间，才将这批活件"啃"了下来。

虽然承担的不是主要部件，但这也是王红军第一次参与大型矿用磨机生产。这次经历，给他留下了极为深刻的印象，让他认识到工作中积累、学习、总结的重要性。

活件通过检验转移到下道工序后，他买了一个笔记本，将这次生产攻关的过程、难点、收获一一复盘，并记了下来。

也正是从这时起，他养成了每次干完活后，用笔记本对产品生产期间的重难点、攻关过程、创新方法等进行记录、归纳总结的习惯。

多年至今，这样的工作笔记，他已积攒了 20 余本，数十万字。也正是这些工作笔记，成为王红军不断成长、不断进步的宝贵助力。

对事业的执着追求

随着自身技术的不断提高，王红军开始参加各个级别的技术比赛。

每次参赛，他都用心总结经验，不论是公司内部的技术比武还是省市级的技术竞赛，他都能从中汲取营养，提高自己。

外出参加省市一级比赛期间，他还注重与其他选手交流，将外单位在铆工作业中相对独特、先进的操作方法带回公司，在产品生产中交流推广。

渐渐地，他也在车间甚至分厂崭露头角。爱情，也不期而至。

1998年，经人介绍，王红军与在公司减速机分厂工作的姑娘牛迎波结婚了。

工作上的努力和成果，生活上的快乐与幸福，让王红军感觉阳光仿佛为他而照耀，心中充满了无尽的喜悦与活力。但随之而来的变故，让他再一次站在了人生的十字路口。

20世纪90年代中期，在市场经济大潮冲击下，面对日益激烈的国内外竞争，以及市场、体制、结构等众多突出问题，部分老牌国企困难重重。

曾经辉煌的"老洛矿"也不例外。大批职工下岗，在岗的职工每天也没什么活干，最困难的时候整整19个半月发不出工资。

那段时间，厂内人心浮动。不少职工迫于生活压力，辞职南下打工或外出"下海"创业。

对王红军来说，一边是需要赡养的双方父母，一边是新婚的小家庭，收入锐减，生活顿时显得有些捉襟见肘。

一天，牛迎波听说了一件事，上海一家大型造船企业急需熟练的一线工人，月薪近四千元。而当时公司职工年平均工资收入，还不到2500元。

面对近二十倍于洛阳工作的收入，上海企业优良的发展前景和工作平台的诱惑，一些同事听说这个消息后，果断辞职去了上海。

爱人有些心动，问要不要也去试试？

但王红军想都没想，直接拒绝了。

他说，我对单位有信心。情况不会一直这样，相信通过大家共同努力，企业一定能走出困境、再创辉煌。

既然决定还在公司工作，就需要首先解决生活问题。王红军经过慎重考虑，仔细分析了公司周边的市场，决定来个"多管齐下"，创收创效。

当时，受港台电影影响，一股"新潮风"在年轻人中逐渐扩散开来。小西装、花衬衣、宽腰带、连衣裙、太阳镜，是他们的标配。

看到商机，王红军果断行动。每隔几天，就去关林批发市场，精挑细选后批发一些从南方进货的腰带、太阳镜等物品，利用下班时间在附近贩卖。

由于进货时挑得严，价格也合适，一时间销量不错。

和几个朋友商量后，王红军和他们还在公司俱乐部对面开了一家烧烤摊。

得益于平时喜爱烹饪的个人爱好，作为主厨的王红军除了累，干起来并没有太大压力；同时，他还把之前学习铆焊基础知识时的方法用到了餐饮方面。

常见的家常炒菜，普通人烹饪时一般加入"适量盐""适量糖"。王红军则不同，他在家里前期准备过程中，专门买了小秤，每次把需要的食材、调料都定量称好，菜炒好后尝尝味道，再做好记录。几次下来，就得到了最合适的配比，固化后就按此操作，形成了"操作法"。

一段时间后，由于味道可口、价格合适，王红军他们的烧烤摊在附近变得小有名气，规模也逐渐扩大。算是在那段艰难岁月，让家里没有了后顾之忧。

无论是摆摊卖东西，还是开烧烤店，王红军从没有耽误过正常工作。下班后厂里有事找他，无论当时在忙什么，他都会匆匆交代好手上的事，立刻骑着自行车赶往现场。

后来，烧烤店的收入已经远远超过在厂里工作，逐渐成为王红军家里重要的收入来源。与之相对应，店里的生意也越来越忙，不可避免地和厂里生产工作产生了冲突。

是顾着自己的小家，干脆像身边有些人一样辞职"下海"，专心开店？还是放弃相对丰厚的收入，回到厂里安守清贫？

几天几夜，王红军辗转反侧，夜不能寐。最终，他作了一个艰难的决定：关闭烧烤店，回归车间和班组。

当他把想法和爱人、合作的朋友说了之后，大家惊呆了。

有朋友甚至"恨铁不成钢"地直言，王红军这是"傻了"。放着每月几倍于厂里工资的钱不赚，关店回去干活？况且当时的情况下，这份工资能不能按时发放还是未知数，一家老小的生活怎么办？

但王红军有自己的想法，他表示，在外开店，赚得再多，终究只是"生活"；在厂里干活，为企业和国家做贡献，那是"事业"，意义不同。人，总得有点追求吧？

那段时间，家里和朋友那边一度给了他很大压力，但王红军最终也没改变主意。

最后，向身边人表达了自己的想法和意愿，逐步做通了他们的思想工作，和朋友完成了店里资金、器具、设备的分配交割，王红军关闭了他们开了两年多的烧烤店，正式全身心投入车间生产。

成长为"王大拿"

2000年，27岁的王红军被任命为一车间铆三组组长。当上"兵头将尾"，他感到身上的责任更重了。一方面，作为班组长需要规划整个班组的任务、上下道工序的衔接；另一方面，随着接触的新产品、新材料逐渐增加，对他的操作水平和理论知识也提出了更高要求。

"当班组长，要求别人干好活，自己当然得做到最好！"王红军说。

那段时间，王红军一有时间就会和兄弟班组的老班长交流经验、提升水平，与电焊班长沟通近期活件的焊接生产情况，做好工序衔接。周末休息，他则"出没"于周边的旧书摊、河南科技大学校园门口，买到了不少专业书籍，进行自学；遇到不懂的地方，就集中记下来，向技术人员请教学习。当然，平时组内经验分享他也没有落下。

机械制造工艺学、金属材料与热处理、液压与气压传动……一本本金属学的书籍被他翻烂了，一册册与焊接有关系的书籍被他啃透了。

"理论＋实践"效果非凡，王红军和铆三组每月完成工时和产品质量都走在车间前列。渐渐地，"王大拿"的名号也在铆焊厂传开了。

"王红军干活细、水平高，遇到'骨头活'，焊工找（党）朝阳，铆工找（王）红军，是大家的普遍认识。"王红军的老上级、现任铆焊厂副厂长程涛说。

无私与自私

在爱人牛迎波眼里，王红军是一个既无私又自私的人。

说他"无私"，是因为王红军把大部分精力和心血都投入一线工作和企业生产中；说他"自私"，则是家里的家务事和孩子的学习，他无暇顾及，全部由爱人承担。

当了班组长后，随着班组承担的生产任务越来越多，加班、连班成了王红军的日常。不仅如此，遇到部分产品生产难度大，或是生产流程需要优化，他在劳累一天后，到家顾不上休息，仍然继续钻研，常常直至后半夜。

有时候睡到半夜，想到了一些工作上的好点子、好方法，他就会突然起床，在电脑前做好整理、记录，才回去休息。

有几次，在作业过程中，王红军不慎被电焊"打眼"（因电焊弧光伤害导致电光性眼炎），眼睛半夜肿得睁不开，疼痛、流泪，看不清东西。

牛迎波劝他，既然不舒服，就好好休息一天，等恢复后再去上班。

王红军拒绝了，他说，公司重点产品交付在即，客户现场急需，班组的大家也等着我回去。这时候怎么能卧床休息？

他匆匆到医院做过检查，开了眼药水，晚上用毛巾敷上眼。第二天，王红军又准时出现在车间。

他对工作、对生产是那么上心，但在家庭生活上，辅导孩子功课、检查作业、和老师沟通在校情况，他都没有管过。由于不熟悉，还闹出过笑话。

那年，王红军的儿子上小学，期末老师通知开家长会。牛迎波临时有事要出门，就嘱咐王红军去学校。

到了学校，他既不知道孩子在哪个班，又找不到教室。最后还是老师通知了家里，打了电话，他才顺利与孩子会合，参加了家长会。

孩子从小到大，只有中考、高考那几天，王红军才"破天荒"地请了假，暂时离开心心念念的生产一线，到考场送考、陪考。

创新攻关　不断突破

这些年来，王红军先后荣获洛阳市职工职业技能大赛冷作工第一名、洛阳市技术能手、洛阳市优秀首席员工、洛阳市"河洛工匠"、洛阳市劳动竞赛先进个人，以及洛阳市五一劳动奖章、河南省五一劳动奖章、河南省职业道德建设标兵个人等荣誉称号。

2011 年，以他名字命名的首席员工工作站正式挂牌，王红军成为一名创客团队带头人。2016 年，工作站又和他一起升级为金牌首席员工工作站。

"荣誉和成果再多，我还是我，一名普通的一线铆工。精益求精、高效完成生产任务，为企业和国家多作贡献是我永远的目标。"王红军说。

云南景洪水电站（现华能景洪水电厂），位于澜沧江下游西双版纳傣族自治州景洪市上游约 5 公里处，是澜沧江中下游"二库八级"梯级开发的第六级。

这个水电站总装机容量 1750 兆瓦，坝高 108 米，坝顶长 705 米。澜沧江上的轮船如何顺利翻过景洪大坝，实现通航，是一道难题。

2008 年 7 月，中信重工中标景洪水电站水力式升船机项目，并为客户研制了包括主提升部分大型卷筒、同步轴等在内的成套设备，合同金额近 3 亿元。

2016 年 12 月 18 日 8 时 30 分，一艘长 20.1 米、宽 4.1 米，满载排水量 24.8 吨的客运船舶鸣响汽笛，沿景洪水电站下游引航道缓缓驶入一个硕大的升船机承船厢，随即承船厢下游闸门关闭。接着，承船厢上升，直到厢内水位与上游水库水位齐平。这时，承船厢上游闸门打开，船舶解缆驶出承船厢进入上游航道。

整个过程用时仅 17 分钟，客船如同"坐电梯"般被提升了 60 多米。这魔术般的操作，引发在场所有工作人员的一阵阵欢呼。

云南媒体报道称："景洪水电站使用中国原创并具有完全自主知识产权的世界首台水力式升船机，实现了澜沧江航道船只首次过坝，标志着这条中断了 12 年，穿越中、老、缅、泰 4 国，全长 350 公里的澜沧江—湄公河航道恢复了全程通航。"

从此，被称为"东方多瑙河"的澜沧江上汽笛声声，过往商船更加繁忙。这条忙碌的水路，把中国与"一带一路"共建国家联系得更加紧密。

景洪水力式升船机是公司原创并具有完全自主知识产权的新型升船机，在国内外升船机建设史上属于首创。该项目主要由卷筒装置、同步轴系统、制动系统等部件组成，王红军带领铆三组承担了全部 8 个卷筒的生产任务。

景洪升船机为公司首次研发、生产，设备每个卷筒重达 58 吨，工艺要求最终筒体圆度 ≤ 4mm，筒壳直线度 ≤ 3.5mm，筒壳外壁展开长公差 0~4mm，质量要求高、制造难度大。

为攻克制作难题，王红军仔细研究图纸、工艺，把可能出现的问题一一列举出来。针对筒体板厚度大、难滚圆的问题，他使用热滚的办法，使焊接后筒体展开的公差尺寸达到了图纸要求。

同时，他采取分部件装配、焊接后矫正，再总体装配、焊接的办法，减少焊接变形，做出的筒体圆度为 3mm，筒壳直线度 35mm，筒壳外壁展开长公差 3mm，一次交检合格率达 100%，受到客户监理的称赞，为项目最终按期完成奠定了坚实基础。

盾构机、掘进机制造工艺复杂，是地下隧道工程的重大施工技术装备，对促进我国城市化进程，高效、环保、安全地开发利用地下空间，具有重要的经济和国防战略意义。

未来，我国应用于公路、铁路等交通隧道、引水隧道等领域的各类盾构机、掘进机等需求缺口加大。日益兴起的地下城市管廊建设，有望成为未来掘进装备的需求主力。

2017 年 6 月 16 日，中信重工控股并与中国铁建重工集团有限公司、洛阳市轨道交通有限责任公司合资建立的中信铁建重工掘进装备有限公司正式揭牌。在洛阳地铁建设中，中信重工打造了高品质"牡丹号"系列盾构机，填补了洛阳市轨道交通高端装备制造空白，占领了轨道交通高端装备制造技术制高点。

2018 年 4 月，王红军团队接到了一项紧急任务：制作洛阳地铁"牡丹号"Φ6.4m 系列盾构机盾体。该系列成套装备的土压平衡盾构机，也是公司首次生产。

盾构机前盾重约 60 吨，直径 6410mm，高 2200mm，带有轻微 1 度的锥度，几乎可以忽略不计。起初，全组都认为生产没什么难度。

但前盾筒体圆卷完，吊到平台上时，班组发现上下口都矫圆后，无论如何上下口都无法同心。经过检测发现是筒体在下料时，没有把锥度考虑进去，按直筒下的料。

此时，20 多吨的筒体已经干成摆在眼前，精确到周的工期节点也难以保证，怎么办？

王红军与技术人员共同分析，通过火焰矫正、三角加热的方法，使首件筒体圆度达到图纸要求。后续生产中，他带领班组在接料时就把下好料的筒体板大口拉开间隙，使大口与小口周长的差值分散在两条纵缝上，保证精度。

同时，他们还使用角度尺精确控制筒体倾斜度，套筒法兰事先做反变形，又在前端大小口五分之一的未连接处事先进行收缩，加装工艺支撑做刚性固定；焊接中，班组调整焊接顺序，做好过程控制，最终实现了焊后检测各相关数据均达到图纸设计尺寸，一举破解了盾构机制作难题。

很快，王红军团队的攻关成果就被总结、固化，并在后续盾构机加工生产中推广应用。

最终，中信重工共圆满完成 14 台"牡丹号"盾构机的生产装配任务，牢牢占据地铁 1 号线、2 号线所需盾构机的大半江山。不但实现了"洛阳地铁洛阳造"，更为公司拓展了我国中西部及北方地区的掘进装备市场，并针对其他领域进一步研制新型开采掘进装备，全面进军前景广阔的掘进装备产业，为洛阳市先进装备制造产业打造了新的增长点。

海上风电产业是公司产业转型和新能源装备板块的代表性业务，也是中信重工始终紧跟国家战略，勇担之国重器的责任，助力国家能源安全和绿色低碳发展的重要抓手。

2022年初，明阳阳江"青州四"海上风电过渡段、导管架在漳州公司全面投产。

该项目是目前国内海上风电量产机型中单机容量最大、风轮直径最长的海上风电场。预计建成投产后，每年可提供清洁能源发电量约18.3亿千瓦时。这对于国家生态环境保护、能源供应保障、新型电力系统构建和清洁能源产业发展具有积极促进意义。

"青州四"项目导管架数量多、结构特殊，主体结构有大量小直径钢管需要焊接环缝、打砂油漆。由于产品规格小，无法使用现有的滚轮架设备，严重影响了现场生产进度。

接到兄弟单位的求援，王红军主动承担了对滚轮架结构进行优化的重任。他与漳州公司设备管理、铆焊厂工艺技术部门多次沟通，结合自身丰富的经验，初步确定了改造方案。

漳州现场组织各部门对方案进行理论模拟，经过多次商讨和修改，确定在车间内300吨和700吨组对滚轮架中间横梁上加装两处"转胎"，形成可以同时组拼、接长两根钢管的新型滚轮架。经过改造后的滚轮架，组拼钢管数量翻了一倍，大幅度提高了导管架主管、斜撑钢管组拼、接长的速度，为按期完成此次海上风电项目注入了强劲动力。

近年来，王红军带领团队先后完成了大型结构件、新型无氧裂解装置、国内最大 CSM-2250 立式搅拌磨等项目的制作任务，开展攻关活动 120 余次，完成创新成果 9 项，实现节能降耗价值约 500 万元。产品一次交检合格率为 98.25%，尺寸自检一次合格率平均为 99.08%，在车间名列前茅。

产品品质的高质量保证，也吸引了一批国内重点客户的青睐。目前，中信重工先后为国电投神泉、国电投徐闻、龙源振华徐闻、天津港航阳江、中交一航和中交三航、福能长乐等企业项目承制风电产品，受到客户高度认可。

教会徒弟　乐坏师父

2008 年 7 月，王红军光荣加入中国共产党。他将焦裕禄精神融入工作中，充分发挥先锋模范作用，苦活累活抢着干。

多年来，王红军还带领班组辗转于二金工、原矿研院实验工厂、40 吨跨等地露天作业、突击各类矿用磨机生产，风吹日晒、无怨无悔。只要生产中遇到困难，不管是节假日还是深更半夜，只要打电话，他都会赶过来。

生产前，他会利用班前会，针对产品特点向小组成员传授经验、教授先进制作方法，如控制焊接变形的刚性固定法、反变形法等。遇到生产难题，他就拿出自己的"小本本"，与班组共同攻关，研究、借鉴制作经验，提前做好过程控制，确保产品质量。

王红军说，干铆工，不但要能吃苦耐劳，更需要精益求精。这种态度，深深带动、影响着身边的同事。

"师父是我的榜样，也是我工作的动力。"铆三组青工、徒弟王佳说，王红军传授实操经验，细致入微、毫无保留，甚至还像父亲一样，处处关心班组青年员工的生活。

王佳是公司前些年从山西招聘的一批青年员工中的一员。刚到公司的一段时间，师父王红军不但关心他的工作，教他怎样看图纸、教他干活的技巧，还在生活上教导他如何待人接物。

一次，王佳下班后骑车摔伤了腿，被送往医院。紧急诊断后，医生判断是骨折，需要住院进行后续治疗。

由于事发突然，王佳身上甚至没有足够的住院费。刚到洛阳，举目无亲的他，一时不知道怎么办才好。

师父王红军得到消息，迅速赶到医院，替王佳垫付了相关费用。住院期间，还多次去看望他。

"过去常说'师徒如父子'，师父待我如亲儿子一般，虽然干活累，但我喜欢这里。"王佳由衷地感慨。

在日常工作中，王红军重点培养青工的思考、创新和动手能力，创造一切机会带动青年技术人员及青年员工参与课题攻关活动，为公司培养可持续发展的高素质冷作专业人才。

有人问："会不会教会徒弟饿死师父？"王红军说，徒弟水平比师父高，证明师父教徒有方，"教会徒弟、乐坏了师父"才是正道。徒弟越来越好，公司人才越来越多，行业越来越兴旺，党和国家的事业才会越来越繁荣昌盛。

在铆焊厂持续多年的"名师带高徒"活动中，王红军带的徒弟陈飞飞、梁志平、王辉辉、符成义等二十多人均在年终考核时获得优异名次；他所带领的创新工作站先后培养出了王小智、周朝等多名青年一代的铆工班长，王小智被公司评为"十佳青年"。

在洛阳市职业技能大赛上，徒弟王豆豆、黄礼意、韩海涛分别获得2019年洛阳职工职业技能大赛冷做工前三名的好成绩。

带领团队再出发

2018 年，王红军被评为洛阳市"河洛工匠"。深感重任在肩的他，带领班组加强与技术部门联动，积极发挥工作室的平台优势，聚焦"降本增效"这个关键点创新攻关，取得了丰硕成果。

公司重点产品矿磨结构件由上法兰、中间筒体、下法兰、筋板等装焊而成，法兰厚度 130mm，筒体厚度 40mm，全部为全熔透探伤。王红军班组通过反变形，即沿筋板所在位置火焰烤矫，使法兰形成大小口形式，外圆贴合平台，内圆与平台留 10mm 间隙，最终焊后，内、外圆均与平台贴合，铆工不需要修矫，显著提升了加工效率。

大型矿用磨机是公司的拳头产品，在国内外市场广受青睐，其中直径 6 米以上大型磨机的国内市场占有率在 81% 以上，为国家装备制造业高质量发展作出突出贡献。

三瓣磨机拆开堆焊端法兰时，如何使 120° 的单瓣筒体处于水平状态，是保证端法兰堆焊质量与进度的重要因素。一直以来，车间采用天车配合吊平、电焊操作进行堆焊，危险因素大、焊接效率低。王红军带领班组利用积压槽钢自主设计多种用途工装，满足了生产、质量等方面要求，还降低了生产成本。

2021 年，王红军被评为公司大工匠，随着以王红军名字命名的工作室落成，在肩负好一线生产攻坚任务的同时，他充分发挥标杆和榜样的力量，主动带头开展"工匠大讲堂"活动，把注意力集中到如何在降本增效、工匠创新上作出更大成绩，如何带动更多人成长和技能提升上。

2023 年初，铆焊厂又让他以公司大工匠的身份，承担车间主任的职责，全面负责重型车间生产工作。

依托公司"五星班组"创建和铆焊厂大工匠管理办法，王红军带领车间和他的工作室经过钻研、摸索、实践，实现了安全、生产、创新的齐头并进。

"亲情安全理念进班组"是王红军所在的铆三组的独特尝试。班组在员工休息间设立了"我爱我家"家庭亲情安全教育看板墙，以突出员工的家庭责任为主导，用亲人充满爱的寄语和期盼，来唤起员工自觉提高安全意识，提高遵章守纪的自觉性。目前，王红军将此举逐渐推广到工作室成员所在的其他班组，效果明显。

在重点项目生产中，王红军创造性地在重型车间每个班组的作业区竖立一块"生产计划节点牌"。当前在制项目名称、工作内容、计划时间、实际完成时间、生产注意事项一目了然，以此督促、鞭策相关班组明确任务目标和注意事项，按节点完成生产任务。

同时，他还带领工作室成员加强与党朝阳大工匠工作室、矿研院焊接工艺所的联系，积极参与前期技术准备、技术策划、技术评审工作，提出建议和改进意见，使工艺更为合理。

在工匠创新方面，王红军带领团队积极认领项目，经过跨团队、跨部门攻坚，实现了科研项目"高强钢双曲面焊接和成型技术研究"从坡口型式、装焊方案的策划，到焊接工艺评定及焊接工艺规程的确定，为项目后续高质量推进提供了保障。他还主动参与投标报价技术准备工作，助力公司成功中标风电等项目。

作为一名"矿二代"，王红军从小听着焦裕禄的故事长大。进入企业后，在耳濡目染中，他对焦裕禄精神有了更深入的感悟。焦裕禄同志带领工友们迎难而上，生产出新中国首台直径2.5米双筒提升机的感人事迹，早已融入王红军的心灵。

那台设计寿命20年、实际服役49年的2.5米提升机所体现的中国品质，在他心中树立了中国制造的新坐标，激励他不断克难攻坚、拼搏进取。

他勇于担当、创新攻关，屡屡完成国家重大项目，为践行国家战略，实现我国重大装备国产化、突破国外垄断，贡献了自己的匠心才华。

跋

逐梦中国制造

——中信重工大工匠的诞生与发展

骆自星

巍巍凉山，通天高塔。

北京时间 2024 年 4 月 25 日，长征二号 F 遥十八运载火箭在西昌卫星发射中心静静矗立，静待飞天号角的吹响。

"10、9、8……3、2、1，点火！" 20 时 59 分，伴随着一阵山呼海啸般的巨响，搭载神舟十八号载人飞船的长征二号 F 遥十八运载火箭点火发射，"神十八"乘组奔赴苍穹。

在看长征二号 F 型火箭发射神舟载人飞船时，你注意到火箭顶端那个像避雷针一样的东西吗？

中信重工人第一眼就注意到了这个叫逃逸塔的装备，满满的自豪感溢于言表。

逃逸塔看上去并不大，其实它和三层楼的高度差不多，在火箭还停留在发射塔以及上升到 39 公里高空以下时，若火箭发生故障，逃逸塔都可以在 0.01 秒内点火，并在 3 秒内将搭载航天员的飞船轨道舱、返回舱从火箭上拖拽出来，至少会送到距离火箭约 1500 米以外，然后着陆到安全地带。而如果火箭的发射过程十分顺利，那么逃逸塔将会在发射两分钟后，或者说到达 39 公里左右的高空时自动脱离，完成它备用性保障航天员人身安全的使命。

此次搭载"神十八"的火箭逃逸塔系统及发动机壳体专用高强度金属锻件均由中信重工制造。从神舟五号首次载人飞行以来，中信重工已连续 13 次护航神舟载人飞船顺利升空。

而这些高强度金属锻件用钢，就出自大工匠杨金安及其带领的团队之手；其锻件，是由大工匠郭卫东指挥锻造的。

2020 年 11 月 24 日，长征五号遥五运载火箭搭载"嫦娥五号"探测器成功发射升空。郭卫东荣幸受邀，前往现场观看。亲历辉煌时刻，郭卫东感觉每一分每一秒都充满着震撼。

在中信重工，一批杨金安、郭卫东式的大工匠，靠着传承和钻研，凭着专注和坚守，缔造了一个又一个的"中国制造"。

"蓝领哥"刘新安；

"钢铁战士"杨金安；

"智造精英"孙宁；

"克难攻坚的尖兵利器"谭志强；

"最美奋斗者"张东亮；

"争气机"的领舵手郭卫东；

大国重器的"守护神"张朝阳；

"焊工一哥"党朝阳；

"数控达人"张连成；

"造型大师"鲁学钢；

"钢铁裁缝"王红军。

本书的主人公——11 个响当当的汉子闪亮登场，将"如切如磋、如琢如磨"的工匠精神做最纯粹的呈现。

在这支大工匠群里，刘新安头顶着"全国劳模"、"全国技术能手"、党的十九大代表的桂冠，其工作室被认定为"国家级技能大师工作室"；杨金安获"大国工匠年度人物"；孙宁获"全国劳模"、大国工匠年度人物提名人选；谭志强获"全国五一劳动奖章""全国技术能手"双料殊荣；郭卫东跻身"全国十大金融工匠"行列……

中华全国总工会公布 220 名 2024 年大国工匠培育对象名单，中信重工杨金安、孙宁、郭卫东一起上榜。

面对这样一个大工匠群体、这样一个"奋斗者天团"，我感佩敬仰的同时，把目光投向他们脚下的这片热土，试图触摸大工匠辈出的后果前因……

从大科学装置说起

天安门广场向西约 15 公里，形似一支羽毛球拍的北京正负电子对撞机，由此向南卧在地上。它由一台长 202 米的直线加速器、一组共 200 米长的束流输运线、一台周长 240 米的储存环加速器、一座高 6 米重 700 吨的大型探测器"北京谱仪"和 14 个同步辐射实验站等组成。

进入 21 世纪，运行多年的北京正负电子对撞机迎来改造升级。

安装在正负电子对撞机第一对撞点的北京谱仪主机械系统，是个重达 650 吨的庞然大物。作为北京正负电子对撞机的大型探测器，它是我国高能物理领域的重大基础装备，主体机械结构大部分零部件的加工精度远远高出一般重型设备的精度要求。为了研制和加工它，中国科学院高能物理研究所找到了国内重机行业几家有实力的企业。但是当得知产品加工精度最终要由激光检测时，几大重机厂都望而却步了——我们没有这样高精尖的制造设备，我们缺乏这样高精尖的技术工人啊！

中国科学院高能物理研究所的专家走进中信重工。在繁忙的生产一线，相继投产的 12 米立车、10 米滚齿机、6.2 米数控加工中心等一批重大装备令他们眼前一亮，"全国技术能手""全国五一劳动奖章"获得者、高级技师闫光明等能工巧匠用双手打造的一件件匠心之作，更使他们信心大增。大科学装置——第三代北京谱仪机械主体结构的制造就这样锁定了中信重工。

中信重工承接这一重大任务后，时任洛阳矿山机械工程设计研究院副院长王智敏成为项目组的一员。

该项目是中信重工建厂 50 年来加工难度最大、加工精度最高的国家重大基础科研装备。加工难度有多大？王智敏说，这个大型非标产品长 11 米、高 9 米、宽 6 米，总重 650 吨，外形如一个六方体的筒子。产品分成六块，每块由多层厚达 30 毫米的钢板构成，钢板之间有空隙，非常像"千层饼"。加工精度有多高？王智敏用了一个词——严丝合缝。巨大的六块钢板构件要组合成一个真空腔体，在加工的每一个细节上必须精益求精。

加工"千层饼"要保证平面度，闫光明等能工巧匠顶上去，硬是在镗铣床和大型立车上啃下了这块硬骨头。组合成真空腔体要严丝合缝，技术工艺人员跟班作业，最后将公差控制在 0.05 毫米之内，比一张 A4 纸还薄。

2005 年 12 月 12 日，第三代北京谱仪机械主体结构在中信重工建造成功，并于当天通过专家鉴定委员会评审验收。由中国科学院院士徐性初任组长的鉴定委员会认为，中信重工研制的谱仪机械主体结构属国内首创，整机性能和主要技术指标达到国际当代同类设备先进水平。

2017 年 1 月 9 日，中共中央、国务院在北京隆重举行国家科学技术奖励大会。中信重工参与完成的"北京正负电子对撞机重大改造工程"项目，喜获国家科技进步一等奖。

中国科学院高度评价了中信重工制造安装的谱仪机械系统，特别授予中信重工"重大贡献参建单位"荣誉称号。

在中信重工召开的项目总结会上，各方声音出奇一致：打造一支高素质的技术工人队伍太重要、太迫切了。

重要就在于，技术工人队伍是支撑中国制造、中国创造的重要基础。没有一流的技工就没有一流的产品，大科学装置就是从我们的一流技工手中耸立起来的。正是基于这样一支队伍，中信重工才有幸担此重任并高质量完成建造。

迫切就在于，"闫光明们"太少了，以至于项目整整干了两年，其间的艰辛，不经此事是无法想象的。人力资源部门当时的一份调研显示，在技术工人队伍中，初、中级工占技术工人的比例高达92%，高级工、技师、高级技师所占比例仅为8%，高技能人才尤其是高技能领军人才匮乏。据工友回忆，谱仪机械系统建造成功的那天，闫光明缺席了，他病了，累病了。能顶上去的，就那么几个"大拿"，就那拨"大拿"带出来的骨干。那是怎样的一个个日日夜夜啊！长时间加班连班，即使铁打的身体也受不了。

高技能人才老龄化，闫光明和他前后进厂的那批人距退休越来越近。随着老一代高技能人才的逐渐退休，企业原本就奇缺的高技能人才将后继乏人，有的关键工序已经出现断层。

企业曾身陷困境多年，招工几乎停滞，近年来通过多项举措补充了一大批年轻人，强化青年员工培训，激励青年技能人才快速成长显得尤为紧迫。

一项重大而急迫的议题——加快打造高素质的技术工人队伍，摆在公司办公会桌面上。

"我是造型工出身，我那时最羡慕最崇拜的是我师父，一个八级技工，一个很牛的人物。"

办公会上，时任中信重工总经理任沁新这样开场。

"按老八级来衡量，我们现在有多少个八级工？一个等级一个等级地晋升，多少年才能晋升到八级工？现在还有多少人愿意当八级工？又有多少人羡慕八级工呢？"

一连串的问号，让所有人陷入了沉思……

首席员工制度

2007年，中信重工庆"五一"表彰大会显得与众不同，以往每每都是全场瞩目焦点的劳模"失宠"了。劳模的风头让公司首届评选出的27名首席员工给"抢光"了。

细心的人们发现，很多公司级，甚至省、市级劳模都没能评上首席员工。

"连劳模都评不上，看来这首席员工大有来头。"

包括闫光明在内的27名一线工人被公司授予"首席员工"称号，一时间成为公司9000名员工议论和关注的焦点，更在一线工人的心中激起了层层波澜。

所谓首席员工，是指在公司各个工种（岗位）上职业技能、工作业绩处于领先水平，能够发挥引领和典范作用的技术工人。

首席员工不是终身制，而是企业当年选出来的各个工种（岗位）上理论知识和操作技术的双料冠军，首席员工每年评选一次，可以连续当选，但一旦落选就不再享有相应的荣誉和待遇。

首席员工的评选涉及公司所有工种（岗位）在职的一线工人，没有年龄限制，不搞论资排辈，也不论职称和职务的高低，完全依据员工的技术水平、创新成果和工作业绩来评选。

公司给予首席员工极高的荣誉和物质待遇，他们佩戴特制的醒目的首席员工工牌，他们的照片和事迹在公司最醒目的位置公布并在公司网站和报纸杂志上广为宣传，同时在其现有的工资待遇基础上每月另享受300~500元的技术津贴，表现突出的首席员工可以荐评公司突出贡献专家和技术人才。当工人也能当出专家来，彻底打破了工人和技术专家的条框和界限。

2008年2月8日，正月初二。

远在东北的吉林亚泰集团备好了酒菜，还专门燃放了鞭炮。这一天，他们要隆重接待一位重要的客人。

这位客人来自中信重工，是一位首席员工。

尽管亚泰人还不知道首席员工的真正含义，但他们都诧异于他创造的奇迹，并感激他送来的新年大礼：历时八天八夜，行程两千多公里，在数九寒天、滴水成冰的严冬，竟然把他们最需要的双滑履磨提前送来了！

这个千里迢迢跑到吉林亚泰用户现场的首席员工，就是运输公司的大车司机段志勇。

时间倒回到2008年2月1日，农历腊月二十五。中信重工领导将电话打到了运输公司："吉林亚泰需要双滑履磨，9天内务必运到！就让段志勇送吧！"

公司领导直接点了他的名，原因很简单，因为他还有一个特殊的身份——首席员工。

"平常半个月的路程9天要走完，肯定是个急活。"段志勇顺手拿了件外套，顶着呼啸的北风踏上了漫漫征途。

刚出省界，一行 4 人就遇到了麻烦——河北省内国道收费站过窄，大货车过不去。段志勇迅速跳下车，用手比画了一下间距，心里顿时有了主意，挥手喊道："下车，卸轮胎！"

外面的温度已达零下七八摄氏度，风打在脸上像刀割似的，手刚一伸出来，就已经冻僵。收费站不足 50 米，他们却干了两个小时。外面北风呼啸，他们的衣服却一点点被汗水浸透了。上车之后，冻得直打哆嗦。

经过河北，终于在天津上了高速。他们的心就像飞驰的车轮，一路向北，直奔长春！困了，靠在停车区睡一觉；饿了，在驾驶室里泡一桶方便面……

除夕夜，没有热腾腾的饺子，没有五彩缤纷的烟火，陪伴他们的只有肆意呼啸的北风，只有越来越低的温度。

车到吉林，现场的吉林亚泰领导拉着段志勇的手说："感谢中信重工，感谢你们送来的新年礼物，今后，吉林亚泰就认准中信重工，认准你们首席员工了！"

于玺，曾是中信重工重型装备厂 6.5×18 米数控龙门镗铣床机长、首席员工。他所驾驭的装备是被誉为"比直升机还贵的机床"。

同事们笑称于玺是中国最牛的首席员工，言语间透露出的则是无限的羡慕之情。

从 2006 年 7 月 16 日和温家宝握手开始，一路握下来，于玺已经和多位视察中信重工的中共中央政治局常委、国家领导人握过手。

"能够和国家领导人握手，除了我操作的机床先进，还有就是竖在机床旁的首席员工的小牌子。"于玺开玩笑说，"它比我的面子大多了。"

2010 年 7 月 10 日，胡锦涛同志在中信重工视察的时候，正是看到了于玺机床旁首席员工的标示牌，主动上前同他握手交谈。

　　贺国强同志听了公司首席员工评选情况的介绍，得知该公司高级技师和高级工程师待遇基本相同，高兴地对陪同视察的任沁新说："不唯资历，不唯学历，不唯身份，不拘一格选人才，这才是鼓励人才发展。"

　　这个让国家领导人都为之倾心的小牌子，正是中信重工授予公司所有首席员工的标牌。

　　从 2006 年底开始推行首席员工评选制度，迄今十六七年时间，首席员工已经成为中信重工一线生产工人奋斗和追逐的首个目标。

大工匠的诞生

　　加快实现"十、百、千"目标，即培养十个大工匠、一百个高级技师，一千个技师、高级工，努力打造高技能、高素质人才队伍。记者近日从中信重工了解到，这是该公司实施"金蓝领"工程所要达到的目标。

　　据悉，中信重工正在为建成一家具有核心竞争力的世界级装备制造企业而努力，为进一步提升生产工人的技能水平，适应企业产品升级、质量持续提升，解决高端产品、高附加值产品的制造难题的需要，该公司从 2011 年开始实施"金蓝领"工程。

　　这是 2013 年 3 月 6 日《工人日报》中信重工"金蓝领"工程报道的开头。

　　"金蓝领"一词源于 20 世纪 90 年代初美国的一篇文章，主要介绍了技术革新和工业升级的现状和趋势。在这个时期，随着信息技术和互联网的普及，越来越多的蓝领工人拥有了先进的技能和知识，脱颖而出成为"金蓝领"。

　　"金蓝领"是时代发展的产物。在当今社会，技能人才越来越稀缺，而"金蓝领"的出现不仅改变了工作的形态，更为行业发展提供了无尽的动力。

企业渴求"金蓝领"，蓝领们期待成为"金蓝领"，国家发展更需要"金蓝领"。中信重工"金蓝领"工程，就是为了促使更多蓝领升级为"金蓝领"。

为此，"金蓝领"工程构建了多层次多维度的技术工人培养体系。按照企业转型发展需要定制培养方案，培训内容针对工人技能成长和生产实际需要自主开发，以中信重工大学为平台，每年培训技术工人上万人次；还通过"名师带高徒"等活动，加强知识萃取和经验传承，有效解决了部分岗位技术断层和部分高技能职工手中绝技绝活濒临失传的问题。

"金蓝领"工程实行动态培训考评激励，根据工人在考核期内（二年）的综合表现调整其技能等级，实现人人成长有通道。2013 年评定实现晋级 3001 人，占当时工人总数的 57.7%，人均技能工资增长 15%。

"金蓝领"工程最大的亮点，就是为技术工人设立了 11 个阶梯式技能等级，即一至八级工、技师、高级技师、大工匠，畅通了职工职业发展通道。大工匠是技术工人的最高技能等级，位于人才金字塔的塔尖位置。年轻人的成长不必遵循一级工到八级工的传统晋升通道，只要有了一定的技能和建树，经过考评可直接晋升技师、高级技师，甚至大工匠。

公司工会副主席王胜利介绍，"金蓝领"工程为大工匠的培养和选拔制定了严格的条件，要成为大工匠，必须经过以下几个步骤。

第一步是要成为首席员工。首席员工不搞终身制，每年进行一次考核、评比、聘用，实施动态管理。

第二步是要成为金牌首席员工。连续 5 年以上获聘为公司首席员工，且创新创效成果显著的，才有机会获聘为公司金牌首席员工。

第三步是选聘成为大工匠。金牌首席员工只是敲门砖，要想当上大工匠，技术等级必须是高级技师以上，岗位必须是公司核心工种，还必须是同工种的"第一把刷子"。

2013 年 9 月 6 日，与喷溅的火花、汹涌的热浪做伴 29 年的杨金安再也抑制不住自己，将热泪洒在了公司首批大工匠聘任仪式上。

这天，中信重工隆重举行首批大工匠聘任仪式，杨金安、谭志强、张东亮、党朝阳和张朝阳 5 名大工匠集体亮相，成为最耀眼的工人明星。

这是中信重工工匠的高光时刻，更是工匠精神的时代礼赞。

他们来自不同领域不同专业，但他们有着共同的精神特质。他们以"择一事终一生"的执着专注，"钻一行精一行"的精益求精，"偏毫厘不敢安"的一丝不苟，"没有最好只有更好"的卓越追求，攻克了一个又一个技术难题，铸就了一件又一件国之重器。

时任中信重工纪委书记、工会主席何淳说，此次聘任的 5 名大工匠，在中信重工近 60 年的历史上尚属首次。大工匠制度为一线员工提供了一条崭新的职业成长通道，是对以往长期形成的论资排辈观念和传统人才制度的重大突破。

沃土上飞翔

在中信重工锻造工部，世界最大的 18500 吨油压机轻松抓取 400 吨钢锭，并将其像揉面团一样锻造成型。

这台工业巨兽的领舵手就是大工匠郭卫东。

郭卫东大工匠工作室内，一场"头脑风暴"正在进行。郭卫东带领着 10 多名团队成员与相关技术专家正对冲击式水电机组转轮锻造进行专题分析。冲击式水电机组转轮被誉为水轮发电机组的心脏，也是行业内公认的研发和制造难题最大的水电机组核心部件。在水电站运行中，它需要承受巨大的冲击性水力荷载，因此对转轮中心体的硬度和强度特性有极限要求。会上，一个又一个的课题困扰被摆在了台面上。大伙儿你一言我一语，寻找着解困的答案……

2023 年 7 月 24 日，河南日报客户端第一个爆料：世界首台套！中信重工助力我国水电机组关键核心技术国产化。

此次下线的转轮锻件，是中信重工采用新型金属材料工艺制造完成的国内最大规格的高端大型马氏体不锈钢转轮中心体整锻锻件，由 18500 吨油压机锻造而成。

中信重工的有些能力是独有的，比如制造直径 16 米以上的齿轮。别人之所以制造不了，只是因为他们没有生产这种设备的 16 米数控滚齿机，而这台滚齿机，就是张朝阳大工匠团队研究制造的。

"当时我们只能生产直径 13 米的齿轮，可偏偏有客户要求制造直径 16 米的。我们本身具备生产大型机床零部件的能力，为了留住这单生意，就自己研制了设备。"张朝阳说。

就这样，大工匠工作室集中了中信重工最能干、最会"聪明干"的工人的智慧，生产中攻坚克难更有效率，工人自豪于"没有我们干不了的活"，因工艺难题只能放弃的生产订单越来越少了。

以大工匠张朝阳为代表的设备大修人员，负责维护整个公司 2700 多台生产设备的健康。过去他一个人单打独斗，碰到难题要现场"抓差"找人。现在，工作室人手齐全，搞电的、搞液压的，大家在一起，再复杂、再先进的设备，都能看透了。

类似的组合，最受年轻工人欢迎。党朝阳工作室里的一位年轻人说，攻关研究时，能从不同观点的师傅们的争论中，得到非常大的启发。他还说："我就爱看师傅'吵架'。"

中信重工工会提供的资料显示，公司首批 5 个大工匠工作室成立的第二个年头，共开展课题攻关 156 次，取得技术创新成果 46 项，技能传承取得丰硕成果：

杨金安指导的李喜林首次成为公司首席员工；

谭志强带出祝增利和杨合江两个洛阳市技术能手；

张东亮指导的青工李事强、赵攀、顾双当了机床主机；

张朝阳大工匠工作室有 8 名中级工晋升为高级工，其中两人喜获"河南省技术能手"称号；

党朝阳工作室的青工林磊在河南省机械工业技能大赛中荣获"优秀技术能手"称号；

……

这就是平台的力量。

聘任首批大工匠后，公司随即建立了以大工匠个人名字命名的大工匠工作室，并组建创新工作团队，把平台搭起来，为其施展才华、发挥更大作用提供了广阔天地。

与此同向而行的，还有"六个起来"呢！

——榜样香起来。公司报纸、电视、多媒体同时段、大篇幅、集中发力宣传大工匠，大工匠像明星一样闪耀光彩。组织开展劳模标兵、优秀大工匠先进事迹进班前会示范性宣讲活动，唱响新时代奋斗者之歌。邀请中央媒体、行业媒体记者走进大工匠工作室，在全社会传播中信重工大工匠匠心筑梦的感人故事。

——待遇提起来。公司对评聘的大工匠每人每月增发 5000 元技术津贴，并将工人创新纳入公司技术创新体系，纳入公司技术进步奖评选。2015 年有两个大工匠引领的工人创新项目分别获得公司科技进步一等奖和二等奖，分别获得奖励 30 万元、10 万元。党朝阳感慨地说："公司对我们这些大工匠是比较慷慨的。这样的成长环境，这样的工资待遇，这样的奖励幅度，我还有什么理由不好好干呢！"

——课题立起来。以加工工艺为主，各大工匠工作室每年确定1~5个创新课题为年度目标开展攻关活动。每年年末，公司工会组织相关部门对成果进行鉴定评估。"累并快乐着。"大工匠张东亮疲惫的脸上浮现出一抹笑容："一想到课题有了新进展，头脑就特别兴奋。"他带领工作室团队曾在一年内完成了矿用磨机端盖喷砂过程中连接螺纹孔防护工艺改进、矿用磨机分瓣端盖工艺优化、大型转炉烟道回转中心控制等6项技术难题攻关，实施了W250G落地镗回转工作台破解大型磨机分瓣端盖大法兰背锥厚度加工难题、焊接压块破解破碎机薄壁锥套精加工难题等3项先进操作方法。

——讲堂开起来。"提到焊接，您想到的是刺眼火光，还是喷溅出的高温火星？对于焊工这一职业您的固有印象是什么？是巨大的防护面罩，还是将冰冷的铁板无缝粘合的神奇？本期大工匠讲堂主讲人党朝阳就是平凡又神秘的焊工从业者之一，作为中信重工首批大工匠，他将与您分享一个让人'眼前一亮'的故事。"主持人话音刚落，党朝阳走上讲台，又一场大工匠讲堂开讲了。中信重工大工匠讲堂活动采取课堂授课与现场讲解相结合的方式，介绍大工匠成长心得，诠释工匠精神，讲解各工种先进操作经验和创新成果，磨砺培养更多工匠人才。

——成果冒起来。对年度评出的优秀成果，由工艺设计研究院纳入工艺规范指导生产实践；对重点创新成果，由公司工会向市、省、行业工会及全国总工会推荐申报各级奖项，最高推荐国家科学技术进步二等奖（工人组）。2017年以来，郭卫东带领工作室成员共完成公司级攻关课题31项，总结提炼先进锻造操作法12项。以他为第一创作人和主创人的论文，在国家级和行业级核心期刊上发表5篇；成功申请授权国家发明专利两项，国家实用新型专利两项；参与完成的"重型装备大型铸锻件制造技术开发及应用"项目还荣获国家科技进步奖二等奖。

——名气响起来。公司注重在大工匠为代表的高技能人才中选树先进典型，让工匠人才更受重视、工匠精神更受推崇。大工匠谭志强先后获得"全国五一劳动奖章""全国技术能手"，所带领的矿山厂重数车间龙门铣班被授予"全国青年文明号"。2017年"五一"前后，大工匠杨金安先后揽获"全国五一劳动奖章""中原大工匠""河洛大工匠"三项荣誉，奖金总额达9万元。刘新安更是盛名在外，一名普通工人拥有多重耀眼身份——全国劳动模范、全国技术能手、党的十九大代表，2018年成为洛阳市第一位以普通工人身份当选的洛阳市总工会兼职副主席。

一颗良种拥有旺盛的生命力和不可估量的生长潜力。春风秋雨一载载，落地、扎根、生根、发芽、开花、结果……无疑，良种在党的阳光和沃土的滋养下长成参天大树。

焦裕禄精神照亮逐梦征程

阳春三月，厂区主干道两旁粗壮的梧桐树抽出了嫩绿的新芽。

他来了，带着当一名好工人的梦想，辞别青涩的高中生活，兴奋地走进中信重工的前身——洛阳矿山机器厂。

梧桐树下，师父徐茂树郑重地对他说："先学做人再学技术，学做人就学老前辈焦裕禄。"

一阵春风吹过，满树的小叶片颤动起来，一股热流冲上他的头顶："记住了，师父！"

作为"矿二代"，刘新安清楚地知道：自己脚下的路，是焦裕禄曾经走过9年的路啊！

面对转战工业遇到的崭新难题，焦裕禄捏紧拳头："党叫我们搞工业，我们就得听党的话，听毛主席的话，学会搞工业！"为了搞清楚机器的零件，他照着图纸，跟着加工的零件、工序跑遍车间大大小小的十几台机床。新中国第一台2.5米双筒提升机试生产时，面对重重困难，他在动员会上对工人们讲："革命者就要在困难面前逞英雄！"他始终奋斗在一线，连着50多天不回家，后半夜就在车间的长条板凳上眯一觉，硬是带领职工用3个月时间填补了我国矿山机械制造领域的一项空白。这台额定使用19年的机器，后来在观音堂煤矿一直坚持服役了49年。这一精心匠作，正是工匠精神的最好体现。如今，它被重新迎了回来，静静地陈列在焦裕禄大道上，像一座丰碑激励着刘新安，激励着更多的中信重工人。

刚刚走上W160HC数显机床机长岗位，一批特急出国件生产像大山般向刘新安压来。

这批出国的磨辊轴，每件重约20吨。第一次试钻，他大吃一惊：钻头折断了！接连试钻，钻头多次折断！

他走出车间，默默地在厂区行走着。啊，参天的梧桐！他发现自己不由自主地走在了焦裕禄曾经走过9年的大道上。

"革命者就要在困难面前逞英雄！"焦裕禄的这句话，此刻如光影般在他眼前流转、浮现。

他一路小跑回到机床旁，一连三天三夜不离"战位"，成功地攻克了这批磨辊轴的加工难题，产品一次交检合格。

一路走来，从一名学徒工到大国工匠，焦裕禄"革命者就要在困难面前逞英雄"的那股韧劲、拼劲，一直在激励、鼓舞、鞭策着刘新安。他说："在榜样的身上，我汲取了无穷的精神力量。"

杨金安又一次在焦裕禄铜像前驻足。

每天，他都要从这里经过进入工位。

中信重工焦裕禄大道，一个 1.6 米高的白色基座上，一尊重 150 公斤、高 80 厘米的焦裕禄铜像，如同一座灯塔照亮了他前行的路。

一道灼热的目光向他看来。

他热情地迎上去。

深达眼底的笑意和浓浓的希冀混合交织在焦裕禄眼中，好像在用目光鼓励他："你是好样的，加油！"

为炼出石化加氢用钢，杨金安带领团队不分白天黑夜，连续在生产现场跟踪了 3 个多月。最终，首批加氢钢锭一次交检合格。

"我和我的团队干出了中国最大直径的加氢钢筒体锻件，能并行三辆小轿车，也干出了中国直径有三层楼高的整锻加氢钢管板，不仅满足了国内石化企业需求，还把石化加氢产品出口到了国外高端市场。当时那种感觉啊，真得劲儿！"至今杨金安还充满幸福感和获得感。

2020 年 11 月 14 日，由中华全国总工会、中央广播电视总台联合举办的 2019 年"大国工匠年度十大人物"发布活动现场，揭晓了 10 位"大国工匠年度人物"，河南首位获此殊荣的工匠代表杨金安阔步走上舞台。

"当我走进中国产业工人的荣誉殿堂，站到大国工匠年度人物颁奖典礼舞台上，从焦裕禄的女儿焦守云手里接过奖杯和荣誉证书的一刹那，我流泪了。我知道，从这一刻起，我肩负传承焦裕禄精神的重任，站在了继续为国家建设炼好钢的新起点上。"从北京归来，杨金安在报告会上这样表达他的亲历和感想。

站在焦裕禄铜像前，杨金安与焦裕禄的目光深情相望。

那深邃的、清澈的、灼灼的、暖暖的目光，带他从青涩走向成熟，从懵懂走向专业，从优秀走向卓越，从焦裕禄大道走向中国产业工人的荣誉殿堂……

焦裕禄精神照亮大工匠成长之路。

沿着焦裕禄大道，更多的"杨金安"涌现出来。

回顾 11 位同志的成长历程就会发现，他们完成的是从工到匠的嬗变。这一变化是飞跃式的、本质上的，因为从工到匠，不仅是技艺方面的提升，更是精神层面的升华。

党领导下的国有企业与其他类型企业的不同之处在于职工队伍的信仰精神建设，爱党爱国爱企和挣钱养家美好生活的高度统一。这也是党的先进性在国企的体现。

焦裕禄当年那身"工人蓝"，如今已成为中信重工最美的色彩。

从一名镗铣学徒工成长为国内最大、最先进的数控龙门镗铣床的掌舵者，谭志强说，焦裕禄一直是他的精神路标。

在三层楼高的机床上，他能精雕细琢出二分之一根甚至四分之一根头发丝的精度，他的工作被大家戏称为"大块头上秀细活儿"。

青工宸伟波说："从焦裕禄到谭师傅，我从他们身上感受到最明显的两个字就是'坚持'，我之所以向党组织靠拢，就是想离他们更近一些，他们身上的光和热，指引我走得更远。"

大工匠走向全国

接待完重要客户，时任中信重工党委书记、董事长任沁新拿起手机一看，41 个未接电话！国家发展改革委领导、省领导、市领导，时间从下午 3 点直到傍晚 6 点，3 分钟前最后一个未接。

他解除静音模式，赶紧给国家发展改革委领导打过去。

国家发展改革委领导声音传来："任董，现在有件急事……"

原来，国务院办公厅在了解大企业开展双创的情况。

任沁新汇报说："2013 年底，我们建立了 5 个大工匠工作室，5 个大工匠引领着 22 个工人创客群在搞双创呢！直接参与者逾 500 人。"

当晚 10 时，中信重工双创情况汇报稿传至国务院办公厅。

第二天——2015 年 9 月 23 日，时针指向下午 4 时 50 分，时任中共中央政治局常委、国务院总理李克强一行走进中信重工重型磨机工部。

"听说你们在搞双创，我来看看！"

李克强总理此行，重点考察调研重大装备企业如何推动大众创业、万众创新。

走到 DVT1000 数控立式车床前，李克强总理停下了脚步。机床上正在加工印度矿山项目的提升机摩擦轮。

总理问机床的操作者、首席员工王建刚："你是负责这台机床的，又是创新工作站的，那你们是用什么方式组织创新的？"

王建刚回答道："我们主要是调动创新工作站工作人员的积极性和创造性，对一些传统加工方法进行不断的优化、完善和提高。"

当得知中信重工有一个以大工匠、首席员工为首的创新团队，总理非常高兴，立刻说："好，咱们去看看你们的大工匠工作室吧。"

张东亮大工匠工作室，坐落在磨机工部车间一角。李克强总理走进来时，大家正在为如何完成精度和平面度出谋划策。总理与他们一一握手，介绍到大工匠张东亮时，总理紧紧握着他的手说，你就是我们的大工匠啊！这个工作室就是以你的名字命名的。

"对，这个工作室就是由我的名字命名的！"张东亮自豪地说。

"大众创业、万众创新，大家都知道吧？"工作室的 16 名成员响亮回答："知道！"

总理说，你们公司二十几个创新工作室带动了 500 人，影响了 4000 名生产一线工人，这就解决了大企业创新的问题。

总理问张东亮月工资拿多少，张东亮侧过身对总理轻声说："1万多元。"

任沁新在一旁补充说："对于每名大工匠，我们公司每个月都有5000元的岗位津贴。"

总理说："创新分配模式很重要，我们就是要不断通过创新机制体制，提高高、精、尖技术和技能人才的劳动报酬。"

走出张东亮大工匠工作室，早已等候在车间门口的300余名员工对总理报以热烈的掌声。

工人的笔记本上记录着"创新"等词句，门外的墙上印着"创客"等字眼——这可不是什么新潮时髦的创业大街，而是发生在中国中部一家装备企业的情景。

9月23日，国务院总理李克强一下飞机就来到中信重工大工匠工作室，考察企业开展"大众创业、万众创新"情况。

这是2015年9月24日人民网题为《李克强河南考察为何先来这家企业》的记者观察的开头语。

《人民日报》、原中央电视台、中国政府网等主流媒体和新媒体纷纷在第一时间刊发李克强总理考察中信重工的消息。

《河南日报》：《大国总理握手大工匠》；

《大河报》：《总理"回家"了，为何选"洛矿"？它堪称大企业推动双创的鲜活样本》；

中新网：《李克强河南首站为何选这家企业作为考察首站？》

中国青年网：《李克强总理第三次来这个"老地方"》；

……

24 日至 28 日，短短 5 天时间内，国内主流媒体累计刊发、播报李克强总理视察中信重工大工匠工作室的第一手新闻报道就有数十条。

紧接着，媒体记者纷纷走进中信重工，深度聚焦大工匠及大工匠引领的工人创客群。

《中信重工：大国工匠的熔炉》《50 本笔记铸就大工匠》《总理接见过的中信重工大工匠怎么说》《中信重工大工匠探索与创新》《大国工匠敢啃硬骨头　中国制造彰显硬实力》《在"国之重器"上追求极致的大工匠》等报道"热浪扑面"。

总理点赞的张东亮火了。

中信重工的大工匠火了。

中信重工大工匠及大工匠引领的工人创客群叫响全国。

党代表升温技能报国

2017 年 10 月 18 日，晨曦细雨中，天安门广场上，一面面红色的旗帜越发鲜亮。

上午 9 时，中国共产党第十九次全国代表大会开幕。

"作为一名一线产业工人，从没想过能走进人民大会堂参加党的十九大。走进大会堂的那一刻，我心潮澎湃，激动万分。现场聆听习近平总书记报告的近三个半小时，会场响起了 70 余次热烈的掌声，现在我感觉手心还热乎着呢！"能够亲历我们党发展历史上具有里程碑意义的盛会，刘新安至今仍倍感振奋。

那次，洛阳市仅有两名党的十九大代表，其中一个就是"蓝领哥"刘新安。

刘新安觉得，自己之所以能当选党代表，是因为身在中信重工，他赶上了装备制造业发展的好时候。跟随着中信重工打造具有全球竞争力的先进装备制造企业的步伐，他才有机会脱颖而出，成为一线技术工人的代表。"作为一名一线技术工人，能够当选为党的十九大代表，这本身就是党、就是社会、就是企业对我们广大一线技术工人的肯定和重视。"刘新安这样诠释他的当选。

刘新安从北京回到企业，就直奔以他的名字命名的党代表工作室。室内和门口挤满了工友，大家都期待着他的宣讲。

"这次能亲历党的十九大，近距离聆听习近平总书记的报告，真是太激动了。"刘新安对大伙说。工友们瞪大了眼睛，认真地倾听，脸上满是羡慕和崇拜的神情。

"在人民大会堂，我仔细聆听总书记的报告，把工友们关心的事儿一一记了下来。"刘新安马上要说到关系工人们的话题了，会场上安静得甚至听得见针落地的声音。

刘新安深有感触地和工友交流说："党的十九大报告中提到，建设知识型、技能型、创新型劳动者大军，弘扬劳模精神和工匠精神，营造劳动光荣的社会风尚和精益求精的敬业风气。工匠精神被写入报告，这一点对我触动非常大。加快建设制造强国，加快发展先进制造业，靠的就是我们这些一线产业工人，靠的就是弘扬工匠精神。"

听到这儿，会场上爆发出热烈的掌声。

"刘师傅，照你这么说，我们的地位是不是更重要了？"工作室的技能精英们追问。

刘新安笑着应答："我作为一名一线产业工人，能够当选党的十九大代表，这本身就是对我们广大产业工人的充分肯定。我相信我们产业工人的地位会越来越高，我们会越来越受尊敬，我们产业工人今后也一定会有更大的贡献、更大的作为！"

对于年轻人如何弘扬工匠精神、干事创业的提问，看着一张张青春洋溢的面庞，刘新安显得很兴奋："我送大家习近平总书记说的两句话：一是'不忘初心'，二是'不要人夸颜色好，只留清气满乾坤'。党的十九大报告中专门提到对青年人的培养，作为青年员工，作为产业工人，我们一定要牢记我们的初心，要耐得住寂寞、守得住理想，干一行、爱一行、钻一行、精一行，要志存高远，更要脚踏实地，立志做大工匠、大国工匠，勇做这个新时代的弄潮儿。"

"讲得好！大伙撸起袖子加油干啊！"刘新安的话引起身边年轻工友们的共鸣，大伙一起兴奋地高声附和。

"虽然大家从电视里听到了党的十九大报告，但能从身边的党代表口中听到自己最关心的事儿，这种感觉更亲切。"

"刘师傅能参加党的十九大，是对我们一线工人的认可和激励。"

"从刘师傅身上我们可以看到，学习和掌握精湛的技能也能让人生出彩！"

……

原定的交流时间已经到了，但工作室的热度仍在发酵。

结束工作室的交流，刘新安又赶赴另一个宣讲现场……

党代表的身份使刘新安肩上的担子变得更加厚重。他继续扎根基层、创新实干，先后完成了世界最大磨机、立式搅拌磨、大型辊压机等重大装备制造，还参与了国产航母、国产大飞机等重点项目的加工制造。他说："从这当中我真正感觉到了我们中国制造到中国创造的重大变化，作为一线产业工人，我感觉非常骄傲和自豪。"

从中国制造到中国创造的转变，离不开高技能人才支撑。刘新安说，这些年他一直在不遗余力培养更多青年技工。以他名字命名的党代表工作室、全国劳模工作室、国家级技能大师工作室，每年都会组织"创新课堂""工艺革命""攻关课题"活动，开展"机床能手"竞赛，工作室的热度在持续发酵。他所在的重装厂党委，在全体员工中开展"学习党代表刘新安，积极践行工匠精神"活动，一批技能人才在刘新安的影响带动下蓬勃成长。

出类拔萃当属张连成。

"刘师傅就是我的榜样！"张连成曾是刘新安技能大师工作室的核心成员，刘新安当选党的十九大代表，更坚定了他技能成才、技能报国的信念。

且看他前行的步履——

2017年，获评公司劳动模范；

2018年，获评"洛阳市五一劳动奖章"；

2019年，再次披上"公司劳模"绶带；

2020年，获评洛阳市"河洛工匠"；

2021年，经公司考评晋升为大工匠。

如今他也像刘新安一样拥有了以自己名字命名的工作室，成为新一代的大工匠。

风起再扬帆

2017年4月14日，凝结了亿万产业工人心愿的重磅文件——《新时期产业工人队伍建设改革方案》由中共中央、国务院颁发。

一场事关党的执政基础巩固、事关制造强国战略实施、事关产业工人素质提高的重大改革的帷幕就此拉开。

百舸争流，当奋楫逐浪。

走在产业工人队伍建设前列的中信重工，处处洋溢着勃勃生机，产业工人队伍改革发展的生动图景跃然呈现。

图景一：赋能成长激扬技能报国梦想

2023 年 6 月 27 日，以"技能强国，创新有我"为主题的中信集团第五届"工匠杯"职业技能大赛在中信重工火热举行。

这是一场集团上下瞩目的赛事。时任中信集团党委副书记、总经理，现任中信集团党委书记、董事长奚国华，中国金融工会党组成员、副主席张锐出席比赛，来自集团旗下 12 家生产型企业的 69 名选手现场竞技。

这是广阔的舞台，各项传统技艺大放光彩；这是激烈的赛场，展现着青春拼搏和能力比拼的热情；这也是未来的窗口，得以一窥璀璨的职业发展前景。

经过激烈角逐，一大批优秀技能人才"出圈出彩"。中信重工高正鑫、孙艳森分别获得电工、钳工一等奖，现场被授予"全国金融五一劳动奖章"荣誉称号。中信重工穆连胜获得电工二等奖、李永东获得钳工二等奖，现场获授"中信工匠"。两个一等奖同时由中信重工职工包揽，正是中信重工多年来培育高技能人才的开花结果。

奚国华在颁奖仪式上指出，要大力弘扬劳模精神、劳动精神、工匠精神，引导职工比学赶超，以更加扎实的工作和一流的业绩践行国家战略，助力民族复兴，彰显中信品牌。

在出席职业技能大赛活动期间，奚国华深入中信重工一线，观摩杨金安、谭志强大工匠工作室，与大工匠们座谈交流，仔细查看工匠先进操作法等相关记录、资料，称赞连连，勉励中信重工持续完善工作室建设，使大工匠在中信重工一批批、一代代地持续涌现，以工匠创新的有效实践推动企业高质量发展。

集团领导大力推动，中信重工领导更是高质落实。

2022 年 7 月 15 日，中信重工党委书记、董事长武汉琦履新第二天，深入生产一线调研，首先与党的十九大代表、全国劳模刘新安和大工匠党朝阳、谭志强、杨金安、郭卫东、张连成等深入交流，关心大工匠和一线工人的工作和生活。

近两年，每到春节，公司都会专门召开大工匠迎新春座谈会。公司党委书记、董事长武汉琦，公司党委副书记、总经理张志勇出席，代表公司党委为大工匠颁发特别嘉奖，表彰他们为公司高质量发展作出的突出贡献。

在中信重工每年召开的庆祝"五一"国际劳动节暨劳动模范和先进集体表彰大会上，劳模工匠都是最闪亮的星。他们胸戴红花，身披绶带，上台接受表彰，也接受广大职工的敬意。

在 2024 年表彰大会上，武汉琦董事长指出，站在新的历史起点，我们比以往任何时候都更加需要劳模精神激发干劲，用工匠精神融汇力量。

中信重工在公司"十五五"规划调研中，明确将以劳模工匠为代表的高技能人才作为推动企业高质量发展的重要支撑，从集团制度层面激励和引导更多产业工人特别是青年职工走好技能成才、技能报国之路。

图景二：人才生态打造一线强磁场

在新时期产业工人队伍改革的感召下，中信重工从加强理想信念教育、深化学习赋能、创新平台建设、拓宽发展空间、提升幸福指数等方面，进一步健全技能人才高质量成长发展的生态体系，让技能人才"有尊严更体面地工作生活"，画好企业发展和职工成长的最美同心圆。

在这里，每个工人都有自己的职业发展规划和个人成长计划；

在这里，每个技能工人每年都享受免费技能培训；

在这里，技能工人的晋升不受指标和工龄限制，每个人都有希望攀登职业的顶峰——技师、高级技师直至大工匠；

在这里，人才成长有三个序列：管理、专业技术、技能操作。技能人才可以纵向成长，也可以通过公开选拔的方式，在序列之间横向发展；

在这里，一线工人享受最高的餐补标准；

在这里，一线工人享受一年一次的免费体检；

在这里，厂区内设有 8 个洗衣房，一线工人的工装免费洗涤；

在这里，在一线班组每天早晨召开的班前会上，职工身体不适、情绪不佳，甚至家里有事心不静都可举手示意，或酌情促其告假或减轻其工作量，因为员工安全大于天！

在这里，职工俱乐部、职工阳光艺术团、职工书法摄影美术等各类兴趣协会一应俱全，职工自己的书法家、画家、摄影家、作家、歌手等绽放风采；

在这里，公司中层干部每年都要接受职工代表评议，被职工代表评议不称职率超过 15% 的干部，诫勉谈话，达到 30% 的干部，就地免职；

在这里，公司月度大办公会都邀请职工代表参加，涉及职工切身利益的重大事项决策要经职代会表决；

……

"你幸福吗？中信重工人给你肯定回答。有尊严、有价值、有体现，幸福的感觉发自心底。幸福就是工作的动力，如何回报才是主题。"这是一位工人自己写的诗句，也是中信重工一线工人的幸福宣言。

图景三：精神洗礼淬炼职业品质

2017 年的夏天是火热的，但这里的工匠精神大讨论比气温还热。

这是一次精神的洗礼，这是一场灵魂的涤荡。

中信重工官方微信、工会、团委、营销服务平台同步发起"说说你心目中的中信重工工匠精神"话题讨论，参与讨论的粉丝数量涉及公司内外 3000 余人，收到有效留言 668 条。企业文化部门开展大工匠访谈，从大工匠身上领悟什么是真正的工匠精神、真正的工匠。各基层单位利用班前会、座谈会、工作例会，以及微信群、QQ 群等多种途径，引导公司近 8000 名员工参与讨论，汇总上报 430 条工匠精神表述。

在全员大讨论的基础上，最终提炼形成了中信重工的工匠精神，即客户至上的价值导向，精益求精的品质追求，创造卓越的职业担当。

根据工匠精神及在思想层面、行为层面、目标层面的具体体现，技术、营销、生产、管理各系统逐条对照，切合各系统工作特点，形成了涵盖系统全员的行为规范，工匠精神变得可操作，能执行。

大讨论变得沉重起来，一场触及内心深处的革命扎实开启。

公司下属各单位组织员工对标行为规范，深入查找不认真、不专注、不诚信、不敬业、不担责等现象和问题，并将查出来的问题转化为技术创新、工艺创新、效率革命、质量提升、管理提升等 69 项实质性课题进行整改攻关。

在中信重工，践行工匠精神，覆盖技术、营销、生产、管理各类人员，贯穿从订货直到售后服务的全过程，并且形成了联动机制。时任公司党委书记、董事长俞章法说，全员工匠精神的贯彻与践行，提高的绝不仅是产品质量，更重要的是在全公司营造了劳动者最美的时代风尚和精益求精的敬业风气。

随着城市的快速发展，地面和地上空间开发利用逐渐饱和，向地下要空间成为城市发展必由之路。

向地下要空间，离不开竖井掘进机装备。

传统竖井掘进机体积大且不便运输，安装周期长，无法满足城市竖井快速施工需求；而人工挖掘深度浅，安全性差，且效率低、成本高，施工粉尘也会加剧城市污染。

"我们要蹚出一条属于中国人自己的城市地下空间竖井掘进新路！"

2018年，中信重工组建城市地下空间竖井掘进机研发团队，苗军克成为团队带头人。

研发团队一头扎进竖井掘进机的自主研发中。

"接到研发任务之初，每个月我们都会组织一次专家评审，专家们对最新成果提出指导意见，我们拿回去重新修改、设计、论证，一个月后再开会交作业。"苗军克说。

包络成型掘进技术就这样诞生了。

"包络成型掘进技术就像是'万花尺'。"苗军克介绍，"'万花尺'通过内外两个齿轮的自转加公转，可以画出很密集、很漂亮的图形；我们以刀具做笔、土地做纸，'六支笔'同时作画，通过精密的设计和计算，就能共同画出一个整面的大圆形。"

"笔"在"作画"，机器持续向下推进，城市深井挖掘就这样成为可能。

纸上作画简单，地上作画却难。六个"万花尺"一起工作，既自转，又公转，该如何排兵布阵，使其完美配合？

对参数逐一修正，对轨迹逐一调整，对零部件逐一审核，从调整到建模测试，从测试到再调整……仅此项工作团队就花了两个月时间。

为了让设备变"矮"，团队又忙了一个月。

2020年底，由中信重工研发的第一台多刀盘包络成型竖井掘进机成套装备正式下线，并在河南驻马店顺利完成超大直径竖井掘进施工首战。"进去挖是机器，吐出来是干渣"，该设备广泛适用于软土、卵石、软岩等地层，具有自主知识产权，主要性能参数均居世界前列。

工匠精神从"一抹红"到"一片红"再到"遍地红"，绽放在每一个工作岗位。

图景四：创新集群锻造制造长板

工作室，现代社会发展的事物；

创新，一切事业发展的不竭动力；

大工匠，一种传统且具有工匠精神的时代人物。

当这三者相遇，会碰撞出怎样的火花？产生怎样奇妙的化学效应呢？

那是一个"直径超过2米、总长近10米，重量相当于12辆小轿车"的"大家伙"，它也是目前国内进行堆焊修复的最大冶金轧辊。

几个大工匠被请到了一起，领导动员讲话就一句："能不能开辟大型支承辊修复市场，就看你们的了！"

在支承辊用钢冶炼环节，大工匠杨金安团队一马当先，攻克了钢材纯净度要求高、化学成分要求严格等难题。

进入锻造环节，大工匠郭卫东团队大显身手，操作18500吨油压机完成高难度工作。

机加环节，从粗加工、半精车、精车再到磨削工序，大工匠谭志强率领团队成员马绍亭、祝增利精益求精、一气呵成……

汉冶特钢、兴澄特钢、营口京华、宝山钢铁等20余家国内知名钢铁企业的技术专家陆续造访中信重工，目的只有一个——观摩洽谈大型支承辊制造及修复新技术。

目前，中信重工年产支承辊20余件，产品已形成系列，大型支承辊成为公司在冶金市场的新亮点。同时，团队成功开发出从诊断、修复到材料选择、工艺设计的全流程支承辊修复再制造新技术，"在废品堆里拾到了黄金"。

近年来，包括全国劳模工作室、大工匠工作室、首席员工创新工站在内的 23 个工人创新团队支持创新孵化，开展攻关 3311 次，完成课题 443 项，申报专利 10 余项，创造效益 3.2 亿元。

这就是工人创新集群的伟力与魅力。

这种伟力与魅力，不仅体现在技术工艺的改进、生产难题的攻克，更引以为傲的是新生代的孵化。

郭卫东率先走出来。

继而，张连成、鲁学刚、王红军一一走出，从高级技师到大工匠，他们的创新工作站也升格为大工匠工作室。

公司大工匠群就这样形成了。

放眼望去皆是风景——

高级技师队伍扩充至 79 人；

技师群更是热闹，达 287 人；

高级工那叫一个猛：1320 人！

截至 2024 年 4 月底，中信重工现有生产操作工人 3007 人，高级技能人才占比达 56%。

剩下的 1321 名中初级工正心心念念向高级技能序列挺进呢！

这就是大工匠引领的制造军团！

2022 年 7 月 24 日、10 月 31 日，长征五号 B 遥三、遥四运载火箭准时点火、零窗口发射，分别将空间站问天实验舱、梦天实验舱精准送入快速交会对接轨道，圆满完成了我国空间站"T"字基本构型在轨建造任务目标，如期实现载人航天工程"三步走"战略。

伴随着我国载人航天工程空间站在轨建造任务告捷，一封由主要负责人签名，落款为长征五号运载火箭型号办公室的感谢信发至中信重工——

梦圆航天，正当其时。适逢党的二十大胜利召开，长征五号运载火箭完美打赢载人空间站建造收官之战，引领建设科技强国、航天强国新征程。在此，向中信重工机械股份有限公司对长征五号 B 运载火箭研制过程中给予的大力支持表示衷心的感谢和崇高的敬意！

……

从神舟五号到神舟十八号，从国产航母到大飞机，从核电锻件到加氢产品，从回旋加速器到景洪升船机……凭借大工匠等各类创新集群的人才优势和企业的技术积累与装备提升，一个个国家重大专项、重点产品在中信重工诞生。

过去，直径超过 5 米的大型磨机生产一直由国外少数企业垄断，一般需要 30 个月才能交货。而现在，中信重工仅用五六个月就能生产出来。从中澳铁矿项目世界最大球磨机、半自磨机项目起步，中信重工目前已成为全球最具竞争力的大型矿山装备供应商与服务商。

哇——

走进中信重工，多少人在惊叹："在洛阳，还有这样的国之重器！"

匠星闪耀的星空，辽阔、灿烂、壮丽……